검명도살 劍鳴刀殺

몽월 新무협 판타지 소설

FANTASTIC ORIENTAL HEROES

검명도살 3

몽월 新무협 판타지 소설

초판 1쇄 찍은 날 § 2011년 7월 4일
초판 1쇄 펴낸 날 § 2011년 7월 11일

지은이 § 몽월
펴낸이 § 서경석

총괄팀장 § 유경화
편집책임 § 박우진
편집 § 주소영 · 어정원

펴낸곳 § 도서출판 청어람
등록번호 § 제1081-1-89호
등록일자 § 1999. 5. 31
어람번호 § 제2-2119호

주소 § 경기도 부천시 원미구 심곡2동 163-2 서경B/D 3F (우) 420-822
전화 § 032-656-4452 팩스 § 032-656-4453
http://www.chungeoram.com
E-mail § chungeoram@chungeoram.com

© 몽월, 2011

ISBN 978-89-251-2560-2 04810
ISBN 978-89-251-2534-3 (세트)

FANTASTIC ORIENTAL HEROES

몽월 新무협 판타지 소설

검명도살

3 생사지옥(生死地獄)

도서출판 청어람

目次

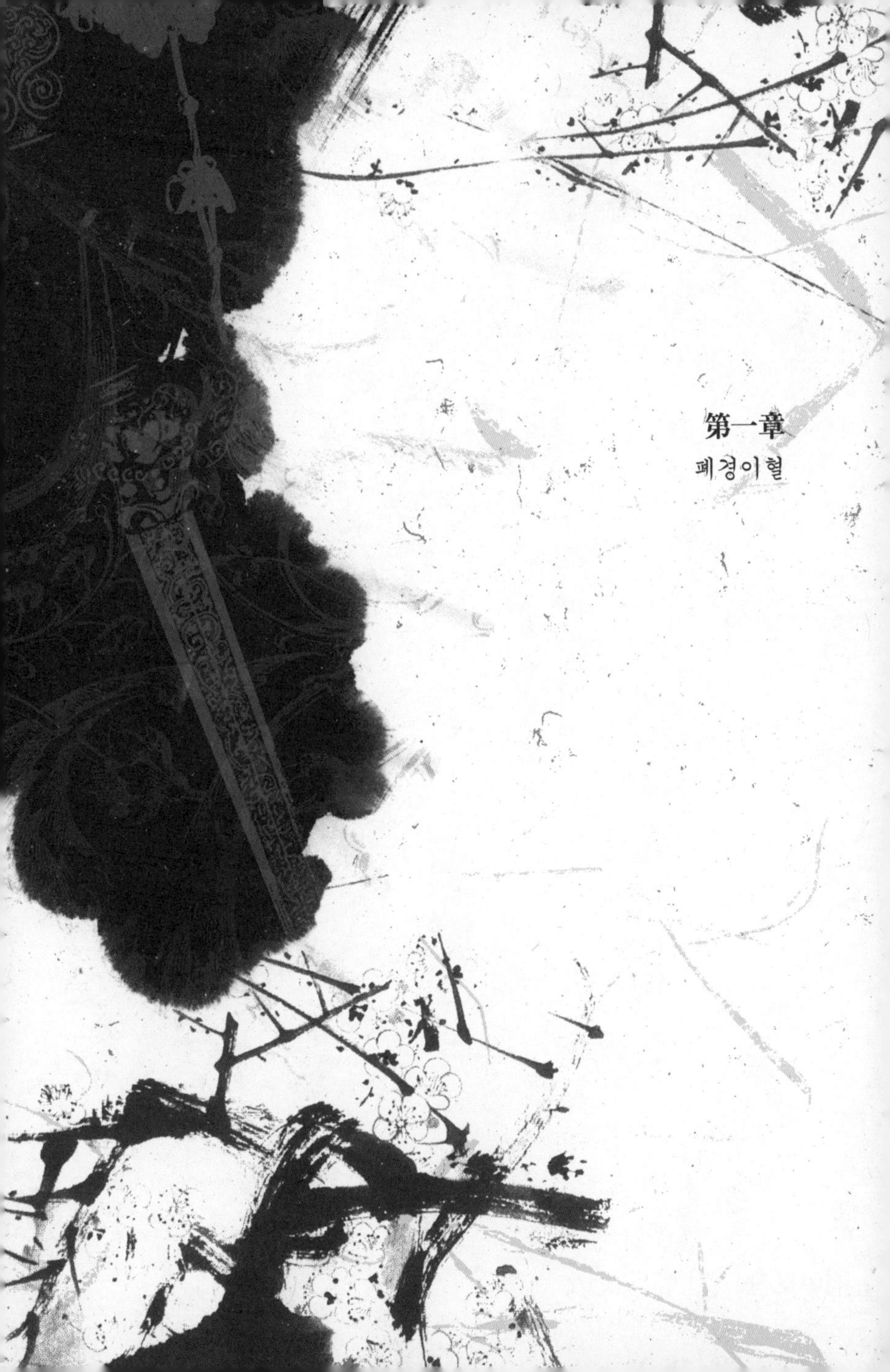

第一章
폐경이혈

검명도살

　모두가 햇볕을 찾아 양지쪽에 몰려 있거나 토굴 속에 웅크리고 있는데 추산만이 무예 수련에 빠져 있었다. 추산의 주먹은 하루가 다르게 달라지고 있었다. 얼마 전까지 투박하던 주먹은 이제 일식부터 칠식이 부챗살처럼 펼쳐졌고, 바람이 되었다.

　주먹은 나날이 놀라워져 간다.

　빨랐다가[快] 강해지고[强] 거칠어지더니 어느새 찌른다. 병기로 펼쳐야 할 만큼 까다롭고 성격이 전혀 다른 적수공권의 초식들을 어떻게 저리도 완벽히 연결시킬 수 있는지 놀라울 뿐이었다.

—전쟁에서는 졌지만 그에 못지않은 것을 얻었다.

추산을 지켜보는 방추형의 입술을 비집고 흘러나오는 힘찬 중얼거림.

열 명의 둔재보다 한 명의 천재를 원하는 무가(武家)들.

며칠 전 대본영 회의에 참석할 일이 있었다. 회의가 끝나고 나오는데 갑자기 모찰이 추산의 안부를 물었다. 모찰이 추산을 알고 있을 줄은 꿈에도 몰랐다.

하늘같은 주군이기에 어떻게 추산을 아느냐고 물을 수는 없었으나 자신이 알고 있는 그대로를 대답해 주었다. 누구보다도 열심히 생활하고 하루하루가 놀라울 만큼 달라지며 성장한다고 했더니 흡족한 얼굴로 고개를 끄덕였다.

척!

방추형을 발견한 추산이 수련을 멈추며 예를 취했다.

방추형은 손을 내저었다.

"아냐, 아냐. 멈출 것까지는 없고, 몸 생각해서 쉬엄쉬엄해. 몸살 나면 피곤하잖아."

"그렇잖아도 힘들어 잠시 쉴 참이었습니다."

타타탁!

추산은 근처에 있는 바위를 소매로 닦듯 털어내더니 방추형더러 앉으라고 권했다.

산속의 바위가 소매춤에 닦이면 얼마나 깨끗하게 닦일까. 그러나 윗사람을 향한 예절이 몸에 배지 않고서는 함부로 나올 수 없는 행동이었으므로 방추형은 흐뭇했다.

두 사람은 반 장 가까운 거리를 두고 나란히 앉았다.

"한 가지 물어도 되겠느냐? 물론 대답하지 않아도 괜찮느니라."

"별말씀을."

"주군을 아느냐?"

추산의 눈이 순간적으로 기광을 일으켰다.

방추형이 주군이라고 부를 사람은 모찰뿐이다.

"모릅니다!"

짧은 시간이지만 많은 생각이 명멸해 갔다. 방추형을 믿지 못해서가 아니라 모찰과의 약속 때문이었다.

절대 신분을 드러내지 말 것이며 자신과의 관계는 완벽히 감추라고 했다. 오죽하면 자신의 후계자임을 증명할 수 있는 모든 증거품을 없애 버렸겠는가. 그건 추산을 보호하려는 의도이기도 했지만 추산이 금마옥과 흑도를 이끌려면 오로지 힘이 아니고서는 불가능하다는 사실을 가르쳐 준 냉혹한 실천이기도 했다.

힘(力).

방추형이 알았다는 듯 고개를 끄덕였다.

미안하지만 어쩔 수 없었다.

"이상하구나. 사문이 망해가는데 그다지 슬프지 않는 걸 보면 말이다. 특히 추산 너를 보면 더욱 힘이 솟으니. 헛헛."

방추형은 털털하게 웃었다.

　잠시 둘 사이에 기묘한 침묵이 흘렀다. 추산은 하늘을 보았고 방추형은 먼 산을 본다. 다른 곳을 바라보는 시선만큼이나 생각도 각자 다르리라.
　다시 침묵을 깬 사람은 방추형이었다.
　"내공이 어느 정도 되느냐?"
　추산은 고개를 돌렸다.
　방추형의 눈은 깜빡거리고 있었다.

　—내공(內功)!

　어쩌면 무인에게 가장 소중한 가치일지도.
　자신의 내공은 어느 정도 될까. 아무리 초식이 좋아도 위력은 내공에서 나온다.
　힘이 뒷받침되지 않으면 초식은 초라해진다.
　내공을 쌓은 가장 간단하면서도 대중적인 방법은 운기조식이라고 부친은 말했다. 특히 조양(朝陽)이라고 말 붙인, 이른 아침에 막 떠오르는 햇빛에는 엄청난 양기가 실려 있다. 밤이라는 음기가 물러가고 양기가 점령해 오는 그 아침과 새벽 사이에 운기조식을 취하면 대지의 온갖 성스러운 기운을 몸 안으로 끌어들일 수가 있다고 힘주어 말했다.
　알고 있는 심법이 없기에 운기조식은 하지 않았다. 그러나 해가 막 떠오를 때면 마당에 결가부좌한 채 소위 말하는 토납법을 운용했다. 토납법은 불가에서는 복식 호흡이라고도 하는데 하루가 변하는 두 번의 시기, 새벽에서 아침, 낮에서 밤이 되는 두 번에 걸쳐 거의 빠지지 않고 해왔다.

그의 주먹이 세다는 소문이 돌면서 언젠가 혹시 그렇게 수련해 온 토납법 때문이 아닐까 하는 의문도 가져봤지만 확인하지는 못했다.

"잘 모르겠습니다."

"아니, 여태 내공도 모르고 초식 수련만 했단 말이더냐?"

추산은 히죽 웃었다.

웃는 것 말고는 달리 대답할 말이 없었다. 조금은 창피하기도 했다.

"숨을 크게 들이마셔 보거라."

추산의 눈이 빛났다.

갑자기 숨은 왜 들이마시라는 것이냐는 식의 표정.

"시키는 대로 해보거라."

추산은 숨을 내쉬었다가 잠시 후 있는 힘껏 들이마셨다. 어깨까지 바짝 끌어올리며 최대한 가슴을 부풀린다.

"더… 더더더더!"

방추형이 소리쳤다.

추산은 보통 문제가 아니라는 것을 간파하고 죽을힘을 다해 들이마셨다. 얼굴이 빨갛게 달아올랐고 좌우 어깨가 귀밑까지 닿을 정도였다.

"거— 꺼어억!"

더 이상 견딜 수 없다는 듯 비명이 들렸고, 쿵 무너지듯 어깨를 늘어뜨리며 헉헉거렸다.

잠시 쉬더니 이번에는 내뿜어볼 것을 요구했다.

추산은 방추형을 바라보다 호흡을 조절했다. 뭔가 생각이 있을 것이다 싶어 이번에는 있는 힘껏 숨을 들이마셨다가 폭포처럼 내뿜었다.

"후우우우우!"

들이마실 때와 달리 이번에는 잔뜩 허리까지 구부리며 웅크렸다

"우— 우— 우우우욱!"

너무 뱉다 보니 괴성이 흘러나왔다.

얼굴은 또다시 시뻘개졌고, 금방 숨이 넘어갈 것 같았다.

"헉… 허허헉!"

허리를 편 추산이 거친 숨을 몰아쉬었다.

멈칫!

숨을 조절하던 추산의 시선이 방추형의 손에 고정되었다. 손가락이 세 개 접혀 있었다.

"내공이 높을수록 들숨과 날숨의 차이가 길다. 물론 정확하지는 않지만 내공을 재는 데 가장 많이 사용하는 것이 지금의 방법이란다."

"저… 저는 몇 년이나 됩니까?"

긴장과 궁금증이 가득 찬 눈으로 물었다.

입맛까지 다셨다. 정말이지, 내공이 어느 정도인지 상당히 궁금했다.

"삼십 년 정도 될 것 같구나."

화악!

추산의 눈이 커졌다.

"저… 저의 내공이 삼십 년이란 말입니까?"

"왜 그러느냐?"

"지, 진짜요?"

"기분 나쁜 모양이구나."

"천만에요. 으와아! 내가 삼십 년의 내공을 지닌 고수라니!"

너무 좋아한다.

인사치레가 아닌 진짜다.

"누가 삼십 년 내공을 가진 인물을 고수라고 하더냐?"

"그, 그게 아니라 너무 높아서……."

"저, 정말로 높다고 하더냐?"

"아니 그럼 단주님께서는 삼십 년 내공이 높지 않다는 말씀이십니까?"

방추형이 눈을 크게 뜨더니 이내 웃음을 터뜨렸다.

무인의 눈에는 몰라도 추산의 눈에 삼십 년은 높게 보일 수도 있겠다 싶었다. 더구나 정식으로 무공을 배우지도 않은 그가 삼십 년 내공이라고 하니 흥분은 당연지사.

"일 갑자를 기준으로 일류와 이류로 나눈다고 들었습니다. 사실입니까?"

"맞느니라. 일 갑자를 중심으로 일류와 이류로 나뉘지. 보통 평생을 어떤 영약이나 약물의 도움 없이 오직 운기조식과 자신의 노력으로 얻을 수 있는 최대의 내공이 팔십에서 백 년이라는 것이 강호의 정설이니라."

"하, 하면 내공이 이 갑자 되는 사람도 있다던데, 그런 사람들은 영약의 힘을 빌렸단 말이군요."

"세상은 복잡하니 간혹 영약의 도움 없이도 이 갑자, 아니, 그 이상에 이른 사람도 없지는 않겠으나 백 년이면 생전에 쌓을 수 있는 최고의 내공이라고 해도 무리는 없을 것이니라."

뭔가 탁 트인 기분이었다.

그동안 초식 수련에만 몰두했지 내공은 그다지 관심을 두지 못했다.

"폐경이혈(廢經移穴)이라고 들어보았느냐?"

추산이 고개를 저었다.

역시 금시초문이다.

"폐경이혈은 경락(經絡)을 닫고 혈(穴)을 옮기는 상승의 기법이니라. 혈도의 위치를 바꿔 버리는 것이지."

추산의 눈이 찌푸려졌다.

자신도 인체에는 삼백예순다섯 개의 혈도가 있고 그중 치명적인 사혈이 서른여섯 개라는 것까지는 알고 있었다. 그런데 혈도를 인위적으로 옮긴다는 말은 놀랍기에 앞서 의아스러울 뿐이었다.

"저, 정말로 그게 가, 가능합니까?"

방추형이 웃음을 지었다.

"내가 없는 말을 꾸며대는 것으로 보이느냐? 가능하니라.

대신 내공이 절정에 이르러야 하느니라.”

“절정이라 하오면……?”

“팔십 년 전후를 뜻하는데, 사람마다 조금씩의 차이는 있지. 내가 너에게 왜 이런 얘길 하는지 아느냐?”

그렇잖아도 궁금한 참이었다.

갑자기 내공 검사를 하더니 이번에는 폐경이혈이라는 신비스런 경지를 말한다.

“돌아앉아 보아라.”

추산은 돌아앉았다.

이번에는 또 무슨 검사를 위해 돌아앉을 것을 요구하는지 궁금했다.

잠시 후 명문혈에 닿는 느낌, 그것은 보지 않아도 방추형의 양손이었다.

“지금부터 내 손을 통해 뭔가 네 몸으로 들어갈 것이다. 북두심법을 운용하여 받아들여 보거라.”

“네!”

왜, 그것이 무엇이냐고는 묻지 않았다, 그럴 겨를도 없었고.

“그럼 지금부터 들여보내겠다.”

말이 떨어지자마자 뜨거운 기운이 들어왔다.

“으흑!”

너무 뜨거워 비명을 질렀다.

귓속으로 전음이 파고든다.

“어서 운기행공하라. 너의 몸속 기운과 내 손바닥을 통해 들어가는 열기를 섞으라는 뜻이니라.”

추산은 시키는 대로 했다.

북두보심으로도 불리는 심법. 움직이면서 운기조식을 할 수 있고 멈추어서도 가능하다.

몸으로 들어온 뜨거운 열기는 순식간에 본신의 기운과 합해졌다. 자신도 모르게 몸에 힘이 넘쳤다.

팟!

바로 한순간 추산의 눈이 광채를 발했다.

뭔가 이상했다.

—혹시 그것 아닐까!

자세히는 모르지만 사부가 죽기 전에 가진 내공을 제자에게 넘겨주는 방법이 있다고 했다.

본 적도 없고 경험은 더욱 없지만 애긴 들었다. 그렇다고 방추형이 자신의 사부일까 생각하니 천만의 말씀이었다. 상대는 사부는커녕 돈 받고 용병으로 와서 만난 단순한 상관일 뿐이다. 목숨과 같은 내공을 자신에게 줄 이유는 죽어도 없었다.

얼마쯤 지났을까. 오랜 시간은 아니었다. 점점 열기가 약해지더니 방추형의 손이 떨어졌다.

“한 번만 더 일주천을 해라.”

그만두려는데 방추형이 말했다.

다시 한 번 북두심법을 운용하고 돌아보았다.

꿈틀!

추산의 눈살이 찌푸려졌다. 불과 이각 전의 방추형과 상당한 차이가 있었다. 그중 가장 큰 차이는 피로해 보인다는 것이고, 힘이 빠졌다는 느낌.

"난 너에게 오십 년의 내공을 넣어주었다. 참고로 내가 지닌 내공은 칠십 년이다."

화악!

추산의 눈이 커졌다.

한 가지 생각이 머리를 스쳤다.

폐경이혈을 시전하기 위해서는 팔십 년 정도의 내공이 필요하다고 했다.

자신의 것 삼십 년에 넘겨받은 오십 년이면 폐경이혈을 시전할 수 있는 팔십 년이 된다. 그나저나 가장 궁금한 것은 목숨 같은 내공을, 그것도 오십 년이나 전이시켜 주었다는 점이다. 죽어도 이해가 되지 않아 물으려는데 갑자기 시끄러워졌다.

"다, 단주님!"

바로 그때였다. 아래로부터 한 명의 금마옥 무사가 뛰어왔다.

"와, 왔습니다."

"오다니? 누가 말이냐?"

"개, 개방에서……."

방추형의 안색이 급속히 굳어졌다.

"저 후레자식들 막아!"

"어딜!"

계곡 입구 쪽이 시끄러워졌다.

방추형은 신속히 몸을 날렸다. 몇십 명 되지도 않는 금마옥의 무사들이 무려 일백에 가까운 개방의 인물들을 가로막고 있었다. 개방의 무사들은 전혀 두려워한다거나 겁먹은 얼굴이 아니었다. 오히려 껄껄 웃으며 귀엽다는 듯 손가락질을 하고 목에 힘을 주며 말했다.

"우리뿐인 줄 아느냐? 우리 말고 또 다른 칠십 명의 형제들이 네놈들이 묵고 있는 이곳 주둔지를 에워싸고 있느니라. 봐라."

그러면서 먼 산등성이를 가리켰다.

산등성이를 바라보던 금마옥 무사들 얼굴이 흙빛으로 변해 버렸다.

멀지만 분명히 사람 그림자가 보였다. 그래도 믿을 수 없다는 듯 몇몇이 확인을 위해 몸을 날렸다.

개방의 수뇌 각각개가 냉소를 터뜨리며 말했다.

"이놈들이 아직도 정신을 차리지 못했구나. 뭣들 하느냐. 모조리 없애 버려라."

그때 확인 차 날아갔던 금마옥의 무사가 오더니 안색이 굳어졌다. 사실이냐고 물어보는 동료들을 향해 무겁게 고개를 끄덕였다. 그나마 일으켰던 배짱도 순식간에 자취를 감춰 버린 장내 분위기.

이쪽은 부상자까지 동원해도 오십 명이 채 안 된다.

사기까지 떨어진 금마옥이 눈앞의 일백 무사들과 포위하고 있는 칠십 명을 상대할 수는 없었다.

보나마나 싸움이 벌어지면 도륙 당하리라.

"멈춰라!"

그 순간 방추형이 날아 내리며 소리쳤다.

방추형은 부하들을 헤치며 앞으로 나아갔다.

"어서 오시오. 이곳 지단주 방추형이라 하오이다."

"흐흐흐! 네놈이 대포 같은 주먹을 갖고 있다는 권포 방추형이란 자구나."

"저; 저런 개노무 자식, 말버릇하곤."

"죽여라! 죽이자!"

금마옥의 무사들은 더 참지 못하고 외쳤다.

각각개의 미소는 더욱 짙어졌다.

"제법이야. 패졸 주제에 성질들이 있어. 하긴 흑도제일문의 무사라면 죽을 때 죽더라도 그런 기백은 있어야지."

휙!

그러면서 서찰 한 통을 집어 던졌다.

일 장 가까운 곳에서 온 힘을 실어 던진 서찰은 비수나 마찬가지였다.

탁!

그러나 방추형은 어렵지 않게 낚아 잡았다.

각각개의 눈자위가 실룩거렸다. 육십 년 내공을 담은 적엽

비화의 수법으로 던졌고, 더구나 거리는 코앞이었다. 어지간
하면 다치거나 내상을 입는다.

사실 방추형은 이를 악물고 있었다. 내공을 넘겨준 뒤인지
라 서찰에 실린 엄청난 힘에 하마터면 기혈을 목구멍 밖으로
쏟아낼 뻔했다.

파르르!

서찰을 쥔 방추형의 손이 떨렸다. 충격으로 떨고 고통으로
떨었다. 서찰은 모찰이 보낸 것으로 개방의 뜻에 따르라는 명
령이었다.

"주군께서는?"

가장 궁금한 내용을 물었다.

각각개는 음산한 웃음을 흘렸다.

"주군이라니? 그 자식 말이냐? 갔다."

방추형이 알아듣지 못한 표정을 짓자 재차 이죽거렸다.

"갔다고. 뒈졌다니까!"

모찰이 자결했다는 소식에 장내에 있는 금마옥의 무사들이
얼어붙었다.

"어어엉!"

누군가 눈물을 터뜨렸다.

"주, 주군, 어이 가셨사옵니까. 흑흑흑!"

여기저기서 일제히 통곡을 흘러나왔다.

닭똥 같은 눈물을 흘리는 무사들의 모습. 개중에는 땅바닥
에 털썩 주저앉아 대성통곡하는 이도 있었다. 울음바다로 변

해 버린 장내 상황에 놀란 이는 각각개였다.

　—이, 이런!

　운다고 다 우는 것이 아니고 눈물이라 해서 모두 슬퍼 흘리는 것이 아니다. 그러나 그가 보는 금마옥 무사들의 눈물은 가슴을 도려내는 슬픔이 아니고서는 흘릴 수 없는 피눈물이었다.
　"주구우우운!"
　"으아앙! 어찌 이런 망극할 일이 있습니까?"
　추산 또한 상당한 충격을 받았다.
　그러나 다른 사람들처럼 눈물이 흐른다거나 슬픔이 지배되어 있지는 않은 얼굴이었다.
　다만 패자의 말로(末路)를 보고 있을 뿐이었다. 자신에게 패한 차오는 영원히 낙양을 떠났고, 용월의 몸을 공짜로 탐닉한 신숭 또한 더 이상 저잣거리에 몸을 붙이지 못했다. 삶에서 패배한 자는 비참하다. 그러나 강호의 패자는 비참함으로 끝나는 것이 아니라 죽어야 한다.
　"방추형, 을지룡."
　각각개가 이름을 부르기 시작했다.
　그에게 호명된 인물들은 이곳의 간부들이었다. 하나둘 앞으로 나섰다. 모두가 비장한 얼굴들이었다.
　각각개에게 불려 나간 사람은 모두 아홉 명이었다. 대주이며 지단주이고 또한 이곳 금마옥 인물 중 가장 무공이 강한 자들이었다. 개방은 간부들이 아닌 일반 무사들까지 오늘을 위해 치밀하게 조사를 마쳤다는 의미다.

"똑바로 서랏!"

개방의 무사 한 명이 기우뚱 짝다리를 하고 있는 금마옥 무사의 엉덩이를 걷어찼다.

금마옥의 무사가 노려보았다. 자신을 걷어찬 개방의 인물은 기껏해야 스물 안팎, 그에 비해 자신의 나이는 마흔이다. 더구나 상대는 이제 고작 일결일 뿐이다.

"어, 네놈이 보면 뭐할 건데. 이놈이 아직도 상황 파악이 안 되나 보구먼."

빠악!

타구봉이 지체없이 금마옥 무사의 머리를 때렸다.

줄줄줄!

머리가 깨지며 순식간에 시뻘건 핏물이 금마옥 무사의 얼굴을 적셨다.

개방 무사가 얼굴을 가까이 대며 웃었다.

"봐. 또 봐봐. 조금 전처럼 노려보라구."

금마옥 무사의 입술이 미세하게 떨리고 있었다.

죽일 수 있었다. 한 방이면 저승으로 보낸다. 그러나 그 이후가 문제였다. 자신이 한순간의 분노를 자제하지 못하고 사고를 친다면 끌려 나오지 않는 다른 수하들까지 무참히 도륙당할 것이 분명했다.

"뭐해, 인마. 빨리 안 노려봐."

"자, 잘못했습니다."

"잘못, 알긴 아는구먼. 건방진 놈."

탁탁!

손바닥으로 뺨을 두어 번 때리고 지나간다.

그 모습을 쭈욱 지켜본 두 사람이 있었다. 각각개와 방추형이었다. 각각개는 재미있다고 웃는 반면 방추형의 입가로는 피가 흘렀다. 개방의 무사에게 두들겨 맞은 자의 이름은 요소소.

자신과 큰 차이가 없을 만큼 강한 주먹을 지니고 있다. 다혈질인데다 누가 건드리면 결코 참지 못하는 그가 눈물까지 머금으며 인내한 이유는 오직 하나이다. 자신이 주먹을 휘두르는 순간 수하들의 목숨이 무참한 죽음으로 이어질까 봐서이다.

"뭣들 하나? 죽여주길 기다리나?"

빨리 자결하라는 뜻이다.

그러나 누구도 각각개의 명령에 응하지 않았다.

"흐흐흐! 좋다, 죽여달라는 거라면 뭐 잘됐군. 그렇잖아도 심심하던 차인데."

"잠깐!"

방추형이 나섰다.

수하들을 일제히 바라본다. 만감이 교차한 시선이다. 전쟁터에서 만들어지고 쌓인 전우애는 그 어떤 인간관계보다 질기고 끈끈하다던가.

"제, 제군들!"

자신도 모르게 말이 떨려 나온다.

"나, 나 먼저 가노라. 저승에서 보, 보자꾸나."

픽!

번개처럼 천령개를 내려쳤다.

머리가 수박처럼 쪼개진다.

"단주님!"

"다안주님!"

금마옥 무사가 달려들었다.

"감히 어딜!"

각각개의 타구봉이 번뜩였다.

"컥!"

날아온 금마옥 무사의 몸이 중도에 떨어졌다. 머리가 흔적
도 없이 사라졌다.

"으으으!"

"끄으으!"

괴성이 들려 나왔다.

참을 수 없는 분노에 하나같이 치를 떤다.

개방 무사들이 타구봉을 뽑아 들었다. 그와 동시에 계곡 등
성이에 모습을 드러낸, 포위하고 있는 개방의 무사들.

손에는 강궁이 쥐어져 금방이라도 시위를 당길 것 같은 기
세였다.

추산은 피광에게 속삭였다.

"참아야 한다고 해. 빌미를 줘서는 안 돼."

팔백여 년 전 정사는 소실봉에 모여 한 가지 협약을 맺었다. 전쟁 중 포로로 잡힌 적은 어떤 이유로든 고문을 가한다거나 함부로 죽여서는 안 된다는 것이었다.

그런데 만약 분노하면 개방에게 공격의 빌미를 제공하는 꼴이 된다. 보고 판단하는 사람마다 다르다. 공격의 기미를 알아차리고 선수를 쳤다고 해버리면 할 말이 없다.

피광이 빠르게 사내들에게 추산의 말을 전했고, 그제야 온몸을 떨면서 분노를 거두었다.

"왜, 공격을 하지그래?"

"등신 자식들, 그러고도 사내들이냐."

기세를 거두며 차분해지자 오히려 금마옥 무사들을 자극했다.

―모조리 죽이고 싶어한다.

추산은 각각개의 속마음을 읽어냈다. 포로를 만들면 골치 아프다. 수용소를 마련해야 하고 먹이고 재우는 데 들어가는 경비가 적지 않았다. 어느 정도 시간이 흐르면 모두 풀어주지만 승자의 입장에서 보면 골치 아픈 존재들이다. 그렇기 때문에 가급적 포로를 줄이는 방법이 좋았다. 한 명이라도 없애야 잠재의 적이 사라지기도 하고.

갑자기 순종하고 조용해진 장내 분위기에 각각개의 눈이 빛났다.

패자의 처량한 눈빛, 그건 자신들의 처분에 맡기겠다는 표정이 아닌가.

파팟!

각각개의 눈이 빛났다.

오랜 강호의 경험에 비춰 드러나지 않는 수뇌가 있을지도 모른다는 생각.

긴 전쟁 탓에 모두가 지저분한 몰골, 그래서인지 아무리 살펴도 눈에 띄는 이는 없었다. 그런데 일사불란하다고 할 만큼 순종적인 눈빛들은 뭔가.

이심전심이라는 건가.

"죽자!"

"그래, 한 번 죽지 두 번 죽나."

퍽!

퍼퍼퍼퍼!

순식간에 천령개 내려치는 소리가 폭발음처럼 계곡을 울렸다.

"흑도는 영원하다! 흑도 만세!"

푸욱!

한 사내가 바위에 머리를 박았다.

아홉 명이 모두 시신이 되는 데는 서너 호흡도 걸리지 않았다.

시신을 둘러보는 각각개의 입술이 물리고 표정이 굳어졌다.
죽은 자들의 표정 때문이었다.

웃고 있었다, 아주 만족스러운 듯.

비록 죽지만 너 따위들과는 다르다는 것을 한껏 과시하는
듯한 야유이자 비아냥거림 같았다.

"쳐 죽일!"

개방 제자 하나가 시신을 향해 타구봉을 들었다.

"멈춰라."

각각개의 눈이 불을 뿜었다.

시신을 공격하는 것이야말로 더욱 초라해지고 개방의 품격
을 떨어뜨리는 추잡한 행위일 뿐이다. 누가 보고 있지만 않다
면 갈기갈기 찢어버리고 싶지만 참아야 했다.

"모여!"

각각개가 나머지 금마옥 무사들을 향해 소리쳤다.

금마옥 무사들이 슬금슬금 모여든다.

"뛰지 못해! 빨리 빨리!"

개방의 무사들은 닥치는 대로 타구봉을 휘둘렀다.

마침내 포로가 되었고, 지독한 폭력과 행패가 시작되었다.
벌써 몇 명은 피를 흘렸고 일부는 살려달라고 애걸하기 시작
했다.

"똑바로 서!"

빠악!

퍽!

조금만 동작이 느려도 곧바로 이어지는 공격.

"수중에 지닌 걸 모조리 끄집어내어라."

거지 한 명이 소리쳤다.

모두가 주머니에 들어 있는 물건들을 내놓기 시작했다. 그러나 일부 무사들이 머뭇거렸다. 그들은 용병이라는 이름으로 돈을 받고 동원된 추산 일행이었다. 비록 십여 명밖에 살아남지 않았지만 그들 수중에는 적지 않은 은자가 있었다.

"개자식아, 빨리 꺼내지 않고 뭘 꾸물대."

거지 한 명이 주위 눈치를 살피며 주머니를 뒤척거리고 있는 주부(周部)의 낭심을 걷어찼다.

주부는 추산도 잘 아는 사람이었다.

올해 나이 쉰셋으로 그 역시 자신처럼 쉰이라고 나이를 속여 들어왔다. 저잣거리에서 토끼 고기를 파는 상인으로, 자식은 없고 중풍에 걸린 부인과 단둘이 살고 있었다. 자신의 벌이로는 도저히 아내의 약값을 댈 수 없자 추산에게 사정하여 용병이 된 것이었다.

"뭐야, 빨리 안 꺼내!"

쫙!

이번에는 뺨이었다.

"꺼, 꺼냅니다. 꺼낼게요."

주부가 두려움에 젖어 주머니에 넣어둔 은자를 꺼냈다. 은자가 나오자 거지의 눈이 커졌다.

그동안 몇 차례 인편을 통해 보냈지만 지난 두 달 동안은 전쟁이 너무 치열하여 보낼 여유가 없어 그대로 지니고 있었던 듯 은자가 수북했다.

이미 다른 곳에서도 은자가 쏟아져 나왔고, 개방 거지들은 침을 삼켰다.

노골적인 탐욕의 표정들.

"모두 압수다. 이의있나? 수거하라."

각각개의 명령이 떨어졌다.

기다렸다는 듯 개방 무사들은 은자부터 주워 담기 시작했다.

"아, 안 됩니다."

여기저기서 은자를 챙기는 개방 무사들의 행동을 가로막았다.

"죽고 싶어?"

"너흰 포로다. 포로는 어떤 자격도 주어지지 않는다. 승자, 즉 내 소유란 말이니라."

하지만 쉽게 물러나지 않았다.

목숨을 대가로 번 돈이다. 포로라고 하여 지닌 돈의 소유권까지 넘어가는 건 아니라고 소리쳤지만 가혹한 폭력만 돌아왔다.

"제발……."

주부가 자신의 돈을 주머니에 담으려는 거지의 다리를 붙잡고 하소연했다.

"시키는 대로 하겠소이다. 그러니 돈만큼은 가져가지 마시오. 내 아내의 치료비로 쓸 돈입니다."

히죽!

어이없다는 듯 거지가 웃었다.

주부는 눈물까지 글썽거렸다.

"무사님, 그 돈 없으면 저희 아내는 죽습니다. 이 불쌍한 놈 살린다 생각하고 도와주십시오."

빠아악!

거지는 다리를 붙잡고 있는 주부를 뿌리쳤다.

주부는 힘없이 나가떨어졌고, 거지는 주머니에 은자를 넣고 돌아섰다.

"아, 안 됩니다."

돌아선 거지를 향해 주부는 몸을 날렸다.

와락!

다시 바짓가랑이를 붙들고 매달렸다.

"무사님, 제발 도와주십시오. 자비를……."

따아악!

타구봉이 허공을 갈랐고, 주부가 벌렁 뒤로 넘어졌다.

이마를 정통으로 맞은 듯 피가 콸콸 쏟아졌다. 그런데도 주부는 악착같이 일어나 저만치 걸어가는 거지를 향해 비틀거리며 다가갔다.

"도, 돈을 돌려주십시오. 돈만 주시면 뭐든지 하겠습니다, 무, 무사님!"

"뭐 이런 놈이!"

거지의 얼굴에 살기가 피더니 두 손으로 타구봉을 거머쥐었
다.

"오냐, 이놈!"

빠악!

빡— 빠바빠!

죽으면 반항을 하여 어쩔 수 없었다고 하면 된다.

가만 놔두면 주부는 죽을 것이다. 절대 포기할 주부가 아니
었다.

"그만해요."

추산은 주부를 말렸다.

주부는 피가 범벅이 된 얼굴로 울부짖었다.

"아니야, 추산! 저 돈은 반드시 내게 필요해! 벌써 두 달 동
안 보내지 못했어! 어쩌면 아내는 약을 구하지 못해 지금 죽었
는지도 몰라! 제발 저 돈만은 안 돼!"

쉰세 살 먹은 어른이 피눈물을 흘렸다.

추산은 조용히 돌아섰다.

거지가 의기양양한 얼굴로 바라본다.

"뭐야, 넌?"

추산은 나직한 목소리로 말했다.

"돌려주시면 안 되겠습니까? 아내의 약값이라고 합니다. 그
돈 없으면 아내는 죽는다고 합니다."

거지의 안색이 굳어졌다.

"부탁 드……."

빠악!

거지는 말이 끝나기도 전에 추산의 머리에 떨어지는 타구봉.

주르륵!

거지가 추산의 머리 역시 피가 흘렀다.

빡!

빡!

거지는 타구봉을 접더니 연거푸 좌우 주먹으로 턱을 돌린다.

추산은 전혀 반항하거나 피하지 않았다.

와락!

거지가 추산의 멱살을 거머쥐었다.

"이봐, 죽고 싶어?"

"돌려주시죠."

화악!

거지의 눈이 커졌다.

자신을 바라보는 추산의 눈빛, 그것은 실로 소름이 끼쳤다.

"돌려주십시오. 그 돈 없으면 저분 아내는 죽습니다. 자식도 없습니다."

"왜 그래?"

그때 각각개가 다가왔다.

그러자 거지가 손을 놓으며 그간의 경위를 말했다.

각각개가 피식 웃었다.

"그러니까, 네놈이 지금 포로 주제에 따졌단 말이더냐? 큭

큭큭! 포로가 포로답지 않으면 포로가 아니지.”

삐억!

정통으로 낭심을 걷어찼다.

추산은 비명도 지르지 못하고 웅크렸다.

풀썩!

숨을 쉴 수가 없었다.

콱콱콱콱!

각각개는 인정사정없었다. 발로 짓밟는 것도 부족해 주위를 두리번거리더니 커다란 바위를 양손으로 들어 주저앉은 추산의 머리통을 망설임없이 찍었다.

꽈아악!

벌렁!

추산은 뒤로 완전히 뻗어버렸다.

죽은 듯 꼼짝도 하지 않았다.

각각개가 목청을 높였다.

“다시 말한다! 너흰 포로다! 얼마든지 죽고 싶으면 따지고 덤벼라! 미련없이 죽여주겠다! 지금부터 너희의 무공을 폐하겠노라!”

각각개의 목소리가 울려 퍼졌다.

그런데 피로 범벅이 되어 쓰러진 추산의 눈이 찢어져라 커졌다.

―아아!

벼락을 맞은 듯 한 가지 사실이 떠올랐다.

방추형이 왜 자신에게 오십 년의 내공을 주입했는지 그 해답이 나온 것이다.

방추형은 포로가 되면 무공을 폐할 것이라는 것을 알고서 미리 자신에게 폐경이혈을 펼칠 수 있는 내공을 전이해 준 것이었다. 추산의 고개가 돌아갔다.

죽어 나뒹굴고 있는 시신들 속에 멈춘 그의 시선.

방추형의 머리에는 어느새 쇠파리들이 검게 달라붙어 있었다.

'다, 단주님!'

가슴이 뜨거워졌다.

태어나 이토록 자신의 가슴을 아프게 한 인물이 아버지 말고 또 있을까. 스스로 머리만큼은 누구에게 뒤지지 않는다고 자부했는데 왜 방추형의 깊은 생각은 알아차리지 못했단 말인가.

슬며시 고개를 들어 하늘을 보았다.

눈물을 흘릴 수는 없었다. 흘러내리려는 눈물을 막기 위해 고개를 들어 올렸다.

'단주님!'

비록 속으로 불렀지만 온 힘을 다 쏟았다.

반드시 오늘의 일을 잊지 않을 것을 맹세했다.

모찰을 생각하고 방추형을 떠올리자 금마옥과, 아니, 나아

가 흑도와는 피할 수 없는 인연으로 얽혀 있다는 생각이 든
다.

"크악!"

"억!"

무사에게 무공을 폐(廢)한다는 것은 죽음이나 다를 바 없었
다. 낙양에서 끌려온 이들이야 무공 폐하는 것에 그다지 관심
이 없었다. 그동안 적지 않는 수련으로 주먹질 수준이 상당히
올랐지만 그들의 목적은 돈이었다.

돌아가면 이웃집 고씨, 자신과 앙숙인 팽씨 따위에게는 더
이상 맞고 살지 않을 정도가 되었다는 것에 그들은 즐거울 뿐
이었다. 반면 금마옥 무사들은 달랐다.

그들은 정통 무사 출신들이다 보니 무공을 폐하는 것이 얼
마만큼 가혹한 일인지 알기에 저항을 했고, 여기저기서 비명
이 터지며 시체가 양산되었다.

저벅저벅!

두 무사가 흉흉한 눈빛으로 다가왔다. 혈도를 폐하며 무공
을 없애려는 것이다.

두두둑!

혈도가 이동하는 소리다. 그러나 안으로 들릴 뿐 밖으로는
아무런 흔적도 나타나지 않았다.

두 무사는 타구봉으로 무공을 폐하는 중요 혈도 세 곳을 쳤
다.

폐하려는 정도의 타구봉질이 아니라 잘못 맞으면 죽을 수도

있을 만큼 세게 쳤다.

"끄응!"

추산은 무공이 폐하게 되면 일어나는 현상을 보였다.

입을 벌리고 트림을 한다. 내공이 빠져나오고 몸의 근육과 뼈마디에 생성된 기운이 무너지면서 생기는 현상이다.

"탁!"

개방의 거지가 어깨를 툭 친다.

"너무 서러워 마라. 인생이란 다 그런 거야."

두 거지가 지나가고 피광이 다가왔다.

그의 표정은 심각했다.

"어떡하지? 돈 말이야."

그는 자신의 돈을 가져간 거지를 계속 노려보았다.

"몸은 어때?"

추산이 물었다.

"지금 몸이 문제야? 씨이."

피광은 버럭 화를 냈다.

그에게는 오로지 돈뿐이었다.

"저 거지새끼를 어떻게 밟아버려야 하는데."

피광의 눈에서 살기가 쏟아졌다.

주먹질은 분명히 올 때보다 늘었다. 무공이 폐해졌다고는 해도 어차피 보잘것없는 내공이므로 큰 타격도 아니었다.

다시 말해 옛날이라면 모를까 단둘이 붙는다면 해볼 만하다고 생각했다. 더구나 돈까지 빼앗겼으니 죽기 아니면 살기로 붙는다면 이기지 못할 것도 없었다.

문제는 다른 사람들이었다. 주위에 워낙 개방 인물들이 많았다.

열여섯 명.

저항하다 죽고 자결하여 떠난 사람을 제외하자 남은 사람은 스물여섯뿐이었다. 그중 금마옥의 무사는 고작 여섯 명밖에 되지 않았다.

간부 아홉이 자결했으므로 포로는 마흔한 명이 되어야 한다. 그런데 고작 스물여섯이었다. 이건 이전에도 없고 앞으로도 없을 무자비한 살육이며 소실봉 협약을 정면으로 위배하는 일이었다.

"가자!"

각각개의 명령에 추산 일행은 일렬로 섰다.

그 주위를 일백여 명이 넘는 개방 무사들이 수 겹으로 에워싸 버렸다.

사사삭!

앞에 있던 피광이 개방 제자들의 눈치를 살피며 다가왔다.

"생각 좀 해봤어?"

피광의 눈이 오른쪽으로 돌아갔다.

자신의 돈을 가져간 일결이 옆의 동료와 낄낄거리며 웃고 있다.

"이대로 끝낼 거야?"

어떻게 좀 손 좀 써보라고 재촉했다.

추산의 이마가 찌푸려졌다. 지금 추산의 머릿속에는 어떻게 포로들을 데리고 도망칠 것인지로 꽉 차 있었다. 그런데 피광은 자신의 돈을 되찾는 것 말고는 일체 다른 관심은 없었다.

"제발 돈 좀 찾아줘. 넌 내 친구잖아."

"목숨이 중요해, 돈이 중요해?"

"그걸 말이라고 해? 당연히 목숨."

"그러면 가만있어."

"가만있다니, 빼앗기란 말이야?"

"그럼 달려들어."

피광의 눈이 커졌다.

개방 무사에게 달려든다는 건 죽음을 뜻했다.

피광은 서운함을 노골적으로 비치며 말했다.

"너 정말 이럴 거야? 그 돈이 어떤 돈인데."

그때였다. 주부가 퉁퉁 부어터진 얼굴로 다가오더니 계면쩍은 표정을 지었다.

"추산, 미안하구나. 나 때문에……."

"몸은요?"

"뼈 좀 부러지고 살 좀 찢어진다고 죽겠느냐?"

여전히 집에 있는 아내가 걱정스럽다는 말투였다.

"고마워, 추산."

"아저씨, 그런 말씀 이제 그만해요. 그리고 좀 기다려 보세요. 어떻게 내가 해볼 테니까."

"아냐. 그냥 포기할래. 돈이란 게 있다가도 없고 없다가도

있는 것인데 마누라가 죽을 운명이라면 그 돈 못 찾는 것이고
살 운명이라면 찾겠지. 정말 미안해."
　주부가 추산의 손을 꼭 쥐고 사라졌다.
　주부가 사라지자마자 피광은 눈을 희번덕거렸다.
　"너 지금 뭐라고 했어? 주부 아저씨 돈은 어떻게 찾아보겠
다고 했지? 너 지금 사람 차별하는 거야?"
　"시끄러. 한 번만 더 내 앞에서 돈돈 하면 가만 안 둔다."
　추산의 눈이 부리부리해졌다.
　피광은 입을 다물었다.
　좀체 화를 내지 않는 추산이 인상을 썼다는 것은 농담 아니
라는 뜻이었다.
　피광은 입이 댓 자나 뻗어 나온 채 돌아갔다.

　주둔지를 떠나 남쪽으로 삼십 리쯤 걸었다. 산길로만 이동
했기 때문에 정확한 위치를 파악하기는 불가능했지만 하하(夏
河)쯤이 아닌가 싶다고 금마옥 무사가 소곤거렸다.
　"휴식한다!"
　각각개의 명령이 떨어졌다.
　그러자 포로들은 그 자리에 주저앉아 버렸다. 같은 거리를
걸어왔지만 무공을 잃지 않은 데다 마음이 편한 개방의 무사
들과 무공을 잃고 죽음의 공포에 시달리는 포로들과는 정신
적, 육체적으로 큰 차이를 보였다.
　포로들의 지치고 멍한 표정에서 어두운 미래가 엿보이기까

지 했다.

멈칫!

추산이 기운을 내라고 개방 무사들 몰래 동료들에게 눈짓을 하다 눈이 크게 떠졌다.

피광이 조용히 일어나 개방 무사에게 다가갔다.

"용건이 있습니다."

"말해봐."

"볼일이 급합니다."

"큰가, 작은가?"

"큽니다."

개방 무사가 이마를 찡그리더니 턱짓으로 가리켰다.

정말로 뒤가 마려운 사람처럼 피광은 엉덩이에 힘을 주며 숲 너머로 어기적거리며 사라졌다.

'저, 저놈!'

추산은 자리에서 벌떡 일어났다.

피광이 가는 방향으로 일결의 개방 무사 한 명이 사라지는 것을 보았는데 피광의 돈을 가져간 자였다.

막아야 했다. 만에 하나 일이 잘못되면 피광의 행동이 건수가 되어 이곳의 포로 모두는 잠재적 위험인물로 분류되어 도살당할 수 있다.

"무사님, 소인도 뒤가 급해……."

"흐흐흐! 그 기분 안다. 불안하면 자꾸 뒤가 마렵지. 다녀오너라."

큰 덕이라도 베푼 듯 웃었다.

추산은 기우뚱거리며 작은 언덕을 넘어갔다.

'이런!'

언덕 아래서는 이미 싸움이 벌어지고 있었다. 예상대로 피광과 개방 무사가 뒤엉켜 있는데 서로 끌어안고 치고받는 난투극이었다. 피광은 필사적으로 엉겨 붙어 닥치는 대로 때리고 심지어 입으로 물어뜯기까지 했다.

하지만 상대는 개방의 일결제자.

피광의 주먹이 상당한 진전을 이루었다고 해도 개방의 일결제자와 맞대결은 위험했다. 더구나 기습의 우월성은 십 초다. 즉, 십 초 이내에 승부를 보지 못하면 밀린다는 뜻인데, 싸움은 십 초를 넘어섰고 갈수록 피광이 밀리고 있었다.

'쳐 죽일 놈!'

이제 방법이 없었다.

개방의 제자를 죽여 없애야 했다. 살려두었다가는 다 죽는다.

"아이고!"

급기야 피광은 일방적으로 얻어맞기 시작했다.

빠악!

그 순간 개방의 무사를 향해 추산의 주먹이 뻗었다.

한 방!

"컥!"

숨이 막히는 것 같은 비명을 터뜨리며 엎어지더니 잠잠해졌다.

팔십 년의 내공이 실린 주먹에 단방에 끝났다.

"추, 추산!"

"뭘 해. 빨리 묻어."

추산은 버럭 화를 냈다.

피광도 그제야 사태의 심각성을 느낀 듯 미친 듯이 구덩이를 팠다.

둘은 함께 구덩이를 파고 개방 무사의 시신을 묻었다.

"잠깐!"

흙을 덮으려는데 피광이 제지했다.

시신의 주머니를 뒤지더니 자신이 빼앗긴 은자 스무 냥을 기어이 되찾아냈다.

추산은 혀를 찼다.

무서운 집념이다. 하긴 돈이든 무공이든 뭔가에 한번 매달리려면 저 정도는 되어야지 싶은 생각도 들었다.

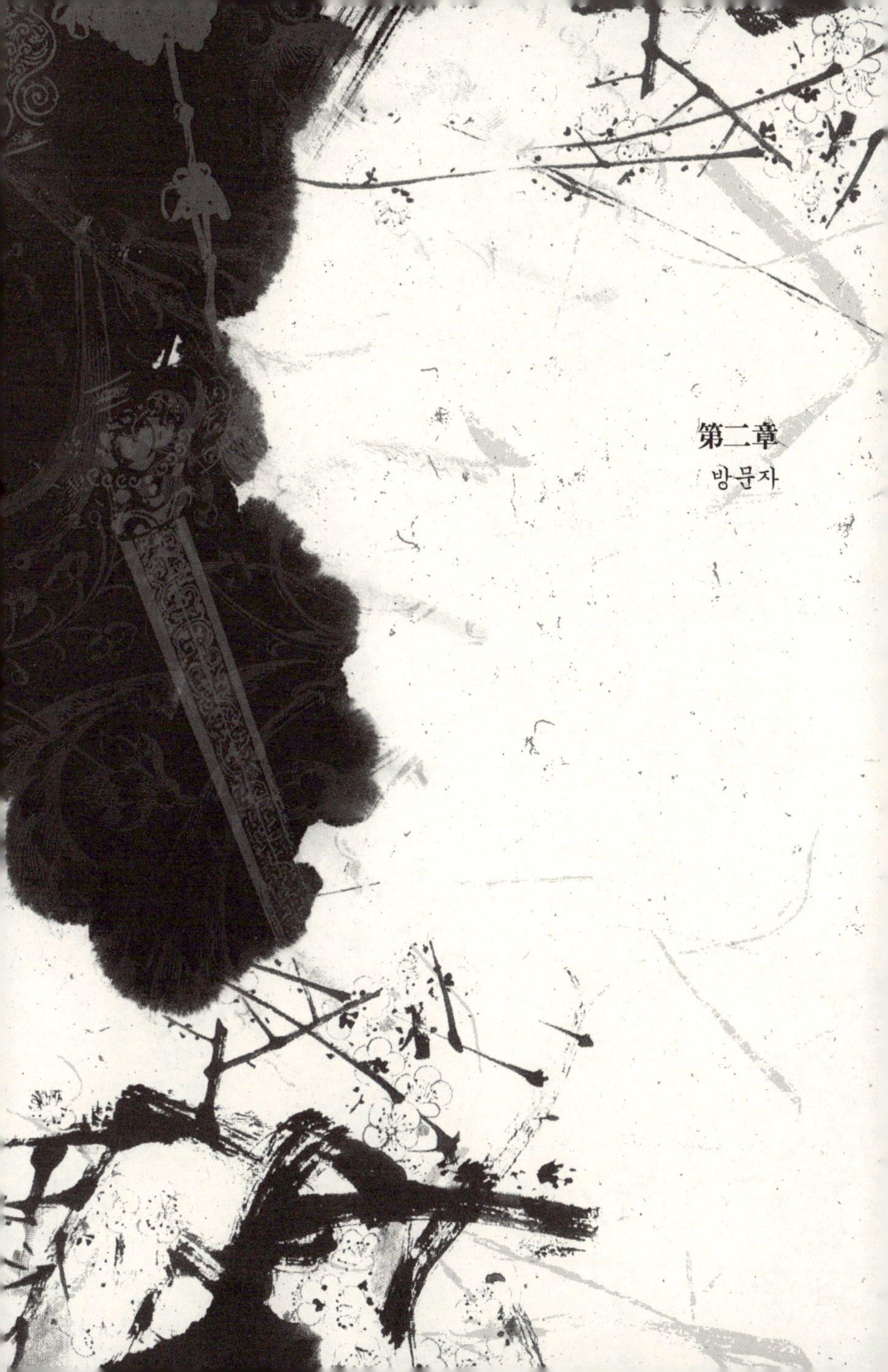
第二章
방문자

검명도살

　두 사람은 시신을 묻고 그 위로 풀과 나뭇가지를 덮어 최대한 표시가 나지 않도록 했지만 불안한 마음까지 지울 수는 없었다.

　"그, 그것 할 줄 알면 더 확실하게 완전범죄가 되는데, 거 뭐냐. 언젠가 저잣거리에서 봤는데 무림인이 쇠를 녹여 버리더라고. 아, 이제 생각났다. 삼매진화."

　피광은 삼매진화로 시신을 녹여 버리지 못한 것을 안타까워하며 불안해했다.

　"그것만 펼칠 줄 안다면 흔적도 없이 날려 버리는 건데."

　"시간없어."

　뭔가에 미련을 두거나 후회를 하기에는 이제는 너무 늦고 소용없는 일이었다.

두 사람이 돌아오자마자 각각개의 외침이 울렸다.

"휴식 끝!"

모두가 일어난다.

"출발!"

개방 무사 한 명이 말했다.

"초성이 아직 안 왔습니다."

"어디 간 거야?"

"볼일 본다고."

"오겠지. 출발해."

각각개는 대수롭지 않다는 반응을 보였다.

추산과 피광은 안도했다. 일은 그렇게 풀렸다.

＊　　　＊　　　＊

귀왕문의 포로는 모두 백오십 명이었다. 귀왕문 또한 문주를 비롯한 장로들과 호법, 단주들까지 한 명도 살아남지 못했다. 살아 있는 자들은 갖은 이유와 죄를 덮어씌워 죽이고 조금만 위험성이 있다고 판단되면 용서가 없는 학살이 벌어졌다.

황보세가 역시 살려둬 봤자 나중에 골치 아픈 일만 생길 뿐이라는 생각은 개방과 다르지 않았다. 아니, 모든 정도 문파가 약간씩의 차이는 있지만 포로에 대해 그다지 우호적이거나 인간적이지는 않았다.

부하들이 자행하는 갖은 학대와 저항하는 자를 향한 무참한 도륙을 보고서도 고개를 돌리거나 못 본 체했다.

그런데,

시간이 흐르면서 황보세가의 무사들이 변하기 시작했다. 처음에는 복수와 응징이라는 미명하에 앞장서서 귀왕문 무사들을 죽였지만 차츰 이상해진 것이다.

이름하여 조발증세(早發症勢)로 불리는 정신분열증.

전쟁 때는 상대가 자신을 죽이려 하기 때문에 정당방위 차원에서라도 살인을 하여 양심의 가책은 물론 정신적인 고통을 느낄 이유와 여유가 없었지만 지금은 달랐다.

무공까지 폐한 무저항의 상대를 온갖 트집을 잡아서 죽이다 보니 심신이 황폐화되어 가고 일부는 자신의 손에 죽은 귀왕문 무사가 꿈에 나타난다면서 공포에 떠는 이까지 생겼다. 심지어 대낮에도 헛것을 보며 자살하는 사태까지 일어났다. 살인에 신물이 난다면서 모두가 도망치고 피했다.

"제가 하겠습니다."

모두가 소스라치며 겁을 먹고 기피하는데 한 사내가 자청하고 나섰다.

추작도였다.

동료 모두가 눈을 부릅떴다. 동도악 또한 놀란 표정이었다. 동도악은 황보세가의 포로수용소인 이곳 비사곡(飛死谷)의 곡주를 맡고 있다.

황보곤은 귀가(歸家)하면서 동도악을 따로 불러 은밀히 명령했다. 어떻게 해서라도 단 한 명도 살려주지 말고 돌아오라. 피의 청소를 강하게 명령했다.

"추 급주(級主)가?"

급주는 단주 아래로 한 명의 수하도 없었다. 그러나 직위가 없는 무사보다는 높았다. 극철을 죽인 것에 대한 보상으로 얻어진 급주라는 자리.

"속하에게 맡겨주십시오."

"역시!"

와락!

동도악은 추작도를 힘껏 끌어안았다.

추작도가 극철을 죽이지 못했더라도 어차피 전쟁은 끝났을 것이다. 하지만 극철에 의해 입은 피해가 적지 않았기에 상부로부터 책임 추궁은 피할 수 없었다.

최소한 뇌옥 아니면 직위 강등이었다.

강등(降等)이야말로 무사에게는 치욕이 아닌가.

강등이 되면 어제까지 명령을 내리던 수하들과 동급이 되어 평대를 한다. 어디 그것뿐인가. 강등을 당해 괴롭히던 부하로부터 처절한 비아냥거림과 모욕을 당한 상관을 수도 없이 보아왔다.

극철을 없애 자신을 살린 인물.

그런데 또다시 자신의 근심과 고민을 해결하겠다고 나서자 자신도 모르게 끌어안은 것이었다.

"추 급주, 고맙다. 난 널 절대 잊지 않을 것이니라."

"대신 조건이 있사옵니다."

"뭐든지 말하라."

무조건 들어주겠다는 태도다.

추작도가 조용히 입을 열어 말했다. 추작도의 얘기를 듣던 동도악의 얼굴이 굳어졌다. 급기야는 입술까지 물렸으나 추작도는 멈추지 않았다. 한참 얘기가 이어졌고, 동도악이 가벼운 한숨을 내쉬더니 하늘을 올려다보았다.

추작도는 기다렸다.

얼마나 지났을까, 많은 고민과 갈등의 빛을 보이던 동도악이 말했다.

"좋다. 허락한다. 단 너와 나 둘만의 비밀이니라. 절대 다른 사람의 눈에 띄거나 알아서는 안 된다. 꼭 지켜다오."

동도악은 절박한 얼굴로 말했다.

한 명이라도 살려오면 각오하라고 황보곤은 말했다.

비사곡은 남북으로 나누어져 있었다. 남은 비남곡, 북쪽은 비북곡이라 불렸는데, 남쪽을 바라보는 비북곡은 볕이 잘 들었다. 하루 종일 그늘이 드리워진 비남곡엔 귀왕문 포로들이 있었다.

황보세가 무사들은 눈과 한겨울 바람을 피할 수 있도록 막사 속에 기거하는데 비해 비남곡은 아무것도 없었다. 눈이 내리면 맞고 바람이 불면 떨어야 하는, 말 그대로 노숙이었다. 유일한 바람막이는 동굴과 바위틈이었다.

한여름이라고 해도 오랜 노숙은 사람을 지치고 병들게 하는데 한겨울의 감숙성은 죽음의 땅이었다.

처벅처벅!

들려오는 발걸음 소리에 사시나무 떨 듯하며 추위와 싸우던 귀왕문 무사들의 고개가 일어났다.

귀왕문 무사들의 얼굴에 공포가 떠올랐다.

황보세가의 무사들이 올 때마다 서너 명씩 시신이 되었기 때문이다.

"꿀꺽!"

"음!"

여기저기서 두려움 가득 찬 신음이 흘러나왔다.

오늘은 누굴까 하고 바라보던 귀왕문 무사들 이마가 찌푸려졌다. 여태껏 한 번도 오지 않았던 인물이다. 하지만 얼굴은 낯이 익었다. 그다지 자신들에게 인상을 쓴다거나 흉포하게 대하지는 않았고, 도통 말이 없어 조금은 안심이 되었지만 비남곡을 왔다는 것은 살인의 목적 말고는 없기에 떨렸다.

척!

걸음을 세운 추작도가 일백여 명 가까운 귀왕문 무사들을 바라보았다. 혹시라도 눈이 마주칠까 봐 모두 시선을 피했다. 가만 내버려 둬도 오래 견디지 못하고 모두 죽을 것 같은 쇄락한 몰골들.

“죽여도 좋으니 무공을 회복시켜 달라고 했는가?”

추작도가 힘있는 목소리로 물었다.

분명히 그렇게 말했으나 누구도 대답하지 않았다. 며칠 전 누군가 대답했다가 너 이리 나와 하여 곧바로 죽이는 모습을 보았기 때문에 입을 꽉 다물었다.

“괜찮다. 말해보아라.”

여전히 침묵이다.

“말해도 안 죽일 테니 말해보아라. 정말이니라.”

“사실이오?”

“날 믿어라.”

“맞소. 우린 그렇게 말했소.”

“이유가 뭔가?”

“어차피 죽을 것이라면 무사답게 죽고 싶기 때문이오.”

“알아듣기 쉽게 말하라.”

“싸우다 죽고 싶다는 얘기오. 무사가 싸우다 지면 죽는 것 아니오이까?”

“포로가 어떻게 싸운단 말인가. 싸움에 져 포로가 됐거늘.”

“인정하오. 하나 이렇게 갖은 트집을 잡아 죽일 바에는 싸우다 죽게 해주시오.”

“혹시 대결을 통해 이기면 살려주고 지면 죽여달라는 건방진 요구 아닌가?”

아무도 대답하지 않았다.

추작도는 말했다.

"맞구나. 그런가?"

"그렇소이다. 비록 포로지만 저항까지 할 수 없도록 만들어 놓고 죽인다는 것은 소실봉의 합의 이전에 무사답지 못하오. 더구나 당신들은 의와 협을 앞세우는 정파인들 아니오."

추작도가 빙긋 웃었다.

"포로치고 너무 주제넘은 조건이라고 생각하지 않나. 분명히 말하지만 그대들은 패한 무사들이다. 패했으니 죽는 건 당연한 것 아닌가. 이쪽에서 어떤 방식으로 죽이든 말이다. 강호에 패자가 설 땅은 저승뿐이니라."

"포로라고 하여 무조건 죽어야 한다는 이유는 없소이다. 승자들이 만들어낸 궤변일 뿐이오."

왠지 말이 통한다.

그래서 하고 싶었던 말, 가슴에 담아두었던 말을 모두 쏟아내었다. 그런데 의외로 추작도는 모두 들어주고 있었다. 말이라도 쏟아놓자 가슴이 후련해졌다.

"좋다, 원하는 대로 무공을 회복시켜 주겠다. 대신."

팟!

파파팍!

무공을 회복시켜 주겠다는 말에 일제히 눈을 빛냈다.

추작도는 말했다.

"날 상대로 싸워 이겨라."

"이, 이기면?"

"살려준다. 그러나 패하면 죽는다."

"저, 정말이오?"

"난 한 입으로 두말을 하며 살지 않았다."

사실 무사에게 패배는 죽음이다.

상대가 죽이지 않더라도 죽음에 가까운 치욕을 느낀다.

사느니 죽느니만 못하다고 볼 때 입이 백 개라도 할 말이 없다. 포로를 절대 죽이지 않는다는 소실봉 합의가 있기는 하지만 유명무실해진 지 오래.

그리고 보면 자신들의 요구와 불만은 억지에 가까운 염치없는 짓이었다.

퍽!

한 사내가 그 자리에서 무릎을 꿇었다.

주르륵!

사내의 눈에서 눈물이 흘렀다.

"왜 우는가?"

"기뻐서 우는 것이오. 적이지만 당신은 진정한 무사요. 감히 이름을 물어도 되겠습니까?"

추작도는 잠시 망설였다.

그러나 이내 대답했다.

"노독수이니라."

"노독수, 잊지 않으리다."

"나와 대결을 원하는 자, 손을 들라."

척!

무릎을 꿇은 사내가 가장 먼저 손을 들었다. 그러자 여기저기서 손을 들기 시작했다. 어차피 죽는다. 그렇다면 힘닿는 데까지 싸우다 죽고 싶었다.

설혹 패배가 예정되었다고 해도 그 길이 훨씬 자유롭고 인간적이다.

"지, 질문이 있습니다. 만약 노 무사님을 이기면?"

"앞서 말하지 않았는가. 돌아가게 해주겠다, 고향으로."

화악!

벌떡!

일제히 일어섰다.

지금은 전쟁이 끝난 지 얼마 되지 않았고 아직 서로에 대한 감정의 앙금이 가라앉지 않았기 때문에 포로들에 대한 학대와 도륙이 문제시되지 않지만 언젠가 강호 정세가 제 궤도에 오르면 반드시 돌발 변수, 크게는 정파 내에서조차 거대한 불씨가 될 수도 있다는 것이 추작도의 설명이었다.

도륙 사실이 불거지면 민심은 정파에 등을 돌릴 것이고 필시 누군가, 아니, 어느 문파는 반드시 포로 처리에 대한 피의 폭풍을 맞는다. 어쩌면 폐문이란 무서운 사태도 올 수 있다고 조금 전 동도악을 설득했다. 황보곤의 경고도 두렵지만 황보세가가 그 표적이 되지 말란 법도 없다는 적당한 위협으로 동도악의 마음을 움직였고, 다행히 성공을 거두었다.

"너 좋을 대로 하라!"

지금 추세로 간다면 포로 중 단 한 명도 살아남지 못한다.

어차피 죽일 상대라면 무공을 회복시켜 주고 자신의 무공을 수련하는 상대로 만들 생각이었다. 그렇게 되면 적은 살아 돌아가기 위해 그 어느 때보다 더 혼신을 다해 공격할 것이고 자신 또한 죽지 않기 위해서는 진지할 수밖에 없었다.

어떤 수련도 실전보다 우선하지 않는다. 그 실례가 지난 일 년의 전쟁이었다. 이기거나 최소한 치열한 승부로 큰 도움을 주면 무조건 살려 보내줄 생각이었다. 언뜻 잔인하고 냉정하게 보일 수도 있지만 더 이상 포로들에게 베풀 수 있는 선의는 없었다.

"진짜 이기면 보내줍니까?"

추작도는 단호히 말했다.

"고향으로 돌아가고 싶으면 죽을힘을 다해 덤벼라."

"이, 이겼는데 씨이 죽이거나……."

너무 감격한 듯 목이 멘 목소리다.

추작도는 사내를 향해 말했다.

"이겨라. 그럼 모든 꿈이 이뤄진다. 그 대신 내 칼에 죽거든 날 미워하지 마라. 난 싸워서 이겼을 뿐 너희를 죽인 건 절대 아니다."

"그야 당연한 것 아니오. 무사가 싸우다 죽은 걸 가지고 어찌 억울하다 할 것이며 상대를 원망한단 말이오. 우린 그런 삼류들이 아니오이다. 더구나……."

사내는 말을 끊었다.

솔직히 포로가 되었으니 죽여도 할 말은 없다고 하려다 다물었다.

추작도가 입을 열었다.

"한 가지 조건이 더 있다. 하루에 다섯 명 이상은 절대 싸우지 않겠다. 그 이유는……."

"말하지 않아도 되오. 당신은 지칠 것이지만 우린 지치지 않을 테니 불공평하지 않습니까?"

추작도는 고개를 끄덕였다.

"나오라."

서로 앞다퉈 나왔다.

살고 싶다는 의미보다는 어서 빨리 이 지옥을 벗어나고 싶은 희망이리라.

"난 다섯이라고 정했다."

그러니 너희가 알아서 오늘 자신과 싸울 다섯을 정하라는 의미였다.

사내들은 둘러앉아 얘기를 나누고 때로는 언성이 높아지기도 했다. 그러나 이내 고개를 끄덕이더니 한 사내가 추작도를 향해 보았다.

"공정을 기하기 위해 지켜봐 주시오."

사내들은 일렬로 나란히 섰다. 그러더니 어금니를 깨물기도 하고 입술을 사정없이 비틀기도 하며 침을 뱉을 준비를 한다.

—구액장도(口液長賭).

구액장도는 아이들 도박 놀이였다.

선을 긋고 돈을 건 다음 침을 뱉는다. 가장 멀리 뱉은 자가 판돈을 쓸어간다.

누가 침을 멀리 뱉느냐로 다섯 명을 뽑으려는 것이다.

열 명이 섰다.

목에 잔뜩 핏대를 세우고 볼이 움직이는 것이 침이란 침을 모조리 혀끝에 모으는 것이다.

"시… 자아악!"

추작도의 신호가 떨어지자 일제히 침을 뱉었다.

퉤!

퉤액!

아퉤퉤애애!

조금이라도 멀리 뱉기 위해 사내들은 혼신을 다했으며 추작도는 침이 떨어진 곳에 막대기로 표시를 했다.

이윽고 가장 멀리 떨어진 침의 소유자 다섯이 가려졌다.

추작도는 망설이지 않고 다섯 사내의 폐맥(廢脈)을 해혈(解穴)해 주었다.

동일한 수법으로 폐혈을 했을 때 그 수법으로 다시 해혈, 즉 복원이 가능하다. 귀왕문 무사들을 폐혈한 수법은 황보세가의 미치타(靡緻打)라는 지법이었다.

지법은 손가락으로 펼치지만 다른 무예와 달리 여러 가지 방법으로 변형이 가능한 장점을 지녔다.

쉬익!

쉬이이이이!

추작도의 칼이 바람을 갈랐다.

금방이라도 몸에 구멍을 낼 듯했지만 교묘하게 막힌 혈도를 건드리기만 할 뿐이었다.

“……”

“……”

사내들이 입을 닫았다.

설마 진짜로 무공을 회복시켜 줄 줄이야.

그것뿐이 아니었다.

“받아랏!”

추작도는 등 뒤에 메고 있던 자루를 내려놓았다.

그곳에는 검이 가득 들어 있었다. 무공을 회복시켜 주고 당당히 겨루자고 한 것만 해도 기쁘고 멋진 사내였다. 그래서 검 따위는 생각하지 않았다. 근처에서 나뭇가지 하나 꺾으면 충분했다. 절정의 고수가 아니기 때문에 진검과 목검의 차이는 엄청나지만 그것까지 공평함을 요구하고 싶지 않았는데 진검을 내놓자 할 말을 잃는 듯했다.

그리고 하나같이 머릿속을 스치는 생각.

―진정한 무사다!

진정한 무사에게라면 죽어도 여한이 없다. 진정한 무사는 강해서가 아니라 행위가 정도를 벗어나지 않는 사람을 말한다. 말 그대로 무사의 도(道)를 지닌 사람.

상대는 소년이었다.

많아야 열다섯을 넘지 않았을 것 같은 어린 티가 얼굴 곳곳에 고여 있다.

불현듯 떠오르는 얼굴 하나가 있었다.

아들 추산이었다.

보내준 돈은 잘 받았는지, 이번엔 그 어느 때보다 풍족하게 보냈으니 춥지 않게 겨울을 보낼 것이다.

"몇 살인지 물어도 되겠는가?"

추작도가 물었다.

"무사란 오로지 검으로만 말하는 법, 남의 나이는 알아서 무엇하려 하시오. 이름 석 자를 말해 드리리다. 사막도라고 하오."

소년은 검을 들고 나왔다.

제대로 먹지 못하고 동상까지 걸린 최악의 몸 상태이지만 소년의 눈은 활활 타올랐다.

지금의 대결에 자신의 모든 것을 걸겠다는 의지이다.

—좋다. 그래, 그것이란다!

어깨를 펴고 당당하게 보이려는 소년을 보며 추작도는 속으로 칭찬을 아끼지 않았다.

척!

소년의 자세가 바뀐다.

귀왕문의 절기 귀왕욕살검의 기수식 귀왕현(鬼王現).

기수식을 보면 상대의 실력이 어느 정도인지 가늠할 수 있다. 그런데 금핵단을 복용했고 일 년 가까운 전쟁을 통해 도법이 오르면서 추작도의 눈은 높아졌다.

놀랍게도 소년의 검은 약하지 않았다. 추위에 굶주려 허약했지만 검의 이치만큼은 알고 있음이 분명해 보였다. 소년의 움직임은 신중했다. 그것은 싸움이 시작되면 목숨을 도외시한 공격을 하겠다는 의지였다.

어떤 초식이나 신공보다 무섭다는, 너 죽고 나 죽자는 동귀어진의 수법. 동귀어진을 가장 즐겨 사용하던 대표적인 인물이 자신이라면 과할까. 그렇게 살았기에 죽지 않고 살아 있었고, 그래서 더욱 소년의 필살 의지가 돋보였다.

"아그악!"

소년의 목소리는 기합이라기보다는 살겠다는 포효에 가까웠다.

비스듬히 베어오는 식이 아주 강하다.

이기겠다는 의지가 지나치게 강하다 보니 검에 힘이 들어갔다.

자꾸 추산이 떠올랐다. 그러다 보니 칼에 정이 들어갔다.

─안 된다!

봐주는 건 사치였다. 소년에게 미안하지만 상대가 안 된다
면 빨리 해치우는 것이 좋았다. 그런 자를 상대로 오래 끈다는
것은 모욕일 뿐이었다.

푸욱!

일 초에 소년은 비명도 지르지 못하고 고꾸라졌다. 그러나
그의 눈에는 아쉬움도 불만도 없었다. 추작도는 자꾸 미안한
생각이 들어 얼른 고개를 돌려 버렸다.

"괜찮겠습니까?"

두 번째 사내가 사막도가 떨어뜨린 검을 주워 들며 묻는다.
아무리 고수라고 해도 대충 싸우지는 않는다. 비록 쉽게 이긴
것 같았지만 추작도는 최선을 다했고 그러다 보니 상당한 내
공 소모가 있었을 것이다.

추작도는 묵묵한 얼굴로 말했다.

"꼭 살아 돌아가길 빈다."

"감사합니다."

모든 말이라고 진정성이 있는 건 아니다.

그러나 추작도는 진심으로 자신이 고향으로 돌아가기를 바
라고 있었다.

"어잣!"

사내는 곧바로 달려들었다.

"엇!"

갑자기 추작도가 경악성을 터뜨렸다.

달려들던 사내가 중도에 사라져 버린 것이다. 추작도의 눈은 빠르게 움직였지만 사내의 모습은 없었다.

팟!

한순간 추작도의 뇌리를 스치는 생각.

─환명(幻明)!

환명을 얘기하자면 반드시 먼저 환술을 짚고 넘어가야 한다. 환술은 배교에서 내려온 무공으로, 상대의 시선을 여러 가지 술법으로 현혹시켜 헷갈리게 하는데, 수련 과정이 무척 까다롭고 오랜 시간을 필요로 한다.

그러나 환명은 환술과 비슷하지만 한 번밖에 펼칠 수 없었다.

기의 운용을 통해 순간적으로 자신의 모습을 강한 빛으로 만들어 버린다.

추작도는 눈을 감았다.

강렬한 빛에 노출된 시력은 상실된다.

─눈을 감으면 평소보다 두 배는 감각이 높아진다.

맹인이 아닌 눈을 뜬 사람들은 지나치게 시력에 모든 것을 의존한다. 반면 앞을 보지 못한 사람들은 온몸으로 사물을 살피고 느껴야 하기 때문에 감각이 최고조로 발달한다.

시력을 지녔어도 눈을 감으면 아주 잠깐 사이에 감각은 급속도로 올라간다는 것은 그동안 강호를 돌아다니며 들었고, 경험한 내용이다.

—좌측!

미세한 느낌이 뺨으로 다가온다.

뭔가 위험한 물건이 자신을 향해 다가오자 몸의 감각이 위험 신호를 보내고 있는 것이다. 하나 감각은 빠르게 무뎌지는 성질을 지녀 시간이 지나면 사라진다.

느껴질 때 곧바로 의심 않고 행동으로 나아가야 한다.

빙글!

돌아서며 아무도 없는 허공을 향해 찔러가는 칼.

칼끝에 뭉텅 걸리는 느낌.

"커억!"

이어 터져 나오는 비명과 더불어 모습을 드러내는 조금 전의 사내.

사내의 옆구리에서는 추작도가 만든 것으로 보이는 구멍이 나 있고 피가 흘러내린다.

사내는 옆구리를 쥐며 더듬거렸다.

"고, 고맙소."

그냥 죽여도 할 말 없는데 소원을 들어줬다.

그럼 된 것이다. 더 많은 것을 바라고 왈가왈부하는 건 무사답지 못하다.

털썩!

사내는 꼼짝도 하지 않았다.

"또!"

"석만호라고 하오."

세 번째 사내가 다가와 섰다.

쓰러진 동료의 손에 쥐어진 검을 받아 쥐었는데 역시 귀왕현의 기수식이다.

팟!

추작도의 눈이 이채를 발했다.

사내의 나이는 서른 중반쯤 되어 보였다. 평범한 얼굴에 육척에는 조금 모자랄 것 같은 신장.

앞선 인물과 달리 자신을 바라보는 눈에는 아무런 감정도 없었다. 적의도 살겠다는 의지도 발견되지 않는다.

무심(無心)이요, 무감(無感)이었다.

무심과 무감은 억지로 꾸며지지 않는다. 무공의 경지와 오랜 경험이 섞이면서 탄생되는 신체적 변화이다.

—고수!

말단의 무사는 아니었다. 필시 귀왕문의 간부쯤 될 것이다.
이미 간부들은 철저히 찾아내어 제거했는데 아마 신분을 숨기
고 황보세가의 칼을 피했을 것이다. 그렇다면 이름도 가짜일
가능성이 컸다.

쐐애액!

검이 파고들어 온다.

상체를 흔들지 않고 팔과 다리만을 이용한 움직임. 더구나
앞선 무사와 달리 공격의 각도나 검에 실린 힘도 크지 않았으
며 그러다 보니 빨랐다.

째앵!

추작도는 칼끝 부분으로 찔러오는 석만호의 검을 쳐냈다.

흠칫!

가볍게 찔러오는 검이었기에 쳐냈는데 웬걸, 손바닥이 짜릿
했다.

예상보다 더 높다.

추작도는 섬뜩한 기운을 느꼈는데 더 놀라운 일이 벌어졌
다.

싸아악!

옆으로 튕겨 나간 석만호의 검이 회수되지 않은 채 베는 동
작으로 바뀌어 추작도의 허리를 노렸다. 공격의 각도와 변화
를 줄 때는 반드시 따라줘야 할 것이 있다.

내기 운용이 전혀 다르다는 것이다. 상대를 힘껏 때렸다가
때린 만큼의 힘으로 다시 잡아당길 수 없듯 변화를 위해서는

반드시 어느 정도 숨을 들이마시거나 힘을 조절할 시간이 필요하다.

물론 고수는 예외이다. 어떤 상태에서 어떤 공격으로 변화를 주어도 부드럽고 빠르게 이어진다.

—절정의 고수다!

고수와 일류고수와 절정의 고수에는 차이가 있다. 흔히 생사현관이 타통되거나 삼화취정(三花聚精)까지를 일류로 본다. 내공으로 치면 일 갑자.

정파와 사파에서 보는 일류의 기준에는 조금씩의 차이가 있지만 거의 그렇게 본다.

일류고수는 오기조원(五氣調元)에 이르러야 하고, 절정의 고수는 노화순청(爐火純靑)에 올랐을 때를 말한다.

추작도가 노독수로 변신했을 때가 일류에 인접했다. 즉, 고수라고 불릴 수 있을 정도였다. 하지만 일 년 가까운 전쟁이란 실전으로 스스로 완전한 일류가 되었다고 진단했다.

그런데 상대는 절정의 고수가 틀림없었다.

어떻게 이런 인물이 죽지 않고 살아 있었을까 의문을 품기에는 상대의 검이 너무나 빨랐다.

걸리면 하체와 상체가 깨끗하게 잘려 나갈 지경의 빠른 변검.

스윽!

신속히 뒤로 일 보를 후퇴하는 것과 동시에 찌익 하는 소리가 들리며 배꼽 아래쪽 옷이 베어져 너풀거린다. 추작도의 등골에 식은땀이 흘렀다. 조금만 보법이 늦었다면 허리가 베어지지는 않았을지라도 중상을 피하지 못했을 것이다.

싸아아!

다시 온다.

베는 동작이다.

물이 흐르듯 무리하지 않는다. 왼쪽으로 베었다가 실패하자 다시 반대 반향으로 베는 동작.

다른 점이 있다면 좀 더 빨라졌다는 것이다.

찌름에서 베는 동작으로의 기의 운용이 편함으로 인해 생기는 현상이었다.

부챗살처럼 퍼지며 수평으로 베어오는 검을 보며 추작도의 온몸이 끓어올랐다.

그것은 승부욕이며 쾌감이었다.

괜히 아무런 소득도 없이 힘만 쓰는 것이 아닌지 나름대로 고민했다.

그런데 이 무슨 횡재인가.

처억!

추작도가 빠르게 한 걸음 다가갔다.

추작도의 허리를 베려는 석만호의 검신은 끝부분이었다. 그런데 한 걸음 다가들자 순식간에 허리를 베게 되는 검신 부분이 손잡이 근처가 되어버렸다.

손잡이 부분이라고 해서 허리를 베지 못하지는 않는다. 그러나 석만호가 모든 힘을 집중하고 있는 검의 부위는 끝을 중심으로 기껏해야 아래쪽으로 두세 치.

한 뼘 정도이다.

석만호뿐만 아니라 모든 병기를 휘두르는 무사가 전병(全兵)에 힘을 싣지 않고 끝에 집중한다.

공격 부위는 병기의 끝이고 사정권을 벗어나기 위해서는 무조건 끝보다 멀리 서야 한다.

흠칫!

추작도가 다가서자 석만호가 소스라쳤다.

추작도의 예상치 못한 움직임은 그것으로 끝나지 않았다.

쉭!

혓바닥을 날름거리는 뱀처럼 손에 쥔 칼이 전광석화와 같이 찔러왔다.

세상에서 찌르는 동작처럼 간단하고 빠른 것은 없다.

변화는 없고 가장 가까운 거리를 파고드는 찌름에 석만호가 소스라쳤다. 그러나 그는 확실히 절정의 고수였다.

순간적으로 당황하는 듯했지만 이내 검에 변화를 주지 않았다.

검끝, 즉 공격 부위에 걸리지는 않았지만 상대는 어차피 피하지 못한다.

자신 또한 피할 수가 없었다. 피하기에는 너무 늦었고 전혀 예상 못한 반격이었기 때문이다.

왕왕 강호의 선배들을 통해 듣는 말이 있었다.

수백 번 싸웠는데도 한 번도 겪어보지 못한 상황에 맞닥뜨릴 때가 있다고 한다. 그만큼 상대마다 공격 취향이나 방법이 다르고 동일한 초식인데도 생존하려는 의지와 본능이 달라 대처가 다르다고 한다.

지금 추작도의 공격법은 흔히 말하는 살을 주고 뼈를 취하는 수법이었다.

물론 살은 석만호의 것이다. 그러나 뼈는 추작도의 것이다. 추작도는 손해를 알면서도 과감히 덤벼들었다.

푹!

싹!

찌르고 벴음을 누구라도 알 수 있을 만큼 들려오는 소리에 귀왕문 무사들이 일제히 바라봤다.

두 사람은 이 장이 조금 안 되는 거리를 두고 섰다.

누구도 꼼짝하지 않았다. 그러나 둘의 몸에서는 피가 흘러내리고 있었다. 추작도의 하복부에서 피가 넓게 흘렀다. 그건 검이 고르게 하복부를 수평으로 베고 갔다는 뜻이다.

반면 석만호는 오른쪽 허리춤에서만 피가 흘렀다. 핏물이 흘러내리는 양도 오줌 줄기 정도.

누가 봐도 추작도의 부상이 깊음을 알 수 있었다.

싹!

쉬!

둘은 이내 벼락같이 서로를 향해 달려들었다.

피를 볼 때와 보지 않을 때에는 분명한 차이가 있다. 피를 보면 더욱 공격적이며 야수성을 띠고 거칠어진다. 둘의 공격은 조금 전과 또 달라졌다.

사람도 동물, 석만호의 검이 그러했다.

처음에는 어떻게 해서라도 이겨 돌아가려는 생각이 앞섰지만 불현듯 가슴 밑바닥으로부터 솟구치는 열기.

그것은 승부욕이었다. 죽음보다는 반드시 이기고 말겠다는 것.

그것은 귀왕문 당주로서의 자존심이었다.

형당 당주. 귀왕문의 모든 율법을 통제하고 다스리며 특히 전쟁터에서 명령을 따르지 않거나 탈영자를 색출하여 제거하는 것이 그의 임무이다.

살아남기 위해서 신분을 속였고, 아직까지는 통했다. 그러나 추작도와 겨루면서 살아남기보다는 귀왕문의 명예를 먼저 생각했고 무사로서의 승부가 우선이었다. 삶과 죽음은 그 뒤의 일이었다.

타탕!

검과 칼이 부딪친다.

튕겨 나간 검과 칼은 자석에 이끌려 오듯, 아니, 밀려 나간 파도가 다시 밀려오듯 막힘이 없고 억지가 보이지 않았다.

"꿀꺽!"

불끈!

귀왕문 무사들의 주먹이 쥐어지고 침을 삼켰다. 두 사람 모

두 무사로서의 승부를 벌이고 있음을 알았고, 이왕이면 석만
호가 이기길 기원했다.

싸악!

쐐액!

찌르기를 제외한 베기와 치기는 검이나 칼 모두 동작이 크
다, 그런데 석만호의 베기와 치기(또는 휘두르기라고도 함)는 아
주 짧고 간단했다.

그 이유는 추작도 때문이었다.

무공은 상대성이었다. 자신이 배운 무공이 장중하다고 해도
빠르고 속결을 중시하는 상대를 만나면 그에 따라 맞춰야 한
다. 물론 일대종사나 거목들은 또 다르지만. 어쨌든 그렇게 하
지 않으면 자신이 불리하기 때문이다.

그렇게 하다 보면 고유의 위력을 뿜어낼 수가 없다. 주먹으
로 비교한다면 제대로 뻗지도, 설혹 뻗는다고 해도 힘을 싣지
못한다. 상대가 워낙 빠르게 나오므로 그에 맞서려니 당연히
가볍고 많은 변화를 담지 못하는 것이다.

그에 반해 추작도는 달랐다. 최선을 다할수록 빨라진다.

그 차이는 십 초가 넘어가면서 드러나기 시작했다. 만약 석
만호의 검의 경지가 조금만 높았다면 추작도의 도법에 휘말리
지 않고 자신만의 검법을 펼쳤을 것이지만 아직 거기까지는
오르지 못했다.

타탕!

석만호의 검이 수비 위주로 조금씩 변했다

추작도의 속도를 따라잡지 못하고 막기에 급급한 것이다.

그러나 석만호는 역시 달랐다. 이대로 가다간 위험해질 수 있다는 것을 느낀 듯 커다란 기합을 터뜨리며 검식에 변화를 주었다.

"심… 화… 봉… 혈!"

질 때 지더라도 자신만의 검을 펼치기로 마음먹은 것이다. 상대에게 끌려가면 필패다.

콰아아!

강한 검이 폭풍처럼 쓸어왔다.

추작도의 몸을 단숨에 뭉개 버릴 것 같은 검기가 밀려온다.

슈우!

추작도의 검 또한 조금도 위축되지 않는다. 아니, 오히려 더욱 적극성을 띠며 파고들었다.

"저런!"

"자, 자살 행위."

구경하던 귀왕문 무사들이 놀라 외쳤다.

그들의 마음속에 추작도는 때려죽이고 싶은 적이라기보다는 어느덧 무사로 자리 잡고 있었다. 석만호가 이기길 바라지만 그렇다고 추작도가 죽는 것도 이상하게 싫었다.

가장 힘들고 두려울 때 찾아와 희망을 준 사람.

물론 살아 돌아갈 수 없다는 것을 알고 있었다. 추작도를 이길 수 없다는 것을 알고 있었다. 이길 자신이 없으면 그런 제의를 하겠는가. 그러나 최소한 인간적이었고 황보세가의 어떤 무사보다 사람 냄새를 느꼈다.

파르르!

밀려오는 강함 검기에 찔러들어 가던 추작도의 칼끝이 파장을 일으켰다.

강함 힘에 밀린 것이다. 하지만 순간적일 뿐 이내 명치를 향해 재차 파고들었다. 추작도는 석만호의 내공이 자신과 십 년 가까운 차이를 느꼈다. 십 년 정도면 적지 않은 차이지만 싸움이라는 것이 어디 내공이 전부는 아니지 않는가.

더구나 추작도는 지금 악착같이 싸우고 있었다. 싸우는 모습을 봐서는 상대가 포로이고 그들의 생살여탈권을 쥐고 있는 황보세가의 무사가 아니었다. 자신이 선택한 길이기에 죽어도 할 말이 없는 것이다. 그렇기 때문에 십 년이라는 내공의 차이임에도 칼은 검기를 뚫고 들어갈 수가 있었다.

석만호는 신속히 후려치는 타검으로 변형했다. 강하게 찔러오면 뒤로 물러나거나 쳐내는 것 말고는 방법이 없다. 물론 월등히 내공이 높아 짓누르거나 밀어버리면 간단하지만.

좌아아!

쉭!

"억!"

추작도의 칼이 변했고, 석만호의 입에서 놀라움이 터졌다.

분명히 뚫고 들어오는 추작도의 칼을 쳐냈다고 생각했다.

그런데 믿을 수 없는 일이 벌어진 것이다. 추작도의 칼은 명치를 노렸는데 갑자기 칼이 수직으로 솟구쳐 오르더니 목젖을 파고든 것이다.

연못에 있던 비룡이 폭포수를 타고 수직으로 오르는 것과 같은 칼.

사실 찌르기를 외면하는 이유 중 가장 큰 것은 어쩌면 직선이라는 한계, 즉 치명적인 단점 때문이었다.

오로지 직진, 수평 말고는 다른 방법이 없기 때문에 찌르기의 생명은 무조건 빠름이었다. 그런데 그 빠름을 막아내는 고수를 만나면 수가 없다. 패하고 죽어야 한다.

방법이 없으니 무슨 수가 있으랴.

아직까지 찔러오는 칼이나 검이 곡선을 만든다는 것은 듣도 보도 못했다.

왕왕 연검이나 연도로 찌르면 곡선이 만들어지지만 지극히 제한적이다. 병기 자체가 얇기 때문에 생기는 특유의 현상일 뿐이며 또 하나는 와풍도라고 하여 찌르는 순간 칼을 회전하는 것이다. 이건 무공이 아니라 순전히 펼치는 사람의 노력에 의해 만들어진 개인의 기예이며 꺾이거나 휘어지는 거리는 아주 적다.

푸욱!

추작도의 칼은 쳐내려는 석만호의 검을 피해 수직으로 솟구쳐 올라 목젖을 할퀴며 지나갔다.

"컥!"

석만호가 짧은 비명을 질렀다.

주르르!

목젖으로부터 흘러내리는 피가 앞가슴을 적셨다.

석만호의 눈이 커지며 추작도를 본다.

무슨 도법이냐는 질문이었다.

"일류선."

"이, 일류선. 가만, 선(線)이라면……."

석만호의 눈이 커졌다.

"그, 그걸 몰랐군. 선(線)이 어디 수직으로만 가던가. 동글게도 가고 직각으로도 꺾이고 마음대로 가는 것이 선 아니던가. 아아, 선(線)!"

감탄인가, 충격인가.

처음에는 몰랐다. 단순히 찌르기의 도법인 줄만 알았다. 그런데 어느 날 놀라운 사실을 깨달았다.

선은 수직과 수평으로만 움직이는 것이 아니었다. 동그라미도 되고 급격히 꺾이기도 하며 마음대로 변형하고 만들어지는 것이 선이었다.

일류(一流), 하나로 흘러가는 선(線)이라는 이름에는 엄청난 의미가 들어 있었다.

문제는 칼을 선으로 만들기 위해서는 상상할 수 없는 노력이 필요하다는 것이다. 칼을 휘어 선으로 만드는 것이 아니라 도법 자체가 극한에 이르면 선이 되기 때문에 오로지 수련 말고는 다른 방법이 없었다.

꺾이지 않는 일직선의 자도가 선처럼 구불구불해지고 마구 휘어진다면 얼마나 무서운 일인가.

물론 아래 사람들은 모르겠지만 황보세가의 수뇌부는 일류 선에 감춰진 놀라운 위력을 알고 있을 것이다. 하지만 워낙 선을 만들기 어려웠고, 그렇게 세월이 흐르면서 하나둘 포기했으리라. 그래서 오늘날은 그저 평범한 찌르기로 남아버렸을 것이라는 게 추작도 나름대로 내린 결론이었다.

—그렇다면 내가 만들어보겠다!

와풍도가 무리한 관절과 근육의 뒤틀림이라면 선은 도법에 담긴 절기였기에 얻기만 하면 무적이라 할 만했다.

쿵!

석만호가 엎어졌다.

추작도는 자신의 몸을 내려다보았다. 크고 작은 상처가 여러 곳 있었다.

석만호는 전혀 예상하지 못한 고수였다.

네 번째 사내가 검을 주워 들었다.

추작도의 눈이 찌푸려졌다. 자신보다 훨씬 늙어 보이는, 육십은 넘어 보이는 나이.

그동안 추위와 굶주림까지 겹치면서 노인은 더욱 말랐다. 단 한 가지, 두 눈만큼은 형형했다. 그냥 보면 안다. 노인의 눈빛은 무공이 높아 빛나는 것이라기보다는 살아서 집으로 돌아가고야 말겠다는 강한 의지에 불타고 있었다.

강호를 종횡하다 보면 자신보다 나이가 훨씬 많은 노인이 싸움에 패하고 죽음에 이르러 살려달라고 무릎을 꿇는 경우도 보았다. 도대체 세상 살 만큼 산 노인들이 더 이상 삶에 무슨 미련이 남아 저토록 비참하게 살려고 하는 걸까. 지나치게 삶에 연연하는 그들의 모습이 일면 추해 보이기까지 했다.

그러나 어느 한순간 자신이 그들의 전철을 밟고 있었다. 아니, 그들보다 더 살기 위해 몸부림쳤다.

—산이만 키워놓고.

하지만 막상 추산을 어느 정도 키워놓고 나자 마음은 또 바뀌었다. 이왕 태어났으니 뭔가 이뤄는 봐야 하는 것 아닌가.

살기 위해 몸부림치는 건 절대 추한 행동이 아니다. 삶에 대한 애착은 계급과 부와 지위와는 전혀 별개로 인간의 본능이며 나름대로 살아야 할 이유가 있었다.

기어이 자신의 이름으로 된 문파 하나를 세우는 꿈을 위해 살아야 하듯 꿈의 크고 작음에 차이는 있지만 당사자에게는 신성하고 중요했으며 그것이 살아야 할 이유라는 것을.

"염치가 없소이다."

자신같이 초라한 노인이 살기 위해 도전하는 것을 이해해 달라는 의미이다.

추작도는 깊은 눈빛으로 말했다.

"쓸데없는 생각은 마시오. 최선을 다하면 될 뿐이오."

"고맙소이다."

노인은 곧바로 달려들지 않았다.

왼쪽으로 천천히 걸음을 올리며 공격 기회를 노렸다.

지금까지 석만호를 비롯한 세 사내는 그냥 덤벼들었다. 그것은 한 가지 이유 때문이었다.

평소와 다른 현실, 즉 포로라는 이유가 온몸을 짓누르고 있기 때문에 냉철하지 못하고 일단 달려들고 본다는 것이다. 만일 그들이 포로가 아닌 강호에서 만났다면 그토록 자신을 향해 무턱대고 들어오지는 않았을 것이다.

그런데 노인은 달랐다. 그들과 달리 곧바로 들어오지 않았다. 그것은 무공이 앞선 세 사람에 비해 높아서도 아니고 여유가 있어서도 아니었다.

어떤 상황에서일지라도 싸움은 침착하고 냉정하게, 그리고 절대 상대에게 말려들어 가는 것이 아니라 자기 의도대로 끌어가야 한다는 오랜 경험이 아니고서는 보여줄 수 없는 놀라운 행동이었다.

─어쩌면!

어쩌면 눈앞의 노인이야말로 진짜 고수일지 모른다는 생각이 들었다. 지닌 무공이 뛰어나도 고수이지만 강호의 오랜 경험이야말로 지닌 무공 이상의 힘을 발휘할 때가 있다.

꿀꺽!

추작도는 이미 세 사람과 싸워 상당히 체력적으로 지쳐 있고 부상도 가볍지 않았다. 사실 자신이 다섯 명씩 쉬지 않고 싸우겠다고 약속한 것은 최악의 경우를 설정한 것이었다. 강호를 종횡하다 보면 수십 명과도 싸워야 하고 온 힘을 다해 겨우 적을 물리쳤는데 또다시 적이 나타나는, 그야말로 죽음이 목전에 닥쳐올 때가 있다.

누가 봐도 죽을 수밖에 없는 필사의 현실.

그런 수많은 위기를 헤치고 살아 나온 사람에게 흔히들 지옥을 다녀왔다는 표현을 하는데 대표적인 인물이 자신이랄 수 있었다. 그렇게 성장하면 강해질 수밖에 없다.

더구나 자신의 나이 이제 쉰한 살.

뼈는 더욱 굳어가고 근육은 하루가 다르게 쇠퇴해 가는, 그야말로 석양의 삶.

일반적인 수련으로는 절대 높아질 수 없었다. 극한을 향해 내달려야 한다. 다시 말해 스스로 지옥으로 뛰어들고 배수의 진을 치며 싸우지 않으면 절대 꿈을 이룰 수 없다.

지옥 속으로 자신을 던져야 했다.

계획은 다 세워져 있었다.

오늘은 한 명씩 싸우지만 내일은 집단으로 싸울 것이고, 그

다음에는 더 많은 사람들에게 자신을 공격할 것을 요구할 것이다. 나아가 암습과 매복, 독술까지 동원된 실전 강호의 상황을 완벽하게 준비해 놓고 있었다.

─평범한 싸움은 백번을 해도 소용없다.

스으윽!
노인은 미끄러지듯 움직였다. 지면에서 발바닥이 떨어질수록 중심은 흔들리고 지면과 가까울수록 순발력이 좋아진다.
상대가 돌면 따라 돌아야 한다.
추작도는 따라 돌면서 노인을 날카롭게 살폈다. 기본은 제대로 되어 있었지만 위협을 느낄 만큼의 기세나 살기는 느껴지지 않았다.
스스스!
노인은 계속 돌았다. 심지어 지켜보던 귀왕문 무사들 쪽에서 신경질적인 외침이 터져 나왔다.
"뭐하는 거야!"
"자신없으면 귀왕문 용사답게 당당하게 죽어, 그냥."
"어휴, 어지러워!"
동료들의 비난에도 노인은 표정 하나 변하지 않고 잔뜩 웅크린 자세로 돈다.
검을 쥔 손등의 힘줄이 새끼줄처럼 튀어나온 것이 단 한 번에 모든 승부를 가리려는 의도가 틀림없었다.

꿈틀!

서서히 시간이 흐르자 추작도의 얼굴에도 신경질이 배어나
기 시작했다.

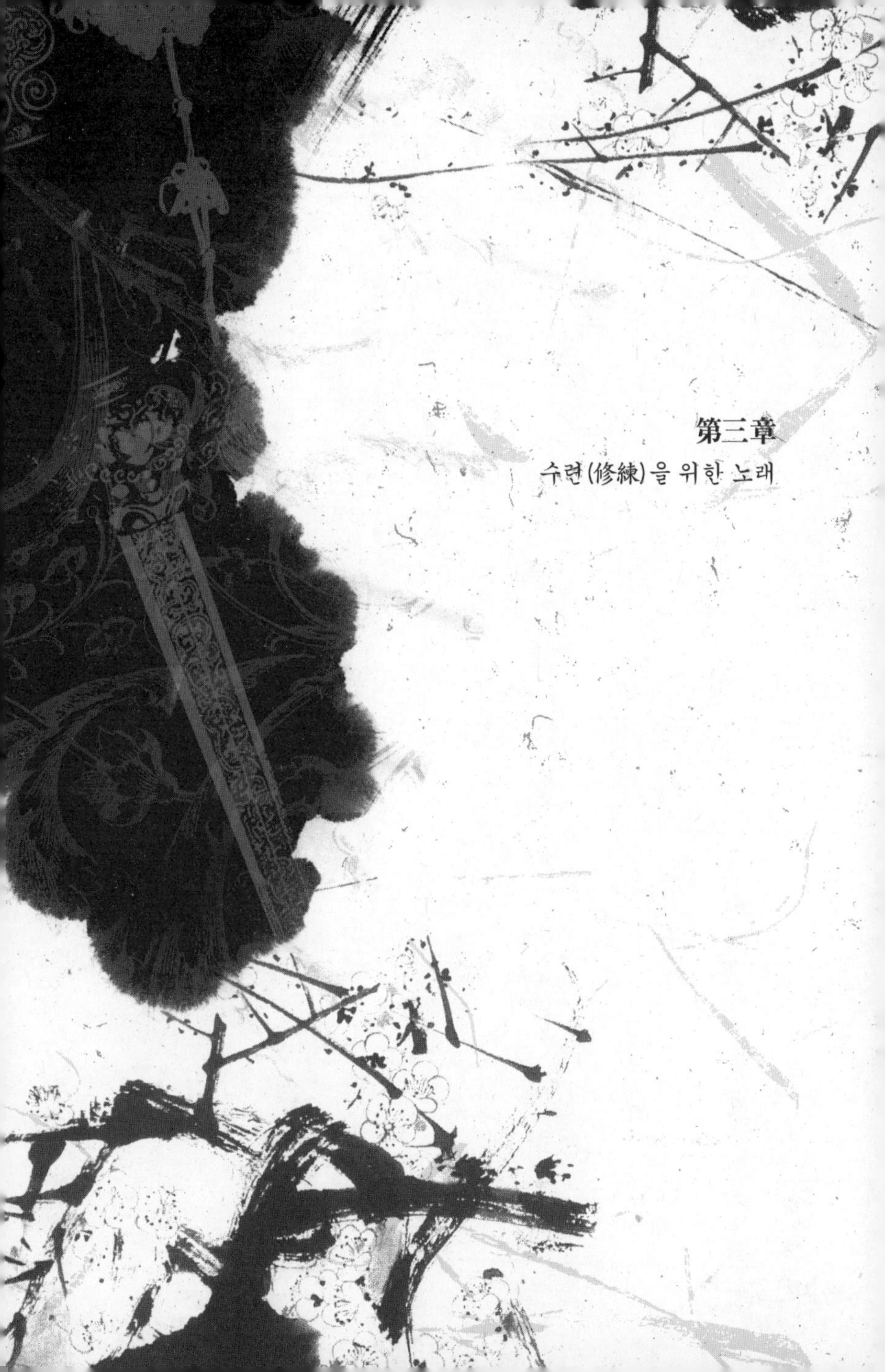

第三章
수련(修練)을 위한 노래

검명도살

아직까지 이각이 넘도록 싸우지 않고 대치만 해본 적은 없었다. 노인은 그러든지 말든지 돌기만 했다. 이런 식으로 나가면 이쪽에서 나가야 한다.

오래 시간이 지체될수록 피로도는 추작도가 더 크게 입는다. 많이 싸웠고, 피를 흘리고 있기 때문이다.

좌악!

더 이상 기다릴 수가 없었다.

빠르게 찔러들어 갔다.

흠칫!

추작도가 놀란다.

노인도 마주 찔러왔다. 자도(刺刀)에서 가장 많이 발생하는 일이다. 마주 찌르면 빠른 쪽이 이긴다. 하지만 미세한 차이라면 둘 다 찔린다. 둘 모두 고통이나 아픔으로 움찔할 수밖에 없으며, 그러다 보면 힘이 순간적으로 빠지며 칼의 깊이가 얕아진다.

그런데 더 놀라운 일이 벌어졌다.

쏙!

노인은 손에서 검을 놓아버렸다.

검을 놓으면 상황은 또 바뀐다. 추작도가 먼저 찌름으로 인한 고통으로 노인의 공격은 약해지는데 검을 놓아버리면 강도가 달라진다. 검에는 추작도를 찌르기 위한 힘이 그대로 실려 있기 때문이다.

—허헉!

난생처음 겪는 뜻밖의 상황에 추작도는 당황했다.

푹!

푸욱!

추작도의 칼도 깊이 꽂혔지만 노인의 검 또한 깊숙이 꽂혔다. 쥐고 찔렀다면 절대 반 치 이상 들어오지 못할 텐데 뱃속이 뜨거운 것이 두 치는 될 성싶었다.

"우우!"

추작도의 눈이 찢어졌다.

노인은 그것으로 끝내지 않았다. 추작도의 칼이 노인의 복부를 찌르면서 둘의 거리는 지척.

노인은 양팔을 벌려 추작도의 허리를 끌어안았다. 검을 던지는 공격에서 성이 차지 않은 듯 짧아진 거리를 노인은 놓치지 않았다.

지방마다 박투(搏鬪), 잡투(雜鬪), 심지어 개싸움 같다 하여 일부에서는 견투(犬鬪)라고도 부른다.

이런 유의 싸움은 가장 격이 낮은 취급을 받는다. 그러나 생사가 왔다 갔다 하는 절체절명의 위기에 어느 누군들 격을 따지고 자세를 따지겠는가.

　―완전히 걸렸다!

노인이 검을 던질 줄은 몰랐고, 박투, 아니, 잡투로 나올 줄은 더욱 몰랐다.

잡투를 즐기는 사람들은 자신들의 싸움의 격을 은근슬쩍 높이기 위해 박투로 부르기도 한다. 물론 그 선봉에 추작도가 있었다.

전략만을 놓고 본다면 무조건 진 싸움이었다. 둘은 서로의 몸에 칼과 검을 꽂은 채 끌어안았다.

노인은 악착같이 허리를 붙들고 머리로 추작도의 턱을 받았다.

한두 번 해본 솜씨가 아니었다. 하긴 오랫동안 강호를 종횡했으니 잡투 경험이 오죽 축적되었겠는가.

그러나 상대는 추작도였다.

강호를 살아온 것이 아니라 버텨온 사람.

살기 위해서는 온갖 짓을 따지지도 묻지도 않고 결행해 온 무차별한 전사라고 해도 좋은 추작도.

나이는 노인이 많았지만 이런 유의 싸움은 뼈대있는 귀왕문 무사로서 자주 사용하지는 않았을 것이다. 그러나 추작도의 인생은 굴곡지다 못해 생과 사가 하루에도 수십 번씩 교차한 외나무다리의 삶.

비록 노인의 전략은 좋았으나 잡투는 어쨌든 추작도 자신의 절기 중 하나라고 해도 좋았다.

잡투에도 몇 가지의 기예가 존재한다.

허리를 붙잡고 머리로 턱이나 얼굴을 박는, 이른바 요획두공(腰獲頭功), 목을 끌어안고 머리를 박는 경획두공(頸獲頭功), 양팔을 지면에 누르고 얼굴을 머리로 박는 안타두공(顔打頭功), 그리고 마지막으로 쇄분고환(碎分睾丸), 말 그대로 고환을 뜯거나 부수거나 쥐어짜 버리는 것이다.

지금도 정확히 기억하고 있다. 자신의 쇄분고환에 남성의 기능을 잃은 사람이 다섯이었다. 정말 피하고 싶었지만 상대가 죽이려 드는데 방법이 없었다. 남자구실을 못한다는 것은 어쩌면 가장 불행한 일인지도 모른다.

나머지 공격으로 눈을 잃거나 코가 내려앉거나 이빨이 부서져 음식을 씹지 못하는 예는 너무 많아 기억할 수조차 없었다.

퍼퍼퍽!

노인은 죽을힘을 다해 추작도의 턱을 밀어 올리듯 찍었다.

그러나 추작도는 힘껏 노인의 밀어내려고 할 뿐 공격은 하지 않았다.

사실 망설이고 있었다.

한 방에 보낼 수 있었다.

그러나 상대는 늙은 노인. 노인이라고 해서 고환이 중요하지 않는 건 절대 아니다. 일찍 전쟁터로 징병되는 바람에 미처 후손을 보지 못했다면 치명적일 수도 있었다.

그러나 상대를 베기에는 자신의 처지가 더 급했다. 더구나 상대에 대한 배려가 곤란한 이유는 잡투는 잡투만이 해결책이라는 것이다.

쇄분고환에도 두 가지 방법이 있었다.

당기느냐, 뜯느냐.

당기는 것은 손으로 공격하는 것이고, 뜯는 것은 말 그대로 이빨로 물어 아작을 내버리는 것이다.

콱!

전자를 택했다.

이빨로 물어뜯는 것은 용서할 수 없거나 반드시 죽여야 할 상대에게만 펼친다.

"허걱!"

허리를 끌어안고 온 힘을 다해 추작도의 얼굴을 공격하던 노인이 벼락을 맞은 듯 비명을 지르며 눈이 튀어나올 듯했다.

쇄분고환만이 가능한 현상이었다.

어떤 초식도 쇄분고환보다 더 상대를 고통 속에 빠뜨리지 못한다. 노인의 그것은 의외로 컸고 힘차게 잡아당기자 자지러진다.

"끄어어어!"

아예 공격할 엄두를 내지 못하고 진저리를 쳤다.

추작도는 더욱 세차게 잡아당겼다.

"푸어어!"

노인의 입에서 거품이 쏟아졌다.

찌이익!

살이 찢어지는 소리가 들렸다.

허리를 감싸고 있던 노인의 팔에 힘이 빠졌다. 이어 노인은 연체동물처럼 축 늘어져 바닥을 나뒹굴었다. 아직 숨을 쉬는 것이 죽지는 않은 듯했다.

추작도는 아랫도리에서 손을 떼었다.

기어이 죽여야 할 적이었다면 악착같이 잡아당겨 떼어버렸겠지만 승패는 결정되었다.

"져, 졌소이다."

노인은 움직이지 못하고 입만 벙긋했다.

두 명의 포로가 나와 노인을 끌고 들어갔다. 장내는 쥐 죽은 듯 고요해졌다. 돌아가는 상황이 속된 말로 장난 아니다. 추작도는 조금도 우월한 위치나 이점을 쥐고서 싸우지 않았다.

추작도의 몸은 피로 흥건했다. 겨우 약속대로 모두 이겼지만 그 또한 중상을 입었다. 일부의 상처는 상당히 깊어 거동이 불편하기까지 했는데 다음날 다시 나섰다.

강호는 온전한 상태에서만 싸우지 않는다.

추작도는 철저히 지금 강호의 상황을 그려놓고 그에 맞는 수련을 원하고 있었다.

밤새 부지런히 운기를 하고 금창약을 발랐는데 움직이자 겨우 아문 상처가 터지며 싸우기도 전에 피가 흘러내렸다.

다가오는 추작도를 보며 귀왕문 무사들 표정이 굳어졌다. 자신들을 수련이라는 평계를 삼아 죽이려고 했다면 절대 저런 몸으로 나올 수 없었다. 사실 어제까지만 해도 추작도의 본심에 대해 반신반의했다. 나중에 모두 죽이고 나서 문제가 될 때를 대비해 당당히 겨루어 죽였다는 명분을 만들기 위한 치밀한 음모일 수도 있다고 생각했다.

그런데 저런 몸으로 다시 온다는 것은 철저한 수련의 목적 말고는 다른 의도가 개입할 수 없었다.

또한 이기면 반드시 살아 돌아갈 수 있다는 희망의 보증이기도 했다.

꿀꺽!

콱!

진짜 싸워보고 이겨야겠다는 투혼이 더욱 타올랐고, 바야흐로 너 죽고 나 죽자는 필사의 싸움이 시작되었다.

추작도가 말하지 않는데도 사내들이 우르르 몰려나왔다.

어제보다 두 배는 많은 숫자였다.

즉, 추작도 몸 상태를 보아 이길 확률이 높다는 판단을 내린 행동들이었다.

그려놓은 선 앞으로 몰려들 순서를 정하려는 귀왕문 포로들을 향해 추작도는 말했다.

"오늘은 합격(合擊)을 할 것이니라."

일제히 돌아본다.

어제와 같은 일대일의 싸움에도 불리할 판인데 여럿을 상대하는 합격이라니.

"먼저 일격(一擊)이다."

합격에 대한 정확한 규정은 없었다. 두 명도 합격이고 세 명도 합격이며 백 명도 합격이다. 그러나 달마가 남긴 칠십이진경 합격편에 보면 다음과 같은 기준이 있다.

일격(一擊)은 세 사람을 상대로 싸우는 것을 말한다.
이격(二擊)은 아홉 사람과 싸우는 것을 말한다.
삼격(三擊)은 쉰세 명과 싸우는 것을 말한다.
사격(四擊)은 백팔 명과 싸우는 것을 말한다.
오격(五擊)은 삼천 명과 대결을 펼치는 것을 말한다.

그런데 달마가 정한 합격에 대한 설명을 보면 한 가지 흥미로운 사실이 발견된다.

그것은 싸움을 불가의 예법과 연관시켰다는 것이다.

불가의 대표적 예법 중 하나가 절이었다. 세속도 그러하지만 불가의 절 역시도 서원을 담아 하는데 횟수에 따라 삼 배, 구 배, 오십삼 배, 삼천 배가 있었다.

삼 배는 삼보(三寶:부처, 교법, 승려)에 지극한 마음으로 귀의하겠다는 뜻이다. 구 배는 삼보에 몸과 말, 마음으로 짓는 삼업(三業)과 탐진치(貪瞋痴:탐욕, 성냄, 어리석음) 삼독(三毒)을 맑게 하려는 것이며, 오십삼 배는 참회를 주관하는 오십삼불에 대한 경배이다. 백팔 배는 말 그대로 백팔번뇌를 소멸하기 위해 드리는 절이다.

삼천 배는 불심의 의지와 세속의 모든 욕망과 죄악을 씻어내겠다는 자신만의 표현인데, 이런 식의 싸움이 아니면 진정한 합격이 아니라고 오히려 질책을 받거나 면벽수행이라는 또 다른 징계를 당한다. 물론 오늘날에 와서는 많이 사라지고 희미해졌지만.

두 명과 싸우는 일격은 그렇다 쳐도 아홉 명, 쉰세 명, 백팔 명 등 엄청난 숫자와 싸워야 합격으로 인정을 받을 만큼, 어쩌면 불합리하다 못해 철저히 불리하게 규율을 만들어놓은 이유는 뭘까.

그것은 두말할 필요도 없는 자비였다.

비록 생사가 걸린 싸움이지만 승려라면 상대와 평등해서는 안 된다는 혹독한 겸양의 가르침이었다.

툭!

추작도는 오늘도 검을 담아온 자루를 던지듯 놓았다.

세 명의 사내가 나섰다. 사내들 얼굴은 득의만면했고 곧바로 싸움이 시작되었다.

싸움은 시작부터 격렬하고 거칠었다. 십오 초가 지나지 않아 추작도가 밀리기 시작했다. 그것은 부상으로 인해 어쩔 수 없는 현상이었다.

한편 그 시간 일단의 사람들이 비남곡을 내려다보고 있었다. 다섯. 그들은 모두 어제 추작도의 칼에 의해 패한 사람들이었다. 첫 번째 사내 사막도, 두 번째 사내 석만호, 세 번째 환명을 펼쳤던 사내 택도, 네 번째 잡투로 나갔던 노인 상관수, 마지막 다섯 번째 사내 표표웅이었다.

날씨가 추운 관계로 해가 떨어지면 모두가 흩어진다. 각자 추위를 조금이라도 피할 곳을 찾아 은신하기 때문에 유시만 지나도 비남곡은 적막에 사로잡힌다.

그런데 다섯 사람은 누가 먼저랄 것도 없이 의식을 차렸다.

스스로도 믿을 수 없는 일.

—우리가 죽지 않았다니.

패자는 추작도에 의해 목이 잘리게 되어 있었다. 목은 비남곡 남사애(南史崖)에서 잘린다. 당당하게 남사애를 찾아갔고, 추작도를 만난 것까지는 기억이 나는데 이후는 도무지 먹통이었다.

어쨌든 추작도가 자신들을 죽이지 않았다는 것은 도망치라는 의미라고밖에 생각할 수 없었다. 다섯 사람은 일단 비남곡을 벗어났다. 안전한 거리까지 빠져나간 일행은 동굴을 찾아 추위를 피하며 자신들의 몸을 살피기 시작했다.

추작도는 자신들의 몸에 어떤 이상한 암수도 펼치지 않았다. 대신 칼로 수혈을 제압한 흔적만이 있었다.

어서 도망치자는 것이 다수의 의견이었지만 상관수가 가로막고 나섰다. 오늘 한 번 더 기다려 보자는 것이었다. 오늘 추작도가 싸운 이들도 자신들처럼 모두 살아난다면 이 일을 그냥 넘겨서는 안 된다는 것이 상관수의 말이었다. 이제 스물을 갓 넘은 사내가 위험을 무릅쓰고 자신들을 살려주었는데 어떻게 그냥 넘어갈 수 있느냐.

그렇다고 밤에 몰래 찾아가 고맙다는 말을 전한다거나 하는 따위의 행동을 할 마음은 추호도 없었다. 그냥 발길이 떨어지지 않았다. 이대로 가기에는 너무나 미안했고, 추작도란 사내에 대한 관심이 커져 버렸다.

싸움은 처절했다. 세 사내가 쓰러졌고 이번에는 이격, 아홉 명이 포위망을 구축했다.

본격적인 합격이 시작된 것이다.

콰아아!

포위망을 구축하자마자 곧장 다섯 명의 사내가 밀려왔다. 추작도에게 쉴 틈을 주지 않겠다는 의도였다. 놀라운 건 사내들의 그런 행동에 맞서는 추작도의 반응이었다. 완전한 수적 우세를 이용해 몰아치면 한시적으로라도 방어도(防禦刀)를 쓰는 것이 열세에 놓인 사람의 행동이었는데 전혀 아니었다.

추작도는 물러서지 않았다. 아니, 다섯 사내보다 더 빠르고 저돌적으로 달려들었다. 누가 봐도 거센 파도를 향해 돌진해 가는 무모한 돛단배 같은 형국.

콰콰콰콰!

아홉 개의 검이 신랄하게 추작도의 온몸을 파고들었다.

공격의 형태도 모두 다르다. 찌르는 사내, 베는 사내, 후려치는 사내.

그러나 추작도의 도법은 오직 찌르기뿐이었다.

단순한 찌르기 하나로 공격 형태가 다른 다섯 개의 검을 막기는 불가능하다는 것이 귀왕문 무사들의 공통된 생각.

무공이 높으면 왜 막지 못하겠는가. 상대보다 압도적으로 높은 곳에 있다면 다섯 개의 검이 아니라 오십 개의 검이라도 막지 못할 일은 없다. 하지만 추작도의 도법은 그런 출신입화지경에 이르지 않았을 뿐 아니라 부상 상태에 있었다.

조금 전 두 번의 합격에서 이기긴 했지만 상당한 부상을 입었다.

슝!

추작도의 칼에서 섬광이 폭발했다.

오늘은 해도 없었다. 그런데 섬광이 뿜어져 나왔다는 것은 오직 하나, 병기가 빠를 때 나타나는 현상이었다.

튀튀튀팅!

추작도의 칼은 놀랍게도 다섯 사내의 검을 모조리 찌르기로
튕겨낸다.

"오우!"

"저, 저게……!"

다섯 사내의 검은 동시에 다섯 곳의 혈도를 공격했는데 추
작도는 막아냈다.

이쪽도 일 초(一招), 저쪽도 일 초.

이쪽은 한 명, 저쪽은 다섯 명이다.

그럼 계산이 나왔다. 추작도의 칼이 비록 일초였지만 다섯
사내의 합공을 한 번에 막을 만큼 빨랐다는 뜻이다.

─우우!

다섯 사내의 얼굴에 경악이 출렁거렸다.

빠르다는 건 절대적인 강자의 조건이지만 다섯의 공격을 일
초로 막아내려면 얼마만큼 빨라야 하는지는 이미 경험을 통해
알기에 더욱 소스라쳤다.

그때 뒤쪽으로부터 밀려오는 강한 검기.

남은 네 명이 밀려온다.

차륜전법(車輪戰法), 돌아가면서 공격하는 것이다.

겉으로는 단순해 보이지만 오랫동안 합격에 대한 수련과 실
전의 경험을 쌓지 않고는 펼치기 어려운 것이 차륜전법이다.
차륜전법의 생명은 어떤 상태에서도 독자적인 공격이나 방어

를 허용하지 않는 일사불란함이다.

한쪽이 빠지면 다른 쪽이 공격하는 모습이 마치 밀려왔다 밀려가는 파도와 같다 하여 내파퇴랑(來波退戰)이라고도 부르는데, 번갈아 가며 이어지는 공격이 톱니바퀴처럼 맞물려 돌아가기 때문에 포위된 사람은 쉴 틈이 없다.

네 명과 다섯 명씩 나뉘어 이 초도 아닌 일 초만 공격하고 물러난다.

—사람이 할 짓이 아니다!

차륜전법을 놓고 강호의 어느 고인은 그렇게 말했다.

상대의 진을 빼버리는 지독한 공격 수법이라는 뜻에서 내뱉은 말이다.

상관수의 입에서 욕설이 터져 나왔다.

"나쁜 놈들!"

다른 네 명이 돌아본다.

분명히 아홉은 자신들의 동료이고 추작도는 적이다. 그런데 상관수는 아홉 명을 욕했다. 사실 입 밖으로 뱉지만 않았을 뿐 다른 네 사람도 어느새 추작도에게 마음이 가고 있었는데 상관수의 욕이 떨어지자마자 기다렸다는 듯 한마디씩 뱉었다.

"치사해!"

"저러면 안 되는데."

여기저기 흥분하고 분노한 목소리가 터진다.

한 쌍의 눈이 추작도의 싸움을 바라보고 있었다. 눈은 얼음처럼 투명했고 불어오는 바람만큼이나 차가웠다. 눈은 귀왕문 포로들과 치열한 생사의 대결을 벌이고 있는 추작도에게 멎어 있었다.

"컥!"

"으악!"

귀왕문 포로 두 명이 쓰러졌다.

추작도 또한 등에 피가 튄다. 피는 가벼운 상처에 절대 튀지 않는다.

'노독수!'

동도악은 중얼거렸다.

'녀석은 미쳤다. 아니, 칼에 푹 빠진 놈이다!'

자신도 한때 칼에 빠져 헤어 나오지 못한 적이 있었다. 칼에 관한 한 누구에게도 뒤지고 싶지 않았다. 아니, 황보세가에서 만큼은 열 손가락 안에 들고 싶은 욕망에 밤잠을 설치며 매달렸다.

자신의 기수에서 동도악은 당당히 일위를 차지했다. 일위에서 오위까지는 거의 전쟁터로 내보내지 않는다. 자파의 미래를 사지로 보내지 않고 뒤에서 키워내는 것이다. 하지만 그 모든 제의를 뿌리치고 나가면 돌아올 수 없다는 전쟁터에 한 몸을 던진 것은 순전히 하나의 목적 때문이었다.

―확실한 도객!

　누구도 칼에 관한 한 자신을 당해내지 못하는 높은 경지에 오르고 싶었다. 그러기 위해서는 전쟁터만큼 수련하기에 좋은 곳은 없었다. 그야말로 생사가 수시로 종횡하는 지옥.
　다행히 생각만큼 높은 경지에 오르지는 못했지만 지옥의 칼이라는 별호를 얻었다.
　그런데 지금 또 하나의 자신이 있었다.
　아니, 어쩌면 자신보다 더했다. 목숨이 두 개, 세 개나 되는 듯 미치도록 생명을 학대하는 자.
　위험한 작전은 앞장서서 지원한다. 싸움이 붙으면 선두에서 적을 제압하고 피를 흘리면서도 물러설 줄 모른다. 영웅적인 투혼이라고 하기에는 추작도의 행동이 지나치게 극단적이었다. 뒤는 없고 오로지 앞만 보며 달린다.

―광도(狂刀)!

　언젠가부터 귀왕문 무사들은 물론 황보세가 안에서도 추작도를 그렇게 불렀다.
　칼에 미친 자.
　그렇지 않고서는 저런 끔찍한 승부를 자청할 리가 없다. 물론 일거에 자신이 끌어안고 있던 근심거리를 해결해 주었으니 고마울 뿐이다.

골칫거리 극철을 죽여 자신의 입지를 세워주었고, 이제 포로들을 죽여 또다시 자신의 존재감을 각인시켜 주고 있는 추작도는 분명 마음에 드는 수하이다. 필시 돌아가면 자신에게는 엄청난 상이 내려질 것이다. 물론 그 상의 배후는 추작도이다.

그런데 왜 이렇게 가슴이 답답한가.

"으악!"

"크크큭!"

연이어 네 명이 쓰러진다.

추작도 또한 피를 흘리며 비틀거렸다. 그러나 이내 몸의 중심을 똑바로 세우고 오연히 버티고 선 모습.

화악!

동도악의 눈이 커졌다.

추작도에게서 거암의 기도가 풍겨 나온다. 수천 년 비바람 속에서도 흔들리지 않고 꺾이지 않는 산맥.

쉭!

바로 그 순간 추작도의 칼이 가파르게 꺾여 올라갔다.

막 몸을 돌리던 동도악의 눈이 찢어질 듯 다시 커졌다.

—저, 저건!

추작도의 칼이 넓게 퍼졌다.

문제는 한가운데 사내를 향해 뻗어가던 칼이 좌우로 갈라지
며 셋을 동시에 찔렀다.

자신의 도식(刀識)으로는 도저히 나올 수 없는 곡선[曲扇線].

꿀꺽!

동도악의 얼굴이 납덩이가 되었다.

추작도가 배운 도법은 일류선이라는 찌르기이다.

'선, 선! 선이라…….'

엄청난 충격을 받은 듯 계속 중얼거렸다.

'아아!'

동도악은 끝내 바위에 등을 기대며 탄식을 흘렸다.

선(線)이란 의미를 이제 깨달았다.

자신은 지금까지 일류선에서 말하는 선을 오로지 곧게 뻗어
가는 직선으로만 알고 있었다.

그런데 지금 생각하니 선은 직선도 있고 곡선도 있으며 동
그라미도 만들고 세모도 가능할 뿐 아니라 원하는 대로 변형
이 가능했다.

아홉 명 모두가 쓰러졌다.

얼마나 힘이 들었는지 삼십여 장 거리인데도 추작도의 양
어깨가 들썩거리는 모습이 보였다.

탁!

추작도는 쓰러지려는 몸을 칼을 이용해 지탱했다.

"웩!"

피를 한 모금 토하더니 등을 돌린다.

한 걸음 떼는 데 일각이 걸릴 만큼 느리다. 그만큼 상처가 깊고 체력이 바닥이라는 뜻이다.

처벅! 처벅!

추작도는 천천히 비북곡의 막사를 찾아가더니 조용히 드러누웠다. 동도악은 못 본 체 그 옆을 지나갔다. 지치고 피곤한 듯 추작도는 곧바로 코를 골며 곯아떨어졌다. 그가 누운 주위로 핏물이 흘러나왔다.

모두가 할 말을 잃었다. 백오십 명 모두가 살아난 것이다. 밤이 되면서 추위는 더욱 혹독했지만 누구도 떨거나 움츠린 사람은 없었다. 백쉰 명이 있는데도 누구 하나 입을 열지 않았다.

백쉰 명의 머릿속을 지배하고 있는 것은 살아났다는 사실이 아니라 추작도라는 인물이었다.

─그는 누구인가?

왜 자신들을 싸움이라는 명분으로 포장하여 이렇게 살려준 것인가. 누구도 추작도의 행동에 대한 명쾌한 답을 내리지 못한 채 침묵할 뿐이었다.

"언제까지 여기서 머무를 수는 없소. 만에 하나 황보세가의 무사들 눈에 띄기라도 한다면 우린 괜찮지만 은인의 신변은 절대 온전할 수 없을 것이오. 적을 살려둔 자를 어찌 가만 내버려 두겠소.”

“그렇소이다. 일단 벗어납시다.”

“잠깐!”

모두가 움직이려고 할 때 한 사내가 앞으로 나섰다.

모든 사람의 시선이 앞으로 나온 사내에게 고정된다. 사내는 망설이지 않고 입을 열었다.

“귀왕문은 멸문당했소. 더 이상 강호에서 귀왕문은 존재하지 않는 곳이오. 그렇다고 하여 우리가 귀왕문도임을 부인할 수는 없소이다. 당분간은 숨어 지내야겠지만 언젠가는 반드시 일어서야 하오. 그러기 위해서는 지도자가 필요하오.”

“그러고 보니…….”

“누굴 그럼……?”

모든 시선이 묻는다.

사내의 고개가 한곳으로 돌아갔다.

사내의 시선이 도착한 곳은 석만호였다.

“내가 알기로 현재 여기 있는 우리 중 가장 높은 분은 저기 계시는 석 당주님이오. 그분을 임시 문주로 받들어 움직입시다.”

“옳소.”

“당연한 얘기 아니오.”

“당주님, 우릴 이끌어주십시오.”

석만호가 앞으로 나왔다.

“그대들의 뜻을 모르는 바 아니지만 나 또한 귀왕문의 간부.

이번 패전의 책임을 면할 수 없다. 패장 주제에 무슨 얼어 죽을 수뇌란 말인가. 난 절대 받아들이지 않겠다."

석만호는 단호했다.

"그럼 누가 우릴 이끈단 말입니까. 우리 모두 패졸입니다. 죽어 마땅하단 말입니다."

"지나치게 패전의 멍에에 얽매이지 않았으면 합니다. 중요한 건 다시 우리가 뭉칠 수 있는 기회를 얻었다는 것입니다."

석만호가 입술을 질근 물었다.

"좋다. 그렇다면 내 대신 다른 사람을 추천하겠다. 그는 바로 상관 단주이다."

추작도와 잡투를 벌였던 노인 상관수의 눈이 커졌다.

"상관 단주는 우리 중 가장 연장자이며 넘치는 덕으로 많은 사람의 존경을 받고 있다는 건 모두가 알 터. 어떻소, 상관 단주를 잠시 귀왕문의 주인으로 모시는 것이?"

"찬성하오."

"이의없습니다. 죽음으로 상관수 문주님을 모시겠습니다."

거절할 틈도 없었다.

상관수는 더 이상 발을 뺀다는 것이 적절치 않다고 판단했다.

"좋소이다. 그러나 다시 말하지만 한시적임을 밝히오. 지금 가장 중요한 것은 이곳을 당장 떠나는 일이오. 갑시다."

백쉰 명이 움직였다.

가장 앞장서 끌고 가는 상관수의 표정은 밝지 않았다. 예상하지 못한 기적이고 생존이어서 기뻐야 마땅한데 마음이 너무 무겁다. 첫째는 추작도의 정체가 무엇이며 왜 살려주었는지, 둘째는 과연 앞으로 어떻게 백쉰 명을 끌고 가야 할지.

귀왕문 총단으로는 돌아가지 못한다. 물론 그곳은 이미 황보세가에 의해 불탔다고 들었다.

벌써 두 명이 추위와 굶주림을 견디지 못하고 죽었다. 식사는 주먹밥 한 덩이가 전부였다. 그나마 크기라는 것이 갓난아이 주먹 정도밖에 되지 않아 간에 기별도 가지 않았다.

가뜩이나 추운 날씨에 배까지 고프자 제대로 걷지도 못하고 모두가 절망의 먹빛 눈빛이다.

"아저씨."

비틀거리는 주부를 추산이 부축했다.

주부의 몸은 얼음덩이였다. 온몸을 사시나무처럼 떠는데 눈빛까지 몽롱해졌다.

돈을 찾고자 달려들었다가 초주검이 되었고, 낫지 않는 몸으로 한파를 뚫고 벌이는 강행군은 그의 목숨을 바짝 위협하고 있었다.

추산은 조금이라도 자신의 체온으로 덮어보려 어깨를 끌어안았다.

"살아야 해요. 아주머니 보셔야지요."

"사, 산아."

동상으로 얼어붙은 입술이 달싹거렸다.

"아, 아무래도 못 갈 것 같구나."

"아저씨는 농담도. 젊어서 맨주먹으로 황소를 때려잡았다고 했으면서 그런 분이 나약한 말씀을 하시면."

"사, 사실 그거 거짓말이야."

"네에? 뭐라구요?"

거짓말인 줄 알고 있었다.

무인도 어려운데 일반 사람이 무슨 수로 황소를 때려잡는단 말인가.

그러나 추산은 속았다는 듯 일부러 큰 표정을 지었다.

"에이, 아니죠?"

"아냐. 진짜로 거짓말이야. 그 대신 닭은 잡아봤어."

주부의 얼굴에 잠시 생기가 돈다.

"빙장 어른 생신 때 처가를 갔는데 나더러 닭을 잡으래. 비록 토끼 고기 장사는 하지만 내 손으로 토끼를 죽이는 건 아니고 중상이 잡아온 것을 넘겨받아 팔잖나. 모가지를 아무리 틀어도 안 죽는 거야. 미치겠더구먼. 아내와 처가 식구들이 지켜보고 있는데."

"그래서요?"

"주, 죽이긴 했는데 발버둥치는 닭 발톱에 손등에 엄청난 상처를 입었지. 사실 이거 그때 입은 거야."

손을 내밀었다.

손등에 기다란 흉터가 있었다.

어린 추산을 앉혀놓고 혼자서 무사 두 명과 맨주먹으로 싸우다 입었다고 자랑했었다.

"미, 미안하구나. 내가 한 말 다 거짓이야. 사실 나 콧김도 거짓말이다."

추산은 힘껏 어깨를 끌어안았다.

"괜찮아요. 그건 거짓말이 아니라 누구나 재미로 그런 말 해요. 아무튼 힘내야 해요. 아주머니 꼭 보셔야죠."

"그래, 봐야지. 어떻게 지낼까. 제발 내가 갈 때까지만 살아 있었으면 원이 없겠는데."

주르르!

눈물을 흘린다.

추산은 고개를 돌려 버렸다.

바로 그때였다. 진행 방향 쪽에서 말발굽 소리가 들려왔다.

다각다각!

희미하던 말발굽 소리가 순식간에 지축을 울리는 것이 천리마이다.

먹물로 범벅을 해놓은 것 같은 흑마 두 마리.

"전통이오."

오른쪽 사내가 큰 소리로 외쳤다.

"멈춰라!"

선두의 각각개가 이동을 정지시켰다.

두 사내는 말에서 내리더니 각각개에게 봉서 한 통을 내밀었다.

"아망개 장로께서 보낸 서찰이오."

아망개라는 말에 두 사람의 눈이 벌떡 일어났다.

추산과 피광.

피광이 눈치 빠르게 곁으로 다가와 속삭인다.

"설마 그 자식이."

추산은 굳은 얼굴로 전면에 시선을 고정했다.

촤악!

각각개는 봉서를 찢고 서찰을 꺼내 읽는다.

서찰을 읽은 각각개가 일행을 향해 소리쳤다.

"추산."

획!

피광 등이 소스라치며 추산을 돌아보았다.

"추산, 추산이란 자 어딨나?"

"어떡하지."

피광의 안색이 파랗게 질렸다.

기어이 올 것이 오고야 만 것이다.

"이봐, 우리 포로 중 추산이란 자 있지?"

맨 선두 거지에게 묻는다.

거지가 너덜거리는 서책을 넘기며 살피더니 고개를 끄덕였
다.

"있습니다. 보십시오."

손가락으로 추산이라는 이름을 가리켰다.

"어딨어? 빨리 나오지 못해!"

추산이 나가려 하자 주부가 손을 잡았다.

"산아."

"아저씨."

추산은 미소를 지었다.

"그, 그놈이 절대 널 가만 안 둘 텐데. 이런 전쟁터에서까지 널 잡으러 온 것을 보면."

"어떡해. 이 노릇을 어떡해."

피광은 거의 넋이 빠져 있었다.

"도망쳐. 내가 막아볼 테니까. 그 자식에게 가면 넌 죽어."

주위 낙양에서 온 사람들 모두가 도망치라고 재촉했다.

어떻게 해서라도 막을 테니 살아 도망가라는 것이다.

그토록 살고 싶어했던 이들이 자신을 살리기 위해 아끼던 목숨을 내놓겠단다.

추산의 가슴이 뜨거워진다.

'계집도 아닌데……'

갑자기 가슴이 뜨거워지더니 눈물이 나오려고 했다.

추산은 이를 물었다.

"걱정들 마세요. 나 안 죽어요. 꼭 돌아올 테니까 염려 붙들어 매시고 기어이 살아 낙양으로 가야 해요. 내 말 잊지 마세요."

"누가 우리 걱정하래. 네놈 일이 더 크잖아. 젠장!"

삼십가량의 사내가 버럭 소릴 질렀다.

"네놈이 추산이구나."

거지 두 명이 다가왔다.

스스슥!

낙양 사람들이 앞을 막아섰다.

"엇, 이런 패 죽일 놈들이! 그래, 한판 붙어보자는 거야? 그거 좋지."

두 거지가 타구봉을 뽑아 들었다.

추산이 사람들을 밀치고 앞으로 나섰다.

"갑시다. 내가 추산이오."

"흐흐흐! 아망개 장로님이 수십 군데 포로수용소를 돌아다니며 널 찾았다는구나. 그분과 뜨거운 인연이 있나 보지?"

"그 인간은 사람이 아니오. 인간의 탈을 쓴 개새끼요."

빠아악!

타구봉이 허공을 가르며 사내의 머리통을 찍었다.

사내의 머리가 깨지며 피가 흘렀지만 멈추지 않는다.

"개새끼를 개새끼라고 하지 그럼 돼지 새끼라고 하랴."

"죽고 싶나 보군. 그렇다면 죽여주지."

파파파파!

거지는 미친 듯이 타구봉을 휘둘렀다.

"그만두시오."

추산이 가로막았다.

"호오! 네놈도 끌려가는 마당에 한 대 맞고 가겠다? 그래, 어디 한 대 때려주마."

거지가 타구봉을 들어 올리다 멈칫했다.

추산의 눈빛은 고요했다. 그냥 바라보고 있는데 온몸이 얼
어붙는다.
"봐주십시오."
추산이 사내를 향해 말했다.
그리고 성큼성큼 걸어갔다.
거지는 한동안 넋을 놓고 섰다.
"산아!"
"죽지 마. 무조건 빌어. 잘못했다고."
거지에게 얻어맞은 사내가 외쳤다.
추산이 다가오자 말에서 내린 오른쪽 거지가 물었다.
"네가 추산이냐?"
"맞습니다."
"흐흐흐! 그래도 확인 절차는 밟아야지."
품에서 초상화를 꺼냈다.
얼굴이 똑같음을 확인한 거지가 웃었다.
"타라!"
자신의 말을 가리켰다.
추산은 단번에 말로 뛰어오르려다 멈칫했다.
자신은 지금 내공이 폐지된 상태다. 하마터면 큰 실수를 할
뻔했다.
휙!
쿵!
한 번에 오르지 못하고 떨어진다.

두 번째도 떨어진다.

"아이, 피곤한 놈."

오른쪽 무사가 추산의 엉덩이를 번쩍 밀어 올렸다.

추산은 가까스로 말에 올랐다.

훌쩍!

자신은 가볍게 도약하여 말에 올랐다.

"수고하십시오."

마상에서 각각개에게 포권을 취하고 두 사내는 돌아섰다.

두두두두!

추산을 태운 두 마리의 말은 득달같이 시야에서 사라져 버렸다.

"산아! 산아!"

피광이 울며 악을 썼다.

"닥쳐!"

추산의 눈빛에 주눅 들었던 거지가 피광에게 뭇매를 가했다.

개방의 대본영은 산서와 감숙의 경계인 맥적산에 있었다. 전쟁이 끝나면서 대부분 총단이 있는 개봉으로 철수했지만 아망개를 비롯한 일부 간부들은 아직 맥적산을 떠나지 않고 있었다.

금마옥의 포로들을 가두고 있는 수용소 또한 맥적산 대철곡에 있었으며 오늘따라 폭설을 동반한 거센 한파가 아침부터 몰아닥쳐 동사자가 속출했다.

"동사자 두 구를 북쪽 계곡에서 또 발견했습니다."

이곳 대본영의 총책임자는 아망개.

막사 안 목탄이 활활 타오르는 화덕 앞에 앉아 나른한 표정을 짓고 있던 아망개가 하품을 하며 말했다.

"버려!"

"넷!"

거지가 힘차게 허리를 굽히고 돌아서려 하는데 아망개가 다시 불렀다.

"잠깐, 앞으로는 보고하지 말고 네가 알아서 처리하라."

"충!"

거지가 나가고 의자에 앉은 아망개는 상체를 비스듬히 뉘었다.

탁탁!

목탄이 튀는 소리가 고요한 막사 안을 울렸다.

얼어 죽은 동사자가 속출하는 바깥과 달리 막사 안은 열기로 후끈거렸다.

졸음에 겨운 듯 아망개의 눈이 조용히 감긴다.

잠이 들었는지 콧소리가 커진다.

좌락!

막사가 들춰지며 구타개가 들어섰다. 구타개는 뭔가 입을 열어 말하려다 잠이 든 아망개를 발견하고 머뭇거렸다. 잠이 든 아망개를 차마 깨울 용기가 나지 않는다.

"뭐요?"

어찌할 바를 모르고 있을 때 아망개의 입술이 나직이 열렸다.

구타개는 기다렸다는 듯 말했다.

"놈이 왔습니다, 추산이란 놈."

벌떡!

물먹은 솜처럼 축 처져 있던 아망개의 몸은 어느새 서릿발이 되어 있었다.

표정 또한 바위를 깎아놓은 듯 감정이라고는 찾아볼 수가 없었으며 눈빛은 바깥의 찬바람보다 더 혹독해졌다.

"뭐하느냐? 어서 들여보내라."

구타개가 천막 밖을 향해 말했다.

아망개의 두 눈은 천막 입구에 말뚝처럼 박혀 있었다.

천막이 열리고 추산이 들어섰다.

추산은 물끄러미 아망개를 바라볼 뿐이었다. 아망개 또한 무정한 눈빛으로 입구의 추산을 바라본다.

씨익!

아망개가 웃음을 지었다.

까닥까닥!

검지를 구부렸다 폈다 했다.

추산은 주춤거리며 가까이 다가갔다.

빠악!

아망개의 오른발이 추산의 낭심을 찍었다.

추산의 얼굴의 벌겋게 달아오르며 부르르 온몸을 떨었다. 그러나 낭심을 움켜쥐고 쭈그리는 따위의 행동은 하지 않았다.

까닥!

다시 다가선다.

뻐억!

정확히 그 자리에 다시 맞았다.

“꾸욱!”

비둘기 울음 같은 비명을 터뜨렸다.

아망개가 천천히 일어나더니 다가왔다.

고통으로 인상을 찌푸리고 있는 추산의 주위를 천천히 돌았다.

“약관의 신체는 우후죽순이라더니 몰라보게 컸구나. 오우, 이 어깨하며.”

탁탁!

추산의 어깨와 옆구리를 손바닥으로 쳤다.

“예상대로 죽지 않았구나. 하긴 너 같은 놈이 쉽게 죽을 리 없지. 이렇게 다시 만나서 정말 반갑구나. 우핫핫핫!”

막사가 떠내려갈 것 같은 광소를 터뜨렸다.

와락!

아망개는 추산을 끌어안았다.

고통이 덜 풀린 채로 안긴 추산의 귓가에 아망개의 작은 음성이 파고들었다.

“회포를 풀어야지, 친구.”
파아아!
아망개가 끌어안긴 추산의 몸을 거칠게 뒤로 밀었다.
마치 쌍장을 내뻗을 때와 같은 동작.

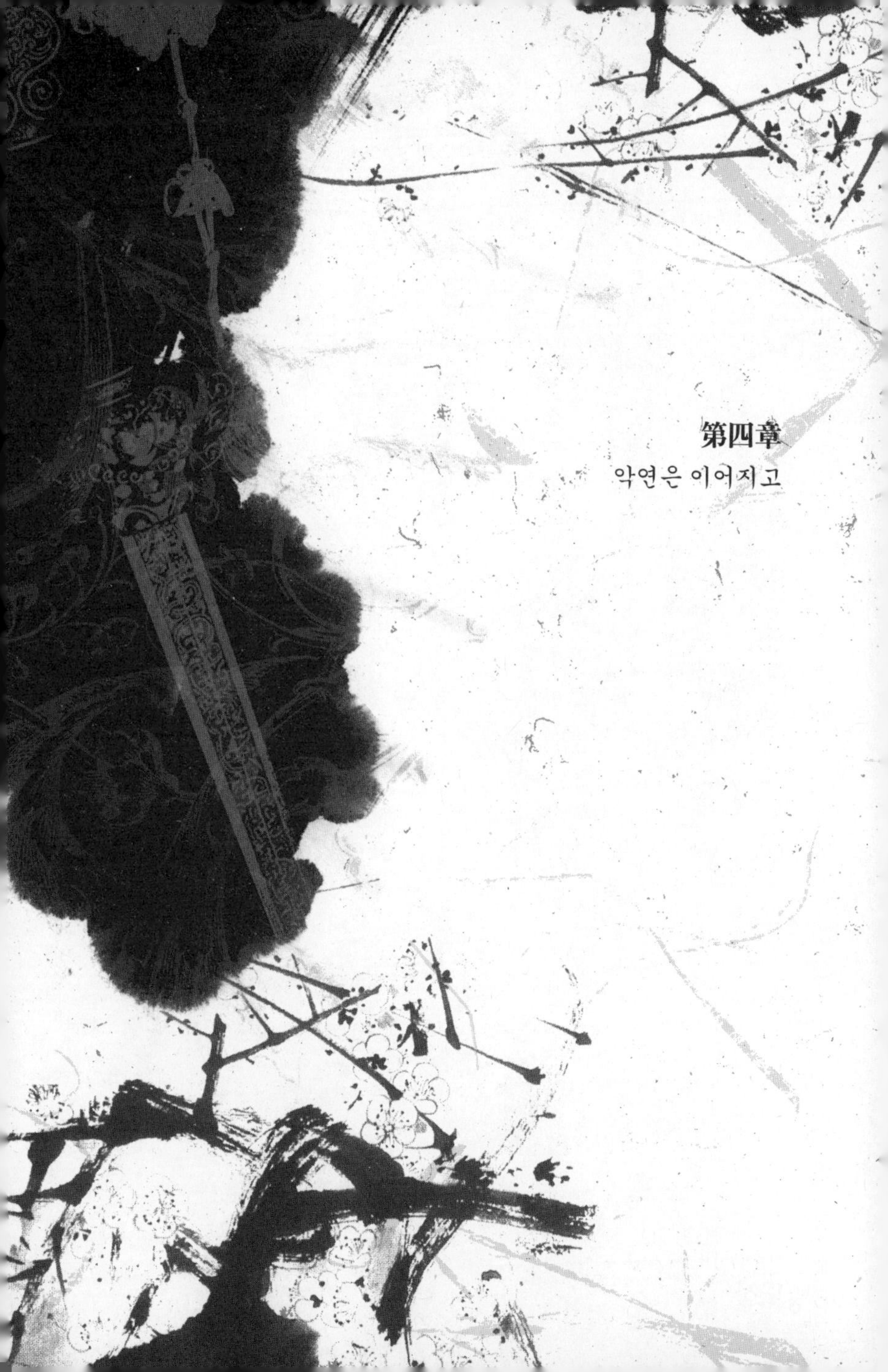

第四章
악연은 이어지고

검명도살

추산의 몸은 종잇장마냥 뒤로 힘없이 날아갔다. 허공을 날아가는 추산의 눈이 순간적으로 변화를 일으켰다.

입구 쪽에서 끌어안았고, 밀었다. 그건 곧 등 뒤에 목탄이 타오르고 있는 시뻘건 화덕이 있다는 뜻이다. 이대로 날아가면 화덕에 부딪칠 것이다. 그렇다고 무공을 끌어올려 피하거나 하면 안 된다. 자신은 무공이 폐지된 상태다.

─어쩔 수 없다!

꽈당 하는 소리와 함께 수백 개의 바늘이 쑤시는 것 같은 엄청난 열기가 등을 적신다.

화덕에 부딪쳐 튕겨 나왔지만 너무나 열기가 강한 탓에 아주 잠깐이었지만 옷에 불이 붙었고, 등의 일부가 탄 듯 역겨운 냄새가 코를 찔렀다.

화다닥!

추산은 옷에 붙은 불을 끄기 위해 지면을 뒹굴었고, 신속하게 옷을 벗어젖혔다.

화르륵!

타오르는 자신의 흑의.

비록 낡았지만 이렇게 추운 곳에서 옷은 생명이었다. 죽은 동료의 옷 두 벌을 자신의 옷과 기우면서 사이에 부드러운 마른 풀까지 넣어 솜옷처럼 따뜻했는데 순식간에 잿더미로 변했다.

등이 따갑다.

상당한 화상을 입었다는 것을 알 수가 있었다.

"호오!"

아망개가 또다시 감탄하며 추산의 건장한 상체를 만졌다. 추산의 몸은 낙양에서와는 달랐다. 나이도 이제 한 살 많아졌지만 신체 또한 몰라보게 성장했고, 꾸준한 무공 수련으로 인해 차돌 같았다.

손가락으로 추산의 앞뒤 몸을 닭듯 쓰다듬던 아망개의 손가락에 힘이 들어가고 있었다.

툭!

급기야 아망개의 손가락은 송곳이 되었고, 스치는 곳마다 붉은 핏물이 흘러나왔다.

"흠흠! 냄새 죽이는구만."

아망개가 손끝에 묻은 피 냄새를 맡으며 웃는다.

슥!

아망개는 손가락 끝에 묻은 피를 추산의 얼굴에 닦았다.

"추산, 진심으로 널 환영한다."

빠악!

강력한 주먹이 턱을 돌렸다.

추산은 힘없이 나가떨어졌다.

"개자식, 너 따위가 감히 날 갖고 놀아?"

아망개가 앉았던 의자를 들고 와 막 일어나려는 추산의 머리를 찍었다.

꽈직!

"컥!"

추산의 입에서 단말마의 비명이 터졌다.

콱— 콰콰콱!

석탄목(石彈木), 나무 중 가장 강하다고 알려진 나무, 오죽하면 돌 같다고 했을까.

아망개는 온 힘을 다해 찍었고, 추산은 순식간에 찢어지고 깨지며 걸레 조각이 된다.

쩍!

급기야 석탄목으로 된 의자가 부서지기 시작했다. 아망개의 폭력은 멈추지 않았다. 의자 등받이 조각 한 개만 손에 잡힐

때까지 추산을 찍었다.

"분타주!"

"하명하십시오."

"이놈을 물속에 처넣으시오."

빠악!

손에 들린 등받이 조각으로 추산의 머리를 갈겼다.

구타개가 꼼짝도 않는 추산을 질질 끌고 밖으로 나갔다. 끌려 나가는 추산을 보며 아망개는 씹어뱉듯 중얼거렸다.

"저따위 놈에게 내가."

낙양에서 당한 것을 생각하면 지금도 자다가도 벌떡 일어난다.

텅 빈 관제묘를 습격했을 때 자신을 바라보던 수많은 부하들의 시선을 잊을 수가 없었다.

조롱, 경멸, 심지어는 혀까지 차는 부하가 있었다. 물론 모조리 갖은 핑계를 대어 반 죽여놨지만 태어나 그런 치욕은 처음 당했다.

종전이 선포되자마자 대부분의 간부들은 도망치듯 본영을 떠났다. 두 번 다시 오고 싶지 않는 지긋지긋한 지옥의 땅이라고 하루라도 빨리 떠나고 싶은 것이었다.

그러나 자신은 추산을 잡기 위해 남아 있었고, 마침내 성공했다.

"위관!"

"부르셨나이까?"

거지 한 명이 들어온다.

"의자 하나 만들어오도록!"

"충!"

위관이 나갔고, 아망개의 입가에 환한 미소가 걸린다.

"아, 피곤해!"

　조각난 의자 등받이를 화덕 안에 쑤셔 넣자 금세 불길에 휩싸인다.

　사람들, 아니, 포로들이 놀란다. 피를 흘리고 있는 것이 죽은 사람이 아니다. 그런데 다리 하나를 잡고 질질 끌고 간다. 추산이 지나가는 곳으로 붉은 피가 작은 길을 만든다.

　계곡은 꽁꽁 얼어붙었고 구타개의 손에서 강한 장력이 뿜어 나가자 쾅 하는 소리와 함께 얼음이 깨지며 웅덩이가 드러났다.

"<u>흐흐흐!</u>"

추산을 웅덩이에 던져 넣는다.

퍼드드득!

잡힌 물고기가 요동하듯 차가운 물이 상처를 파고들자 추산이 몸부림쳤다. 금세 계곡물은 시뻘겋게 변했다.

"이봐!"

"예, 분타주님!"

한 명의 거지가 달려왔다.

"나오면 넣어. 절대 밖으로 나오지 못하도록 하라는 얘기니라.”

“충!”

고통에 몸부림치는 추산을 보며 돌아서는 구타개를 향해 거지가 묻는다.

“혹시 이놈이 장로님을 괴롭혔다는 그……?”

“맞다. 그놈이다.”

“알겠습니다. 확실히 지키겠습니다.”

구타개가 떠나고 허우적거리던 추산의 오른손이 깨진 얼음을 잡았다.

“쳐 죽일 놈아, 어딜 나와.”

거지의 타구봉이 추산의 손을 찍어버린다.

풍덩!

추산은 다시 물속으로 잠겨들고 요동한다.

그것은 몸부림이었다.

살고 싶어 취하는 것이 아닌 본능이 요구하는 움직임이었다. 상처를 비집고 들어오는 차가운 물은 온몸을 마비시켰다. 추산이 가장자리로 나오면 거지의 타구봉은 용서를 않았다. 나오려는 추산과 나오지 못하도록 막는 거지와의 사이에 벌어지는 일련의 행동들은 처절한 사투였다.

“크크크!”

그러면서 웃는 승자의 쾌소(快笑).

추산의 움직임이 점차 둔화되었다. 몸이 냉기를 견디지 못하고 얼기 시작한 것이다. 얼면 죽는다. 지키던 거지가 보고를 했고, 구타개가 나타나 막사로 끌고 갔다.

나무토막처럼 딱딱해진 추산의 몸을 향해 아망개의 구타가 다시 시작되었다.

언 몸이기 때문에 찢어지는 것이 아니라 얼음처럼 추산의 몸이 깨져 나갔다. 파편이 되어 날아간 추산의 살점이 막사 천장과 바닥을 벌겋게 수놓았다.

두들겨 맞으면서 몸은 다시 녹았고, 피가 흐르는 듯 추산의 사지가 움직이자 아망개는 다시 명령했다.

"담가!"

구타개는 다시 추산을 끌고 나가 계곡물에 처넣었다.

그때 추산의 일행을 데리고 각각개가 수용소로 들어섰다. 다른 포로들로부터 사건의 전말을 들은 피광과 주부 등이 일제히 계곡을 향해 달려갔다. 그러나 채 십 장도 달려가지 못하고 개방 제자들에게 제지당했고, 늘씬 두들겨 맞았다.

"사, 산아, 죽지 마. 힘내."

피광은 통곡하며 외쳐 말했다.

하지만 거센 바람은 피광의 절규를 너무도 허무하게 삼켜 버렸다.

한편 그 시각, 텅 빈 추산의 낙양 집에 인기척이 있었다. 굳게 닫아놓고 간 방문이 열렸고, 안으로부터 욕설이 흘러나왔다.

"나쁜 놈."

“형편없는 놈!”

“벼락을 맞아도 싼 놈.”

“용서 못할 놈!”

“가만 안 둘 거야. 오기만 해봐.”

방 안에서 하후청이 청소를 하고 있었다.

오랫동안 비워놓은 탓에 마당은 잡초가 가득했고 마루와 방 곳곳에 먼지가 수북했다. 마당의 잡초는 함 노인이 뽑으며 정리를 하고 있었고, 방은 하후청이 맡아 청소를 하고 있었다.

“치사한 놈, 간다고 하면 누가 막을까 봐 말도 없이 떠나?”

“간다고 했으면 네가 잘도 허락했겠다.”

하후청은 깜짝 놀라 고개를 쳐들었다.

언제 나타났는지 입구에 부친 하후천이 서 있었다.

“아, 아버지!”

“너무 미워하지 말거라. 산은 속이 깊은 아이니라.”

“속이 깊긴 뭐가 깊어요. 암튼 돌아오면 절대 그냥 안 넘길 거예요.”

“안 넘기면 죽이기라도 하겠단 말이냐?”

하후청의 눈이 커졌다.

“아버지는 무슨 말씀을 그렇게 하세요. 내가 왜 산이를 죽여요. 그냥 잔소리 좀.”

“쯧쯧! 막상 면전에서는 싫은 소리 한번 제대로 못하는 녀석이 입으로만.”

“아버지!”

하후청이 인상을 우그러뜨렸다.

"계십니까?"

밖으로부터 들려오는 소리에 마른 잡초를 뽑던 함 노인은 물론 두 사람까지 고개를 돌렸다. 두 명의 장사꾼이 대문을 들어서더니 주위를 두리번거렸다.

"누구시오?"

함 노인이 물었다.

두 사내는 집 안을 기웃거리더니 신발을 신고 다가오는 하후청의 미모에 눈을 부릅떴다.

"어디서 오셨죠?"

꿀꺽!

두 사내는 침을 삼켰다.

이런 목소리를 아마 사람들은 은쟁반에 옥구슬 굴러간다고 말하는가 싶었다.

"이 집 주인과는?"

"주인이라뇨?"

오른쪽 사내가 왼쪽 사내를 돌아본다.

"주인 이름이 추… 추……."

"추산!"

"맞아. 낭자께서는 추산이란 사람과는 어떤 관계요?"

추산이란 이름이 나오자 하후청은 말할 것도 없고 함 노인과 하후천까지 광채를 뿜었다.

돌변한 세 사람의 행동에 두 장사꾼은 흠칫했다.

하후천이 나섰다.

"난 그의 빙장이오."

빙장이란 말에 가장 놀란 사람은 하후청이었다. 함 노인 역시 입을 떠억 벌린다.

빙장이라면 하후천과 자신이 혼인을 했다는 뜻 아닌가. 사랑하고 있긴 해도 아직 혼인은 하지 않았다. 뿐만 아니라 둘 사이에 아직 혼인 얘긴 누구도 꺼내지 않았다. 그런데 하후천의 입에서 막힘없이 빙장이란 말이 튀어나왔다는 것은 그만큼 추산의 소식에 그 또한 애를 태웠다는 뜻이리라.

"여기 있소?"

오른쪽 사내가 추작도로부터 받은 주머니를 꺼내주었다.

주머니를 받아 살핀 하후천의 눈이 커졌다.

안에는 은자가 가득 들어 있었다.

"추산이란 사람에게 가져다주라고 했소이다."

"누가?"

"아주 젊은 공자였소. 꼭 갖다 줘야 한다면서 우리에게 수고비까지 두둑하게 주었소이다. 그럼 우린 이만 가보리다."

"잠깐!"

하후천이 둘의 앞을 가로막았다.

"자세히 말해보시오. 이 돈을 추산에게 갖다 주라고 한 사람의 용모를 말이오."

두 사람은 설명했다.

듣고 있던 하후천은 고개를 갸웃했다.

　그날 황실을 떠나 낙양이 내려다보이던 고갯길 태봉령에서
한참 향수에 젖어 있을 때 하후천은 추산을 처음 만났다.
　당시 추산은 잔뜩 독이 올라 있었다. 처음에는 아무리 타이
르고 물어도 왜 화가 났는지 이유를 설명하지 않았다. 오히려
하후천을 낱낱이 살필 뿐만 아니라 무엇하는 사람이냐, 왜 밤
이 어두워 오는데 이곳에 있느냐고 물었다. 황실에서 학사 노
릇을 끝내고 귀향하는 중이라고 하자 추산은 피식 웃었다.
　날 뭐로 보고 그런 거짓말을 하느냐, 당신 같은 추레한 행색
의 사람이 어떻게 그런 높은 벼슬을 할 수 있느냐면서 지나가
는 개도 웃겠다고 사기꾼 취급을 했다. 한동안 둘은 서로의 정
체성을 놓고 왈가왈부하다 힘들게 가슴 속 모두를 드러내 놓
았다.
　추산의 아버지는 정해진 직업이 없다고 했다. 한 번씩 나가
면 짧게는 일주일이고 길게는 몇 달씩 돌아오지 않는다고 했
다. 돌아온다고 약속한 지 벌써 나흘이 지났는데도 오지 않는
다고 하면서 매우 흥분한 추산의 두 눈가에는 눈물이 어른거
리고 있었다.

　하후천은 다시 장사꾼들을 살폈다. 아무리 봐도 낯선 인물
이지만 분명한 한 가지는 추산에게 이토록 많은 은자를 전달
하려 했다는 것은 부친이라고 봐야 한다. 하지만 맡긴 이는 젊
었다고 했다. 피치 못할 사정이 있어 젊은 사람으로 분장할 수

도 있다는 것에 생각이 미치자 이해가 됐다.

"난 또!"

하후청은 울상을 지었다.

혹시 추산에 대한 소식인 줄 기대했기 때문이다. 다시 방 안으로 돌아가 걸레질을 하며 눈물을 글썽거렸다.

"돌아오기만 해. 죽을 줄 알아."

하후청은 연신 이를 갈며 걸레로 방을 닦다 말고 멈칫했다.

그때 구석에 있는 조그만 탁자 위에 놓인 작은 나무틀 하나를 발견한다.

어린 두 남녀가 어깨동무를 하고 활짝 웃고 있었다. 하후청은 나무틀을 들어 두 남녀를 보았다.

'산아!'

언젠가 자칭 천하제일화상이라고 불리는 사람이 그려준 것이다.

뭔가 미래에 대한 증표로 남기자고 하후청은 우겼고, 추산은 남길 것 뭐 있느냐 하면서 나중에 때가 되면 색시 되면 되지 하고 시큰둥했다. 무성의한 추산의 대답에 속상해하던 차에 저잣거리 한쪽에서 그림을 그리고 있는 천하제일화상 독고대를 만났다. 하후청은 망설이지 않고 추산을 끌고 가 의자에 앉아 둘의 초상화를 그려줄 것을 요구했다.

"평생 두고 볼 것이니 변하지 않게 잘 그려주세요."

하후청의 큰소리에 독고대는 누런 이를 드러내며 웃었다.

"걱정 마시오, 낭자. 일천 년이 흘러도 수염, 눈썹 하나 변하지 않게 그려주겠소."

"얼마죠?"

"그보다 가만있자……."

독고대는 두 사람을 번갈아 보았다.

추산은 일찍부터 알고 있었기 때문에 물었다.

"왜 그러세요?"

"흐흐, 봉 잡았구나."

"거봐, 봉 잡았대잖아. 그러니까 앞으로 내 말 잘 들어."

하후청이 어깨를 으쓱했다.

독고대가 눈을 부라렸다.

"산이가 아니라 네가 봉 잡았단 말이니라."

"네에? 뭐라구요?"

"봉도 그냥 봉이 아니라 무지하게 큰 봉을 잡았구나. 정말 화끈하고도 태산을 찍어 누를 대봉을 잡았구나."

당시에는 이해가 되지 않았다.

추산은 배운 것이 없었다. 가진 것도 없었다. 더욱이 추산의 말에 의하면 아버지는 떠돌이라고 했다. 아버지라고 할 수조차도 없는 아버지를 제외하고는 핏줄이라고는 없었다.

반면 자신은 황실 학사를 지낸 부친을 둔 명문이었다.

누가 봐도 추산이 봉을 잡았음이 틀림없는데 거꾸로 자신이 움켜쥐었다는 말에 적이 자존심이 상했다.

어쨌든 지금 나무틀 속에 있는 추산을 보자 더욱 그리워지고 보고 싶다.

주르륵!

잠시 멈췄던 눈물이 다시 흘러내렸다.

툭!

장사꾼 사내들에게 받은 주머니였다.

왜 이걸 나에게 주느냐는 듯 하후청의 눈이 입구에 서 있는 하후천을 올려다보았다.

"잘 보관하거라. 앞으로 많은 돈이 필요할지도 모르겠구나."

앞으로 많은 돈이 필요할지도 모르겠다니.

자신은 돈 쓸 곳도 없었다. 그렇다면 추산이 필요하다는 얘긴데, 장사를 하는 것도 아니고 어디에 쓴단 말인가. 이유를 물으려는데 하후천은 이미 토방을 내려서고 있었다.

*　　　*　　　*

아망개는 오랜만에 흐뭇했다. 말 그대로 십 년 묵은 체증이 쏙 내려가는 기분이 이런 것일까. 그동안 추산을 떠올리며 얼마나 이를 갈았던가. 잡히기만 하면 절대 그냥 죽이지 않겠다고 맹세까지 했는데 끝내 소원을 이뤘다.

―절대 그냥 죽이지는 않겠다.

자신이 어떤 사람인지 보여주고 싶었다.

자신을 대적하면 얼마만큼 후회스러운 일을 맞이하는지 몸 부림치도록 깨닫게 해주고 싶었다.

"장로님!"

넉넉한 표정으로 한숨 막 자려는데 구타개가 들어섰다.

"무림맹에서 사자가 왔습니다."

무림맹이란 말에 아망개의 눈썹이 모아졌다.

구타개를 보며 잠시 생각하는 표정을 지었다.

"뭔데?"

경험상 이 시점에서 오는 사자란 기쁜 일 갖고 오지 않는다. 고개를 끄덕이며 들여보내라는 신호를 했다.

확!

구타개가 천막을 걷었다.

열린 천막 안으로 한 사내가 들어섰다. 흰 눈을 뒤집어쓴 사 십가량의 중년인으로 그다지 크지 않은 평범한 체구, 검은 숯 두 개를 박아놓은 것 같은 짙은 눈썹과 왼쪽 옆구리에 짧은 단 검이 시선을 끌었다.

장검도 중검도 아닌 단검.

일반적으로 단검은 암기의 목적으로 많이 사용되기 때문에 품속에 넣거나 소매 속에 담는다. 그런데 중년인은 옆구리에 보란 듯이 차고 있었다. 그것은 암기나 암습 목적의 단검이 아 니라 애병이라는 의미였다.

팟!

중년 사내의 정체가 생각난 듯 아망개의 눈이 빛을 뿌렸다.

─검소야(劍小爺) 가무오(可武吳).

직해하면 작은 아비라는 뜻이다.

그러나 그건 직해일 뿐이다. 여기서 소야라는 말은 작은아비, 검이 들어갔으니 단검에 관한 한 누구도 따르지 못한다는 뜻이다.

한 번도 본 적은 없지만 이미 소문은 들었다. 검소야 가무오의 단검식(短劍式)이야말로 모양[形]과 힘[力]을 벗어나 무한에 들었다고.

"맹주께서 보내셨소이다."

가무오의 손에서 한 통의 서찰이 나왔다.

구타개가 서찰을 받아 아망개에게 전한다. 아망개는 봉서를 뜯어 서찰을 꺼내 읽기 시작했다.

그런데 서찰을 읽던 아망개의 표정이 굳어졌다.

서찰이 미세하게 떨리고 있었다.

맹문하서(盟門下書), 무림맹주가 개방에 내려보낸 서찰의 내용은 이러했다.

듣자 하니 각 문에서 포로들에 대한 부당한 대우가 도를 넘어섰다고 들었소이다. 아무리 적이지만 종전이 되었고 항복한 그들이오. 항복한 적을 괴롭힌다거나 갖은 죄목을 붙여 고문하고 죽인다는 건 승자의 아량이라 볼 수 없는 야만적인 일, 이에 본 맹

주는 더 이상 두고 볼 수 없다고 판단하여 무림맹주로서 명령하
오. 각파는 모든 포로를 당장 맹주의 사자에게 인계하도록 하시
오.

　가무오는 여전히 굳은 얼굴로 서찰에서 눈을 떼지 못하고
있는 아망개를 향해 말했다.
　"당장 포로 명부를 넘기시오."
　가무오의 표정은 단호했다.
　여전히 아망개의 시선은 서찰에서 떠나지 않았다. 이글거리
는 눈빛은 금방이라도 뭔가 폭발을 일으킬 듯싶다.
　"본 사자는 분명히 포로의 명부를 넘기라고 했소이다. 내일
아침 묘시에 이곳에 있는 모든 포로를 데리고 출발할 터이니
늦어도 한 시진 이내에 명부를 제출하시오."
　가무오는 밖으로 나갔다.
　"자, 장로님!"
　가무오가 나가자 구타개가 아망개를 향해 걸어갔다.
　팔랑!
　떨어지는 서찰을 잽싸게 낚아챘다.
　서찰을 읽은 구타개의 표정이 굳어졌다. 맹주의 명령은 지
엄하다. 누구도 거절할 수 없고 거절해서도 안 된다.
　"어떻게?"
　구타개는 마른침을 삼켰다.
　아망개의 표정은 여전히 흉포한 상태에 있었다.

푸스스!

새로 만든 의자의 손잡이가 연기를 피워 올리며 재가 되어
버린다.

석탄목처럼 강한 재질은 아니지만 생나무인데 순식간에 삼
매진화에 사라진다는 것은 아망개의 분노가 어느 정도임을 읽
을 수 있었다.

"쳐 죽일!"

아망개는 주먹을 쥐었다 폈다 반복했다.

"구 분타주."

"하명하소서."

"다른 놈은 다 넘겨줘도 그놈은 안 되오."

팟!

구타개는 눈을 치켜떴다.

순간적으로 그놈을 떠올리지 못했다.

벌떡!

아망개가 자리에서 일어나며 냉혹한 목소리로 말했다.

"그놈 말이오, 추산."

"아, 예!"

대답을 한 구타개의 이마가 찌푸려졌다.

추산과 아망개 사이에 벌어진 일을 처음부터 쭉 지켜보았
다. 그래서 추산에 대한 아망개의 감정이 어떤지는 짐작하고
있지만 무슨 수로 빼돌린단 말인가.

더구나 자신들은 빼돌릴 수가 있다고 하지만 적지 않은 포

로들이 추산을 알고 따르고 있었다. 그들의 입을 어떻게 막는
단 말인가.

"그, 그러지 말고."

"말해보시오."

구타개가 조심스럽게 입을 열었다.

"지금 죽여 버리는 게……."

아망개의 이마가 찡그려졌다.

구타개는 뭔가 잘못되었다는 것을 깨닫고 흠칫했다.

"쯧쯧! 그걸 지금 말이라고 하시오. 포로들은 무림맹의 사자
가 온 것을 보았소. 그런데 지금 죽이면 무림맹 사자가 어떻게
생각하겠소?"

구타개는 얼른 고개를 숙었다.

다급하면 자신도 모르게 나오는 사죄의 행동.

사자가 왔는데 죽였다는 것은 무림맹주에 대한 노골적인 도
전이고 항명이었다. 그건 절대 있을 수 없는 일이며 무서운 후
환을 낳는다.

팟!

아망개의 눈이 섬광을 뿜었다.

"추산과 함께 낙양에서 온 자들이 모두 몇 명이나 되오?"

"정확한 숫자 파악은 되지 않고 있지만 동관에서 온 십여 명
과 다른 지역에서 온 자들이 십여 명가량 됩니다."

아망개는 다시 생각에 젖어들었다.

눈빛이 쉴 사이 없이 번뜩이는 것이 서둘러 결론을 내려 하

고 있음을 알 수 있었다.

"당장 낙양에서 온 용병들과 금마옥 및 다른 지역에서 온 용병들을 분리시키시오."

금마옥의 포로와 다른 지역에서 온 용병들은 추산을 모른다.

"낙양에서 온 용병들에게 빼앗은 모든 물건을 돌려주도록 하시오. 특히 은자는 반드시 돌려주시오."

툭!

그러더니 품에서 묵직한 주머니 한 개를 추가로 던진다.

구타개는 얼떨결에 받아 안을 살피다가 놀란 표정을 지었다. 안에는 금자가 가득했다.

"그것까지 보태서 놈들의 입을 막으시오. 반드시 약속을 받아내란 얘기요."

일반인이든 무림인이든 돈 앞에선 장사 없었다.

어차피 돈에 팔려온 자들이다. 추산을 빼돌린 것에 대해 침묵한 대가로 금자를 수북이 더해준다면 충분히 입을 다물리라.

"오오!"

구타개의 눈이 커졌다.

아망개가 무공만 높아 장로가 된 것이 아니었다. 짧은 시간에 떠올리는 계산 또한 명쾌하고 빨랐다.

수하들 보고에 의하면 추산과 같이 온 용병들은 틈만 나면 뺏은 돈의 절반만이라도 돌려줄 수 없느냐면서 애걸복걸한다

고 했다. 그런 자들에게 금자까지 슬며시 얹어준다면 추산에
대해 입을 다물 것은 확실했다.

그날 밤 포로들이 격리되기 시작했다. 추산과 함께 낙양에
서 지원해 온 용병들의 눈이 부릅떠졌다. 개방에서 빼앗아간
돈을 돌려주기 시작한 것이다.
"뭘 그렇게 놀라느냐? 원래부터 주인은 너희였지 않느냐?"
"감사합니다."
"오오! 역시 개방!"
일각 전만 해도 철천지원수이던 개방이 천하에서 가장 마음
씨 좋은 집단으로 돌변하는 순간이었다.
그런데 더욱 놀라운 일이 일어났다. 빼앗긴 돈만 돌려받은
것이 아니었다. 금자 한 냥씩이 덤으로 주어진 것이다.
"으헉!"
"지, 진짜 금이다."
깨물자 이빨 자국이 선명하다.
"조용!"
웅성거리는 사내들을 향해 구타개가 낮은 목소리로 말했다.
밤이 되면서 기온이 급강하했고 금방이라도 추위가 목을 벨
듯 날카로웠지만 사내들의 눈은 불꽃처럼 타올랐다.
"대신 부탁이 있느니라."
"말씀하십시오."
"저희 같은 놈들한테 부탁이라뇨. 죽으라는 것만 빼면 뭐든

지 들어드리겠습니다."

구타개는 말했다.

"내일 아침 너희는 무림맹에서 온 사자들을 따라갈 것이
다."

그렇잖아도 낮에 보았고 상당한 기대를 하고 있었다. 무림
맹의 사자에게 끌려가면 무조건 살았다고 보면 된다. 무림맹
으로 끌려가면 간단한 신원 확인 절차를 거친다. 그리고 전쟁
참여도에 따라 귀향 조치되거나 아니면 몇 달, 또는 몇 년 뇌옥
을 살다 간다. 어쨌든 여기보다는 백배 수월하고 안전한 곳이
었다. 더구나 용병들은 흑도의 무사들보다 징계가 가볍다.

"내가 부탁하고자 한 것은 그자에 대해 입을 다물어 달라는
것이니라."

"그자?"

"말씀하십시오. 무조건 다물겠습니다."

"추산."

추산이라는 말에 장내는 찬물을 끼얹은 듯 조용했다.

이미 아망개가 추산을 잔인하게 고문하고 있다는 것은 알려
졌다. 일부는 개방 거지들에게 아망개의 잔악한 행위를 비아
냥대고 항의하다 죽도록 얻어맞기도 했다.

"추산은 명부에 죽은 자로 기록될 것이다."

그제야 왜 빼앗아간 돈에 금자 한 냥씩까지 얹어주는지 이
해를 했다.

망설이는 표정들이 여기저기에 가득했다.

돈이냐, 의리냐.

그러나 그들의 갈등은 오래가지 않았다. 되찾은 은자와 금자 한 냥이면 지긋지긋한 가난은 면할 수 있었다. 고향으로 돌아가 적지 않은 전답을 매입할 수 있는 거액.

인생이 바뀌는 중요한 순간이었다.

"조, 좋소이다. 젠장."

"나도 입을 다물겠소."

한 사람이 외치자 차라리 봇물이었다.

여기저기서 입을 다물겠다는 맹세가 거침없이 쏟아졌다.

"서약하라!"

사내들을 향해 개방의 무사들이 서책을 들고 다가섰다. 그곳에는 사내들의 고향과 신상이 자세히 기록되어 있었다. 만약 중간에나 일정 시간 이전에 토설하면 오늘 지급한 돈의 다섯 배를 몰수하겠다는 내용.

특히 사내들이 놀란 부분은 가족 관계가 정확히 기록되어 있다는 것이었는데, 그것은 한 가지 사실을 의미하고 있었다. 약속을 어기면 쥐도 새도 모르게 전 가족을 몰살하겠다는 협박을 뜻했다.

흠칫!

움찔!

내용을 알아차린 사내들이 머뭇거렸다.

그러자 구타개가 따뜻한 목소리로 말했다.

"입만 다물면 놀랄 것도 없고 당황할 것도 없고 겁먹을 필요는 더더욱 없는 아주 쉽고도 간단한 일 아닌가.”

이번에도 사내들은 오래 고민하지 않았다.

사사삭!

싹!

앞다투어 수결한다.

“다 받았습니다.”

부하들이 서책을 들고 왔다.

내용을 상세히 살핀 구타개의 입가에 미소가 떠올랐다.

“훌륭하다. 너희는 진정한 영웅이다. 부디 고향으로 살아 돌아가 가족과 함께 행복한 삶을 영위하길 진심으로 바란다.”

구타개는 수하들을 이끌고 돌아섰다.

사내들은 아직도 믿겨지지 않는지 주머니 가득한 은자와 금자를 꺼내 살폈다. 어둠과 한파 속에서도 번쩍거리는 은자와 금자를 보며 사내들은 행복한 미소를 지었다.

구타개는 몸을 뒤척거렸다. 화덕의 불이 꺼진 듯 한기가 파고들었다.

웅크리면서 나뭇잎으로 만든 거적을 머리까지 뒤집어썼지만 소용없었다. 날이 밝으려면 아직 멀었다. 하는 수 없이 꺼진 불을 다시 붙이기 위해 자리에서 일어나 장작을 화덕에 넣고 입으로 꺼진 불씨를 살리기 위해 입바람을 일으켰다.

훅!

후후훅!

십여 회 반복하자 다시 불이 붙었다.

화르르!

마른 나무이기 때문에 불길은 순식간에 거세졌다. 마른 장작만 넣으면 금방 타버린다. 생나무 장작 대여섯 개를 집어넣었다. 아침 기상 때까지는 충분히 버티겠다는 판단을 내리고 돌아서던 구타개의 눈이 커졌다.

혼자 거처하는 천막이 갑자기 열리며 피광이 들어섰다.

"뭐냐?"

그런데 피광의 뒤를 이어 주부를 비롯한 낙양에서 온 사내들이 들어섰다. 좁은 천막 안은 순식간에 낙양에서 온 사내들로 발 디딜 틈이 없었다.

위기를 느낀 구타개는 잽싸게 한쪽 구석에 세워놓은 타구봉을 거머쥐었다.

"감히."

"오해 마시오."

피광이 타구봉을 거머쥔 구타개를 향해 손을 들었다.

"우린 분타주님을 해치려고 온 것이 아니오."

그러면서 몰려 있는 동료들을 향해 말했다.

"뭣들 하시오."

피광의 말이 떨어지자마자 일제히 사내들이 가지고 들어온 주머니를 거꾸로 쏟아냈다.

쏴라라락!

주머니에서 쏟아진 건 자신이 초저녁에 주었던 금자와 은자였다.

은자와 금자가 한 무더기를 만들었다.

"무슨 짓들이냐?"

"미안하오."

피광을 비롯한 사내들은 들어올 때처럼 일렬로 막사를 나갔다.

"잠깐 기다려 보거라."

구타개는 소릴 지르며 밖으로 뛰쳐나갔다.

밖은 눈까지 날리고 있었다.

"미쳤느냐? 다시 생각해 보거라. 네놈들이 평생 그런 거액을 어떻게 만진다고."

주부가 돌아섰다.

"맞소. 우리 평생 죽었다 깨어나도 그런 거액은 만지지 못할 것이오. 하지만 중요한 사실 한 가지를 깨달았소."

"뭘 깨달았단 말이냐?"

"천한 놈은 천한 대로 꿈도 천하게, 삶도 천하게. 천한 놈이 부자가 되면 세상이 더럽게 된다오. 우린 세상을 더럽게 만들고 싶지 않소. 없는 놈이 돈 좀 있다 보면 세상 무서운 줄 모르고 마구 더럽히거든."

"무슨 말을 지껄이는 거냐?"

"우린 추산을 선택했다는 얘기요."

모두가 사라졌다.

구타개는 한동안 움직일 줄을 몰랐다.

눈은 구타개를 흰 사람으로 만들어 버렸다. 천천히 몸을 돌려 막사로 들어온 구타개는 바닥에 수북한 돈더미를 보았다.

금자는 그렇다 치고 은자의 원래 주인은 그들이었다. 그런데 왜 은자까지 던져 버렸을까.

의문은 오래가지 않았다.

그들은 이미 무사가 되어 있었다. 패자이기 때문에 승자를 향해 무엇인가 달라 마라 할 자격이 없다는 것을 깨달은 것이 분명했다. 패자 주제에 매달리고 얻으려는 것 또한 추한 일이라는 것을 깨우친 것이다.

패자는 유구무언일 뿐이다.

목숨까지도 승자의 것인데 하물며 자신들의 돈이 어디 있단 말인가.

떠나가는 포로들을 바라보는 아망개의 표정은 흉흉하다 못해 악귀를 닮았다.

뿌드득!

"크으으! 으으으!"

분노를 견디지 못해 입 밖으로 흘러나오는 신음은 소름이었다.

"너, 너무 염려 마십시오. 놈은 시체나 마찬가지입니다. 아마 십 리도 못 가서 죽을 것입니다."

빠아악!

거지 한 명이 자기 딴에는 위로를 한답시고 한소리 거들었다가 턱이 돌아갔다.

"너흰 모른다, 죽었다 깨어나도."

아망개는 게거품을 물었다.

처음에는 그저 그런 아이로 생각했다.

그러나 관제묘 사건을 겪으면서 완전히 다시 보았다. 그건 자신의 계산과 성격을 정확히 알고서 취한 병략이었다.

사람은 태어나지만 패웅은 만들어진다. 한 시대를 쥐락펴락하는 패웅이 되기 위해서는 싹을 자를 줄 알아야 한다.

싹!

자신이 보는 추산은 싹이었다.

싹은 길과 뜻이 다른 상대에게는 반드시 장애물이 된다. 그러므로 발견 즉시 제거해야 한다. 추산은 자신과 전혀 다른 생각의 사내이다. 다르다는 것은 공존이 불가능하다고 봐야 하며, 나중 대립각을 세우고 앞길을 막는 골칫덩이가 될 가능성이 크다는 의미이다.

콱!

추산을 죽였어야 했다. 처음 포로가 되어 끌려왔을 때 그 자리에서 목을 베어버려야 했다.

간단히 제거하기에는 당한 치욕이 너무 컸기에 천천히 즐기며 자신의 무서움을 느끼게 해주려 했다.

뿌드득!

콱!

이를 갈고 주먹을 쥐었다 폈다 하지만 추산은 이미 눈앞에서 사라지고 없었다. 살리든 죽이든 기회는 자주 오지 않았다.

무려 한 달을 걸어 도착한 곳은 무림맹이 있는 황산이었다.
검산(黔山)이라고도 불리며 구름을 뚫고 치솟은 고봉들은
사철 백설을 뒤집어쓰고 있다.
무림맹은 이곳 황산의 망송평(莽松平)에 있었다. 원래 황산
은 삼해(三海)가 유명했다. 구름의 바다[雲海]와 석해(石海)라
하여 돌의 바다가 있으며 소나무가 유난히 우거져[松海] 있는
데 망송평은 황산에서도 가장 넓고 오래된 소나무가 군락을
이루고 있었다.
일행은 망송평 동쪽으로 뻗어 있는 작은 계곡 혈송곡(血松
谷)으로 끌려갔다.
소나무는 원래 푸르다.
그러나 이곳 소나무는 붉었다.
대대로 무림맹은 강호의 공적이나 흑도의 거목들을 붙잡아
이곳에서 처형했다. 혈송곡은 처형장인 셈이었다. 죽어가는
자들의 피와 비명이 켜켜이 쌓여 소나무를 붉게 만들었다. 그
래서 부는 바람에서도 피비린내가 풍겼다.
"다 왔어. 산아, 산아!"
피광과 주부가 추산을 풀밭에 눕히고 흔들었다.
무려 이천 리 길을 피광을 비롯한 낙양 사람들이 번갈아 업
고 메며 데려왔다. 기어이 추산을 살리겠다는 동료들의 눈물
겨운 의지에 추산 또한 살아야 한다는 의지를 태우며 여기에

왔다. 그러나 누가 봐도 추산은 한계를 넘어섰다. 부지런히 교대로 주무르며 언 몸을 녹였지만 몸은 얼음이요, 통나무였다.

"눈 떠! 눈을 떠! 자면 안 돼! 날 좀 보란 말이야, 추산아!"

피광이 통곡을 했지만 추산은 더 이상 반응을 보이지 않았다.

"고향이 여기서 멀지 않아. 이제 살아갈 수 있다니까 죽지 마! 엉엉엉! 산아, 제발 죽지 마!"

맥적산보다는 따뜻했지만 황산의 추위 또한 악명 높다.

낙양에서 온 사내들이 앞다투어 추산의 몸을 주물렀고, 일부는 추산의 몸을 녹이기 위해 자신의 체온으로 비비며 필사적으로 매달렸다.

"비켜라!"

모두가 눈물 바람을 하고 있는데 천둥 같은 소리가 들려왔다.

입마개를 한 두 사내가 들것을 들고 있었다.

"뭘 봐, 비키라니까."

"누구요?"

피광이 앞을 가로막았다.

촤악!

피광이 품에서 비수 한 자루를 뽑아 들었다.

"어느 놈인지 내 친구를 해치려 드는 놈은 내 원수다. 아무리 전쟁에 이겼다고 해도 내 친구를 마음대로 하겠다면 오산이지. 흐흐흐! 정체를 밝혀라."

“저 아이가 추산이냐?”

“맞다.”

“살리고 싶으면 꺼져라. 우린 무림맹 활의당(活醫堂)에서 왔느니라.”

활의당이란 말에 미리 와 있던 다른 문파의 포로들이 외쳐 말했다.

“무림맹 의원!”

“무슨 일로 저들이 여길 왔단 말인가?”

“왜 그러십니까?”

피광이 조금 전과는 한결 누그러진 목소리로 물었다.

사내가 말했다.

“네놈과 얘기하다 죽겠다. 우린 사자님의 명령을 받고 저 아이를 데리러 왔느니라. 당장 치료하지 않으면 죽을 것 같구나. 썩 비켜라.”

두 사내는 들것 위에 추산을 눕혔다.

들것에 추산을 담아 든 두 사내는 허공을 떠서 날아갔다. 그 모습에 모두가 놀란다.

“초, 초상비닷!”

두 사내는 추산을 들것에 담아 든 채 풀잎 위를 스치듯 날아가고 있었다. 가뜩이나 패전으로 위축된 포로들은 한낱 의원(醫員)들이 초상비를 펼치는 것에 충격과 아울러 가슴이 무너져 내렸다.

추산은 곧바로 침상에 눕혀졌다. 온몸은 돌덩이마냥 단단하게 얼어붙었고, 일부 상처에는 피 고드름이 맺혀 있기까지 한 처참한 모습에 활의당 당주 화도풍의 입술이 강하게 물렸다. 오십 년 의원 생활 중 처음 보는 기괴하면서도 처참한 모습이었다.

"방 안의 온도를 더 높일까요?"

추산을 데리고 왔던 두 사내 중 한 명이 입을 열어 말했다.

"어리석은 소리."

단호히 가로막는다.

언 몸을 빨리 녹여주겠다는 마음에 뜨거운 물에 적시거나 방 안의 온도를 갑자기 높이면 환자의 상태는 더 악화된다. 갑자기 혈관이 늘어나고 몸이 녹으면서 심장이 멈춰 버린다.

"추궁과혈하라. 명심할 것은 장심이니라."

추궁과혈에도 여러 가지가 있었다.

가장 기본적인 것이 손으로 주무르고 가볍게 두드리는 것인데, 손바닥으로 하는 경우는 드물다. 손바닥으로 하는 추궁과혈은 환자의 신체에 충격을 가하면서도 아프지 않고, 넓은 손바닥을 이용하기에 시술자의 온도가 빨리 전달되도록 하는 효과가 있었다.

추산의 옷을 벗겼다.

피와 닿아 얼어붙은 부분이 떨어지지 않는다. 다른 환자 같았으면 잡아당겨 떼어냈겠지만 가위로 옷을 잘라내어 얼어버린 상처를 건드리지 않도록 화도풍은 지시했다.

추산의 몸 곳곳에 잘린 의복이 딱지처럼 붙어 너풀거린 가운데 두 사내는 열심히 손바닥으로 추산의 몸을 만지듯 때리기 시작했다.

"으음!"

화도풍은 팔짱을 끼고 내려다본다.

"당주님, 부탁이 있습니다."

가무오는 도착하자마자 활의당으로 뛰어들어 왔다. 평소 사적으로 가무오와는 호형호제하였다. 무공을 모르기 때문에 무인과는 거리가 좀체 좁혀지지 않는데 이상하게도 가무오는 달랐다.

"사람 한 명 살려주십시오."

가무오와 십 년을 넘도록 차를 마시며 가슴속에 담긴 얘기까지 끄집어낼 만큼 가까웠지만 아직 그가 자신에게 뭔가 부탁을 해본 기억이라고는 없었다. 자신은 무림맹의 모든 환자를 치료해야 할 의무와 책임을 갖고 있는 활의당의 당주였다. 그냥 데려오면 되는 것인데 부탁이라는 표현을 썼다.

그것은 반드시 살려달라는 뜻이기도 했다.

추산의 맥은 멈췄다. 맥을 봐서는 시신이다. 그러나 심장은 희미하지만 뛰고 있었다. 인간의 신체처럼 신비한 것은 없었다. 상식과 학문으로는 도저히 설명이 안 되는 것이 사람의 몸이었다. 오십 년 의원 생활 중 시신이 살아나는 광경까지 목격은 했지만 맥은 죽고 심장이 살아 있는 경우는 처음이었다.

주르륵!

두 사내의 추궁과혈에 얼어붙은 피가 흘러내리며 침상은 금세 시뻘게졌다. 두 사내 또한 얼굴에 땀이 맺히기 시작했다. 누구냐고 묻지도 않았다. 나이 차이가 적지 않지만 가무오는 자신의 벗이다. 무인으로서 그토록 절제되고 겸손한 이는 보지 못했다. 그런 벗이 부탁해 온 환자의 정체를 묻는 것은 예의가 아니라고 생각했지만 짐작은 가능했다.

'포로이다!'

포로라면 적이라는 얘기였다. 그러나 이내 고개를 흔들었다. 의원에게는 환자만 있을 뿐이지 적이란 없었다. 더구나 하나뿐인 친구가 데려온 환자이기 때문에 꼭 살려야 한다는 의지만 전신을 휘감았다.

스윽!

화도풍이 추산의 오른손을 잡았다.

섬뜩할 만큼 차갑긴 하지만 처음보다는 상당히 따뜻해졌다.

화악!

맥을 짚어보던 화도풍의 눈이 부릅떠졌다.

'뛰, 뛴다!'

놀랍게도 조금 전까지 멈춰 있던 추산의 맥이 뛰기 시작했다.

"천천히 하라, 좀 더 약하게."

맥이 뛴다고 흥분하여 속도를 높이거나 강제로 세게 하면 위험하다.

두 사내는 팔소매로 땀을 닦으며 속도를 낮췄다. 화도풍은 팔짱을 낀 채 추산의 움직임을 조용히 살핀다.

헉헉!

두 사내의 입에서 거친 숨소리가 들려나온다. 온몸은 땀으로 흠뻑 젖었다.

"그마안!"

돌연 벽력같은 외침이 터졌다.

두 사내가 물러났고, 화도풍이 가까이 다가선다.

추산의 얼굴에 화색이 돌았다. 다시 한 번 진맥을 하던 화도풍이 명령했다.

"대황담(大皇膽)을 가져오라."

두 사내의 눈이 커진다.

"서두르거라."

"다, 당주님!"

"지체할수록 이 아이는 죽는다."

두 사내는 한동안 충격에서 헤어나지 못한 얼굴이었다. 두 사람은 하는 수 없다는 듯 몸을 돌려 사라졌다.

화도풍의 시선은 추산의 몸에서 떠나지 않았다.

자신이 취할 수 있는 조치는 여기까지였다. 추산을 정상적인 사람으로 다시 되돌려 놓기 위해서는 본력(本力)이 아닌 외부의 도움, 즉 외력(外力)이 필요했다.

가장 좋은 외력이라면 내공을 전이받는 전이대법이다. 하지

만 이는 공청석유를 얻는 일보다 어렵다. 사부나 부모일지라
도 제자나 자식에게 함부로 넘겨주지 않는 것이 내공이니 더
이상 설명할 필요가 없다고 해도 좋았고, 두 번째 외력은 영약
을 이용하는 것이다.

　명문일수록 자기들만의 고유의 영약을 갖고 있다. 무당의
자소단이나 소림의 대환단, 개방의 취구환 같은 것이다. 이는
후예나 중요 인물이 사경을 헤매거나 위기에 처할 때 사용하
기 위한 목적으로 가문의 비전절기 이상으로 제조 비법이 철
저히 통제된다.

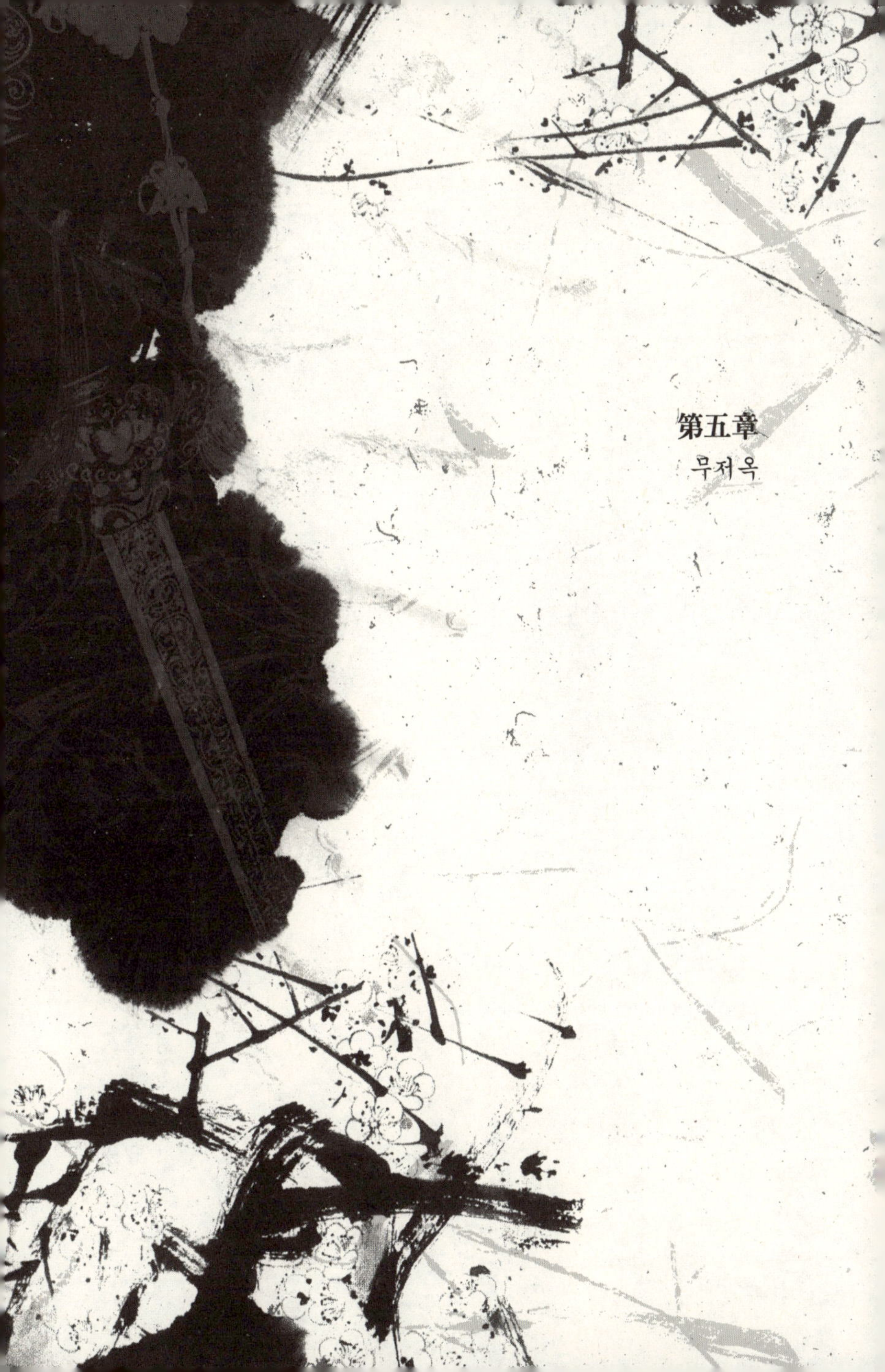

第五章
무저옥

검명도살

대황담은 약은 아니다.

대황담은 대황화(大皇화)라는 커다란 물고기의 쓸개이다. 대황화는 온몸이 황금빛 비늘로 덮인 물고기로 다 자란 성어(成魚)는 육 척이 넘는다.

인간의 발길이 잘 닿지 않는 무산 삼협이나 장강의 대천퇴에서 서식하는데, 황룡이라고도 부르기도 하며 대황담은 용의 내단이라고 해도 좋을 만큼 약효가 뛰어나다.

대황화는 오랜 세월 가끔씩 어부들에게 잡혔다는 보고가 있었다. 마리당 황금 오백 냥을 전후해 거래되는 걸 보면 그 가치는 일반인들도 인정한다는 뜻이 된다. 그런 귀한 것이기에 대황담을 가져오라는 화도풍의 말에 두 수하가 망설이고 놀란 것이다. 오직 무림맹주나 고위 인물들을 위해서만 처방되고 쓰여야 하는 것이다.

그러나 영약이든 일반 약재이든 용도와 소모는 오직 화도풍의 전권이다.

"아직도 깨어나지 않았군요."

들려오는 목소리에 고개를 돌리자 가무오가 들어섰다.

옆으로 다가와 의식불명인 추산을 바라보는 가무오의 눈빛이 가라앉았다.

안타까움인가, 서글픔인가.

"무오."

"예, 형님."

"이 아이는 적일세. 죽든 말든 자네가 이렇게 신경 쓸 필요가 없다는 얘기지. 더구나 이 아이와는 전혀 알지 못하고."

"그런데 왜 살리려고 하느냐는 말씀이군요. 별거 아닙니다. 그냥 살려놓고 싶어서입니다."

화도풍의 눈이 커졌다.

대황담까지 먹이리라 작정했다. 그것은 통 큰 결단이자 비장하기까지 했다. 그런데 그냥 살리고 싶다니, 대황담을 투약하겠다는 자신의 굳센 의지와 결단에 비해 가무오의 대답은 너무나 단순하고 무성의했다.

"형님!"

"말하게."

화도풍의 목소리가 차가워졌다.

가무오가 가벼운 웃음을 짓더니 말을 이었다.

"이천 리 길을 왔습니다. 유난히도 올 겨울은 춥군요. 개방의 포로수용소를 벗어날 당시 이 아이는 아망개 장로에게 거의 초주검이 되어 있었습니다."

"아망개라면 개방의 미래라는 친구 아닌가. 보통 놈이 아니라던데?"

"그자와 무슨 악연이 있었는지 모르지만 들어보니 두들겨 패고 계곡물에 담그고 두들겨 패고 담그는 식의 괴롭힘을 며칠째 계속했다는군요."

화도풍의 눈이 커졌다.

"아, 아니 그런 정신병자가 있나. 이 추운 겨울에 그 무슨 짓이란 말인가. 차라리 미우면 목을 베어버릴 일이지. 그런 놈이 어떻게 정파오신이 되었단 말인가?"

정파오신(正派五新). 차기 무림맹을 이끌어갈 다섯 명의 뛰어난 준걸들을 가리키는데 그중 한 명이 아망개였다.

"그런데 난 오면서 한 가지 놀라운 일을 보았습니다. 당시 내 눈에 비치는 이 아이의 상태는 길어야 하룻밤을 넘기지 못할 만큼 처참했습니다. 그런데 믿어지지 않게도 수십 명의 동료 포로들이 돌아가며 들쳐 업었고, 자신의 옷을 벗어 감쌌으며 얼까 봐 돌아가면서 추궁과혈을 하는데 그 모습이란 정말 감동이었습니다. 가슴을 지닌 사람이라면 그냥 볼 수 없는 광경이었습니다."

화도풍의 눈이 커졌다.

주위로부터 신뢰를 얻기란 여간해서는 쉽지 않다. 그런데 자기 한 목숨도 장담할 수 없는 불안의 수렁에서 돌아가며 옷을 벗어 덮어주고 추궁과혈을 펼쳤다는 것은 추산의 인품과 인격을 드러내 주는 가장 정확한 모습이 아닐 수 없었기에 고개를 돌렸다.

추산은 여전히 의식불명이다.

"그래서 난 속으로 생각했습니다. 기어코 살려 이 아이와 말 한마디 나눠보겠다고."

"말 한마디 나누기 위해 살리려 한단 말인가."

"예. 어떻게 살면 주위 사람들로부터 그런 자발적인 희생을 불러올 수 있느냐고 알아보기 위해서 말입니다. 이 아우는 아직 그런 삶 근처에도 가보지 못했습니다. 그런 삶을 꿈꿔왔기에 기어이 말을 나눠보고 싶습니다."

"으음!"

화도풍의 입술이 물렸다.

다시 바라보았다. 그런 말을 들은 탓일까, 더욱 다르게 보였다. 물론 처음 볼 때부터 느낌이 있었다. 그렇다고 천지를 양단할 거목의 자질을 지녔다는 따위의 느낌과는 거리가 멀었다. 하지만 다르다는 것을 본능이 말하고 있었다. 수많은 환자들을 만져 보았고 다스렸기 때문에 그냥 바라보는 것만으로도 느낌이라는 것이 오는데 추산은 조금 달랐다.

그런데 자신의 느낌이 증명되고 있었다. 무사의 삶과 일반인의 삶에는 많은 차이가 있지만 없는 것이 한 가지 있었다.

그것은 누군가를 향한 신뢰이고 그로 인한 무조건적인 희생이
었다. 더구나 상대가 자신보다 어린 사람이라면 그 신뢰는 평
범한 삶을 살아서는 절대 얻어지지 않는다.

"여기!"

나갔던 두 사내가 옥함 한 개를 가져왔다.

화도풍은 망설이지 않고 옥함을 열었다. 방 안으로 퍼지는
상쾌한 향기에 가무오의 눈이 커졌다.

"혀, 형님!"

옥함에서 구슬 크기만 한 알약 한 개를 꺼내 양 손바닥 사이
에 넣고 눌렀다.

둥근 형태의 자색 알약은 금세 깨지며 부스러기로 변했다.
대황화의 쓸개를 알약으로 만든 것이다.

탁!

화도풍이 턱 아래 혈도를 치자 추산의 입이 벌려졌다.

화도풍은 손바닥의 가루를 모두 입안에 털어 넣었다. 이윽
고 한쪽에 있는 물주전자를 가져와 몇 방울 넣고 목을 좌우로
흔들었다. 그러자 물과 함께 약이 목구멍으로 넘어 사라졌다.

"두 사람."

"하명하소서."

"입을 봉하라."

화도풍의 눈이 이글거렸다.

두 사내는 흠칫했다.

"함부로 열었다가는 온전하지 못할 것이니라."

두 사내의 몸이 가벼운 떨림을 보였다.

자주 협박을 하거나 폭력을 휘두르는 사람은 무섭지 않다. 그러나 끝없이 자상하고 자애롭던 인물이 칼처럼 날을 세워 경고를 하면 그건 실제이다. 다시 말해 그의 뜻을 거스르면 그 자리에서 죽는다는 의미이다.

화도풍의 무공은 호신술 수준.

그러나 무림맹에서 그의 손에 살아난 고수가 어디 한둘인 가. 그가 한마디만 하면 절정의 고수 일백쯤은 금세 달려올 것 이다. 멀리 볼 것도 없었다. 지금 같이 있는 가무오만 해도 그 렇다. 한 번도 단검을 쓰는 것을 보지 못했지만 검에 관한 한 작은아비라고 부른다. 아니, 어쩌면 그의 검이야말로 누구도 예측하지 못하는 경지에 있을지도 모른다고 그를 경계하는 사 람들은 말한다.

"염려 놓으소서. 저희의 주군은 당주님이십니다."

두 사람은 비장한 표정으로 말했다.

화도풍은 고개를 끄덕였다.

이윽고 가무오를 보며 말했다.

"자네가 이제 도울 차례일세."

가무오는 앞으로 나섰다.

스으윽!

단전에 쌍장을 대고 진기를 주입했다.

추산의 몸속으로 들어간 대황담의 약효가 빨리 본신의 진기 와 섞여 기운을 차리도록 재촉하는 것이다.

일각쯤 단전에 진기를 불어넣던 가무오의 손길이 멈췄다.
추산의 몸은 확실히 붉어졌다.

뿐만 아니라 가슴이 눈에 띠게 들썩인 것이 정상적인 호흡
을 하고 있음을 알 수 있었다.

잠시 후 추산의 눈이 뜨였다. 한참 천장을 올려다보고 있었
다. 아마 초점을 맞추기도 하고 살았는지 죽었는지, 지옥인지
극락인지, 현실인지 아닌지를 생각해 보는 중일 것이다.

추산이 자리에서 일어났다. 주위를 둘러보다 두 사람을 발
견했지만 놀라는 표정은 없었다.

"무림맹이니라."

꿈틀!

무림맹이라는 말에 추산의 눈이 커졌다.

피식!

추산이 웃는다.

그러자 화도풍이 웃음의 의미를 물었다. 화도풍을 빤히 바
라보던 추산이 다시 한 번 웃었다.

"왜 자꾸 웃느냐? 오십 보 백 보라는 뜻이더냐?"

살아나 즐겁지만 아군 금마옥의 땅이 아닌 무림맹이라고 하
니 그럴 법도 하다는 것이 화도풍의 생각이었다. 그것도 아니
면 개방이 무림맹 소속이니 여기든 거기든 어차피 아망개 손
에 있는 건 마찬가지라는 뜻일지도 모르고.

추산은 아무런 말도 않고 불현듯 천장을 올려다본다.

추산은 이를 지그시 깨물었다. 그리고 화도풍과 가무오는

보았다. 천장을 올려다보는 추산의 눈에서 이글거리는 살기가 활화산처럼 쏟아져 나오고 있음을.

원한과 증오가 깊을수록 뿜어내는 살기 또한 강해진다. 그러나 지금 추산의 눈에서 뿜어져 나오는 강렬한 살기는 아직까지 보지 못했다.

아망개에 대한 미움과 증오, 그리고 살기 한쪽에 슬며시 들어앉은 두려움.

"그래도 살아났으니 희망을 가지거라."

추산이 고개를 돌리더니 빙긋 웃는다.

"면목없습니다."

죽어가는 자신을 살려주었는데 인사는커녕 한숨에 씁쓸한 미소. 누가 봐도 결코 기분 즐거울 태도는 아니었다.

"감사합니다. 그놈 손에 죽지 않는다면 오늘 일을 가슴에 깊이 담을 것입니다."

추산의 말이 끝나자마자 벌컥 문이 열렸다.

셋 모두 고개를 돌렸다.

"엇!"

하나같이 신음을 터뜨렸다.

들어선 사람은 놀랍게도 무림맹의 수석장로인 개방의 장문인 나오선개였다.

추산의 머리에 순식간에 한 개의 선이 그어졌다.

아망개와 나오선개로 이어지는 선, 그리고 결과까지 어느새 도출된다.

나오선개가 이곳에 나타난 이유를 알아낸 것이다.

"어서 오십시오, 수석장로님."

가무오와 화도풍이 예를 취했다.

화도풍은 호법 급이다. 그러나 수석장로면 하늘이다. 가무오는 맹주의 사자이면서 소속은 맹주 호위대 몽오(夢塢).

꿈에서도 뚫리지 않는다 하여 둑, 제방(堤防), 방강(防江)이라고 불릴까. 그들은 맹주를 위해서만 무력을 사용한다, 최소한 무림맹 내에서는.

그렇기 때문에 그들의 무공이 어느 정도 깊은지는 본인들을 제외하고는 사실상 맹주도 잘 모른다.

몽오의 인물들 또한 모두 호법의 대우를 받는다.

"네가 추산이란 아이냐?"

"그렇습니다."

추산은 더듬거리며 대답했다.

쫙!

대번에 나오선개의 손이 날아갔고, 추산의 고개가 한쪽으로 돌아갔다.

추산의 오른쪽 뺨에 다섯 개의 손가락 자국이 선명했다.

"난 무림맹 수석장로이다. 감히 모가지가 열 개라도 부족할 판인 적 주제에 어디 침상 위에서 대답을 하느냐? 당장 내려와 무릎을 꿇지 못하겠느냐?"

추산이 내려서려고 하자 화도풍이 막았다.

"수석장로님, 진정하십시오. 이 아이는 지금 환자입니다.

죽음의 위기는 벗어났지만 당분간은……."

"닥치시오! 감히 수석장로가 하는 일에 호법 따위가 방해를 하는 것이오?"

화도풍의 표정이 굳어졌다.

계급은 하늘과 땅의 차이다. 그러나 나이는 화도풍이 위였고 하위 간부도 아니다. 고급 간부쯤 되면 계급의 높고 낮음은 중대한 사태가 일어나지 않는 한 그다지 중요하지 않다. 즉, 서로를 존중하고 격을 갖춰야 한다.

"이놈이 그래도."

쫘악!

쫙!

좌우 뺨을 연달아 갈긴다.

추산은 잽싸게 내려와 무릎을 꿇었다.

"뭐하느냐! 놈을 당장 끌고 나가거라!"

나오선개의 외침에 문이 열리고 개방 무사 두 명이 들어섰다. 수하들까지 대동한 것이 작정하고 찾아온 듯했다. 물론 그 뒤에는 아망개가 있을 것이다.

"놈을 당장 형당에 넘겨라."

"추웅!"

두 사람이 무릎을 꿇고 있는 추산의 양쪽 팔을 붙잡아 데리고 나갔다.

나오선개 또한 뒤를 따라 나가다 말고 홱 돌아서서 화도풍과 가무오를 매서운 눈으로 노려보았다.

척!

처억!

둘은 신속히 포권으로 예를 갖췄다.

“똑바로들 해.”

쾅!

문이 떨어져 나갈 듯 닫힌다.

두 사람은 우두커니 서 있었다. 먼저 침묵을 깬 사람은 화도
풍이었다.

“형당에 가면 필시 적(敵)으로 분류될 걸세.”

“당연히.”

형당에서는 지금 천하 각지에서 끌려온 포로들을 심사하고
있었다. 흑도의 간부들이나 잠재적 위협의 대상이라고 판단되
는 인물은 모조리 적으로 분류되어 무저옥(無底獄)으로 들어간
다.

무저옥은 무림맹의 뇌옥.

들어가는 자는 있어도 나오는 자는 그다지 많지 않다. 이따
금 맹주의 생일이나 정파의 큰 경사가 있을 때 사면이라는 큰
자비로 한 번씩 문이 열리긴 하지만 그 숫자는 아주 적다. 일
단 들어가면 나오지 못한다고 보면 된다.

거대한 전각 앞마당에 수많은 포로들이 두려운 표정으로 줄
을 서 있었다. 줄의 머리는 형당이라는 현판이 걸린 전각 안으
로 이어져 있었다.

심사를 받기 위해 줄을 선 것이다.

엄청난 사람들이 줄을 만들었는데도 누구 하나 입을 열지 않았다.

죽느냐, 사느냐.

무저옥이냐, 고향으로 돌아가느냐.

이미 적이 될 만한 인물들은 전쟁터에서 갖은 명분을 내세워 도륙하고 제거했다. 그러나 정파 입장에서는 아직도 부족하다고 여기고 있었다. 어떻게 해서라도 한 명이라도 더 없애려고 했고, 그걸 증명이라도 하듯 열 명 중 한 명 꼴 정도로밖에 방면해 주지 않았다. 그러나 윗선으로 소식이 들어가고 투고가 접수되면서 방면되는 자가 많아졌다. 그러나 정파 인물들 입에 오르내리거나 문제가 있다고 판단되는 자들은 정확히 적으로 분류되어 방면되지 않았다.

전각 안에는 거대한 탁자를 놓고 흉흉한 기세의 세 사내가 앉아 있었다.

한가운데 앉아 있는 뚱뚱한 중년인이 형당의 당주인 식혈마성(食血魔性)으로 불리는 개구옥이었다. 맞은편 바닥에는 개방 무사들에 의해 끌려온 추산이 무릎이 꿇리고 양손이 뒤로 포박되어 있었다.

팔랑!

서책을 한참 넘기던 개구옥의 동작이 멈췄다.

"추산?"

서책에서 시선을 떼지 않은 채 물었다.

"그렇습니다."

퍼어억!

앉은 자리에서 떠오르더니 책상을 넘어 추산의 얼굴을 걷어 차는 개구옥.

추산은 뒤로 벌렁 나자빠지며 코피를 줄줄 흘렸다.

"일어서!"

형당의 무사가 추산의 머리채를 잡고 상체를 세웠다.

어느새 자리로 돌아간 개구옥은 서책을 보며 말했다.

"뭐야? 나이도 어리잖아. 속인 거야?"

"맞습니다."

휙!

또다시 옆차기가 날아왔다.

꽈당!

넘어지면서 딱딱한 바닥에 뒤통수를 세차게 찧었다. 눈앞이 빙빙 돈다.

"인마, 예, 아니오로만 대답해."

머리채를 잡은 형당 무사가 가르쳐 준다.

"아버지는 없다고?"

"예!"

"개방의 아망개 장로님과는 어떤 사이냐?"

개구옥이 정면으로 바라보며 물었다.

추산은 그간의 사정을 말했다.

추산의 얘기를 듣고 있던 개구옥을 비롯한 주위 형상 무사들 얼굴에 재미있다는 표정들이 떠올랐다.

"그래서 네놈 잘못은 하나도 없다는 것 아냐, 이놈아."

빠악!

다시 날아와 일격을 가했다.

형당 무사 한 명이 조롱하듯 말했다.

"나 같으면 찢어 죽였을 것인데 아망개 장로님은 역시 좋은 분이셔."

입가에 환한 미소를 짓는다.

"아망개 장로님의 심기가 아주 불편하시겠구나. 후하하하! 좋아, 상을 내린다. 넌 적(敵)!"

꽝!

더 이상 들을 것도 없다는 듯 힘차게 외치며 서책에 도장을 찍었다.

적(敵)

붉은 글씨로 크게 문양되듯 찍힌 글씨.

덜컹!

오른쪽 문, 일명 사문(死門)이 열리며 두 거한이 들어섰다. 방면으로 분류되면 왼쪽 문이 열린다. 그리고 일정 시간 동안 무림맹에서 실시하는 정신 교육을 받고 풀려 나간다.

코피를 흘리고 있는 추산의 양쪽 겨드랑이에 손을 끼더니 질질 끌고 나간다.

문밖으로 나가자 창문 하나 없는 단단한 쇠로 만들어진 한 대의 마차가 대기하고 있었다.

거한들과 비슷한 덩치의 마부가 뒷문을 열었다. 두 거한의 손에 이끌려 추산은 마차에 실렸다.

뒤로 포박한 것도 부족해 거한들은 마차 중간에 세워진 기둥에 추산을 재차 묶었다. 마차 천장을 떠받치고 있는 기둥은 호송 중인 죄수를 묶기 위해 일부러 세운 듯했다.

추산을 받침대에 묶고 두 거한은 마주 보며 앉는다.

덜컹!

마차가 움직인다.

추산은 눈을 지그시 감았다.

빠악!

돌연 왼쪽에 앉은 거한이 추산의 옆구리를 발로 걷어찼다.

"눈 떠, 패 죽일 놈아! 네 까짓 게 무슨 고수라고 눈을 감아!"

추산은 착잡한 마음에 눈을 감았던 것인데 초연한 듯한 모습이 무척 불쾌한 모양이었다.

추산은 하는 수 없이 눈을 떴다.

사실 추산이 눈을 감은 것은 계산 때문이었다.

—탈출이냐, 이대로 끌려가느냐!

상대는 자신의 무공이 폐지된 줄 알고 있다.

그러나 방추형이 전해준 내공으로 폐경이혈이 되어 있었다. 마음만 먹으면 탈출이 불가능하지는 않았다.

문제는 실패했을 때다.

당장 눈앞의 두 거한만 해도 일 갑자 가까운 내공을 지닌 듯 보였다.

내공을 추정할 수 있는 가장 확실한 신체적 특징은 태양혈이었다. 태양혈이 얼마나 튀어나왔는지에 따라 예상이 가능한데 두 거한은 튀어나온 태양혈을 보아 일 갑자에 가깝다. 그리고 마부는 나올 때 보았지만 일 갑자가 조금 못 되었다.

객관적으로는 자신이 열세이지만 활의당에서 복용한 대황담이 가져다준 십 년의 내공.

구십 년.

시도해 보지 못할 것도 없었다.

더구나 상대는 완전히 방심하고 있다. 천하제일고수라고 해도 방심은 죽음으로 가는 지름길이다. 그러나 실패하면 완벽한 탈출, 재기의 가능성은 사라진다. 더구나 이곳은 무림맹의 심장부다.

무림맹.

드러난 고수보다 조용히 자신을 가리고 있는 고수가 더 많다는 와호지처(臥虎之處).

자신의 탈출 사실이 알려지면 곧바로 비상이 떨어지고, 그야말로 빼도 박도 못하는 위기이다.

―좀 더!

어떤 고통도 참아낼 자신은 있었다.

이미 어려서부터 고생할 만큼 했기에 남보다 어렵고 힘든 일을 만나면 조금은 헤쳐 나가는 능력이 앞선다고 자부한다. 무저옥을 가보지는 않았지만 어차피 그것도 사람 사는 곳이라고 생각하자 두렵다는 기분은 들지 않았다.

확실한 기회가 아니면 가급적 경거망동하지 않기로 했다.

무저옥은 무림맹 북쪽 산애(匱崖)에 있었다.

말 그대로 관처럼 생긴 절벽이었다. 그래서 산 자들의 관[匱]이라고도 불린다.

수직 절벽을 보며 추산의 눈이 커졌다. 일부러 세공사가 다듬었다고 해도 저만큼 매끄럽지는 않을 만큼 수직의 절벽인데 반짝거렸다. 물이 흘러내리고 있었다. 수직 절벽에 물이 흐른다면 죽었다 깨어나도 탈출하지 못한다. 수직의 절벽에서 물은 어떤 물체보다 미끄러움을 준다.

절벽 중간에 집채만 한 크기의 금강지로 쓰인 글씨가 가슴을 움츠리게 했다.

무저옥(無底獄).

바닥이 없다는 무저옥.

즉, 수직 감옥이었다. 물론 밑은 있지만 그만큼 깊다는 뜻이리라.

무저옥의 무사가 추산에 대한 기록서를 들고 다시 확인 절차를 밟았다.

"통과아!"

커다란 외침이 울리자 산애 가까이 서 있던 사내가 어른 머리 크기 정도 되는 기관을 눌렀다.

퍼어억!

잠시 후 지진이 울리는 것 같은 굉음과 더불어 산애가 좌우로 갈라졌다.

마치 지하 동굴이 열리듯 점점 크게 벌려지는 산애.

높이 일 장, 폭이 일 장 가까운 입구가 나타났다.

누구든 탈출을 하려면 일단 무저옥을 나와 산애를 올라야 한다. 평지인 무림맹을 관통한 탈출은 불가능하기 때문.

하나 물이 흐른 산애를 타고 올라간다는 건 어렵다. 한마디로 꺼내주기 전에는 귀신도 빠져나가지 못한다는 결론.

"따라와."

두 거한이 추산을 데리고 안으로 들어갔다.

오십여 장 안으로 들어가 걸음을 세웠다.

흠칫!

추산의 눈이 커졌다.

지하로 시커먼 구멍이 보였다.

방원 이 장 크기의 지하 구멍으로부터 움찔 떨 만큼의 차가운 바람이 불어왔다.

깊을수록 바람은 차가운 법.

"뭐해. 얼른 들어가."

오른쪽 거한이 재촉했다. 거대한 줄이 늘어져 있었다. 추산은 길게 한숨을 내쉬었는데 이제야말로 선택의 여지는 없었다.

지옥의 무저갱인들 이보다 더 섬뜩할까.

두 거한은 추산을 묶은 포승줄을 풀어주며 말했다.

"희망을 가져. 들어간다고 다 죽는 건 아냐."

"살아 나온 놈도 있어. 그러니까 희망을 가져봐. 희망이란 아름다운 거야."

"아차, 한 가지 빼먹을 뻔했군. 이 밧줄은 바닥에서 이십 장 높이까지밖에 늘어뜨려져 있지 않다."

추산의 눈이 커졌다.

"나, 나머지는요? 늘어져 있으려면 바닥에까지 닿아야 하는 것 아닙니까?"

"그걸 내가 어떻게 알아. 왜 나한테 따지고 그래. 그냥 콱! 빨리 들어가. 우리도 할 일 많아."

거한은 짜증을 낸다.

절정의 고수라면 부운등공이나 능공도허를 이용해 안착할 수 있다.

그러나 한 가지를 알아야 했다. 줄이 끊어진 곳까지 내려가다 보면 엄청난 체력 소모는 불문가지.

즉, 그곳에 가면 몸은 만신창이가 된다는 뜻이다. 그렇게 되면 절정고수라도 이십 장은 가공할 높이이자 죽음의 거리가 된다.

"깊이가 얼마나 될지 모르지만 이십 장이면 대부분 떨어져 죽을 텐데. 더구나 무공까지 폐쇄되었으니."

"그 자식 되게 말 많네. 형당 근무 이십 년 했지만 너처럼 말 많은 놈은 처음이라는 것 알아?"

"그런데 이상하다. 우리가 왜 이놈에게만 이렇게 고분고분 대답을 다 해주고 있지?"

왼쪽 거한이 오른쪽 거한을 보며 눈을 빛냈다.

오른쪽 거한 또한 눈을 빛냈다.

"그러고 보니 정말 이상한데. 빨리 들어가."

"안 들어가면 밀어버린다!"

카악!

추산이 침을 뱉어 지하 수직 동굴로 뱉는다.

찌이익!

추산은 갑자기 옷을 찢었다. 찢은 흑의로 손바닥을 두껍게 감았다. 오랫동안 줄을 잡고 내려가다 보면 어느 시점에 가서 힘이 떨어지고 끝내 미끄러질 것이다.

미끄러지면 손에서 엄청난 마찰이 생기고, 손바닥이 찢어지며 피가 흐를 뿐 아니라 뼈까지 문제가 생길 수도 있었다. 무사에게 손바닥에 문제가 생긴다는 건 무공 폐지만큼이나 치명적이다.

타탁!

흑의로 두껍게 손바닥을 감아 힘차게 마주쳐 본다.

두 거한은 이채를 띠었다. 어린 나이지만 상당한 지혜다. 누가 손바닥 닳을 생각을 했던가. 무저옥에 갇힌다는 사실에 이 자리에 서면 거의 공포에 젖어 오줌과 똥을 싸며 어쩔 줄을 모른다. 그리고 대부분 줄을 타고 내려가다 얼마 가지 못하고 떨어져 죽고 만다. 그래서 무저옥에 들어간 이는 많아도 지금 갇혀 있는 이는 몇 되지 않는다.

그런데 추산은 정신 줄을 놓기는커녕 기어이 살아보겠다는 듯 준비를 나름대로 갖추었다.

—꽤 똑똑한 놈인데?

침착하다.

아니, 여유까지 보였다.

콱!

갑자기 목을 베어버리고 싶다는 충동은 뭔가.

왠지 살아나 자신들에게 칼을 들이댈 것 같다는 느낌.

수많은 흑도인들을 가뒀지만 이런 묘한 기분이 든 건 처음이다.

"잘 가라!"

거한은 검을 쥔 오른손을 풀며 말했다.

아직까지 누군가를 향해 진심을 담아 말해보긴 처음이다.

그것이 삶이든 죽음이든.

추울렁!

늘어뜨려진 줄을 잡고 추산이 내려가기 시작했다.

탁!

벽 한쪽에 있는 기관을 치자 그그궁 소리가 나며 무저옥 입구가 거대한 바위로 닫혔다.

쿠쿠쿵!

바위가 덮이자 언제 무저옥이 있었냐는 듯 입구는 바위로 덮여 흔적도 남지 않았다. 두 거한이 밖으로 나오자 무저옥의 무사들이 열린 산애를 닫기 위해 기관을 눌렀다.

크크크쿵!

지진이 일어나는 것 같은 굉음을 흘리며 닫히는 산애.

쩍!

쩌저저적!

완전히 톱니바퀴가 맞물리듯 절벽은 붙어 처음 모습으로 돌아갔다.

"거참!"

거한은 닫힌 산애를 보며 다시 입맛을 적셨다.

"왜 그러시오?"

무저옥 소속의 무사가 묻는다.

거한은 무저옥의 무사를 보며 피식 웃더니 돌아섰다.

"아니오. 그냥. 수고들 하시오."

몇 걸음 걸어가던 거한은 다시 절벽을 돌아본다.

빛이라고는 하나도 없는 캄캄한 암흑의 천지이다. 구십 년의 내공이라고는 해도 워낙 캄캄하기 때문에 그다지 보이는 것이 없었다. 더구나 암석들까지 검기 때문에 더욱 눈에 드러나지 않는다.

타탁!

처음에는 밧줄에 매달려 내려갔다.

내려갈수록 발이 벽에 닿지 않는다. 벽이 호리병 형태로 되어 있음을 말해주고 있었다. 호리병 형태로 만드는 이유는 탈출을 막기 위해서일 것이다.

공기 또한 갈수록 차가워졌고, 이각쯤 지나자 떨리기 시작한다.

이미 폐경이혈을 풀어 내공을 이용했지만 워낙 깊었다.

질근!

이를 깨물었다.

스르르르!

손아귀에 힘을 풀자 속도가 빨라졌다. 좀 더 힘을 풀자 속도는 눈부시다. 아직까지 상처는 생기지 않았고, 마찰로 인해 불냄새만 약간 날 뿐이다.

추우우우!

얼마쯤 내려갔을까.

못해도 삼백 장 이상 내려갔다고 생각했다. 갈수록 코를 찌르는 냄새가 심해지더니 손바닥에서 불꽃이 작렬했다.

―어엇!

그런데 그것으로 끝나지 않았다. 손바닥에 불이 붙어버렸다. 이젠 줄을 놓아야 한다.

하나 밑이 어느 정도 남아 있는지 알지 못하는데 손을 놓을 수는 없었다. 화기는 어느새 손바닥을 감은 흑의를 활활 태웠다. 불빛에 의해 주위가 조금 밝아졌다.

팟!

바로 그 순간 추산의 눈이 빛난다.

휘이이!

갑자기 그네를 움직이기 위해 반동을 주듯 몸을 흔들었다.

손바닥에 불이 붙어 오래 머물 수가 없었다. 서너 번 반동을 준 뒤 곧바로 몸을 날렸다.

투투툭!

그와 동시에 불이 붙은 손바닥의 흑의를 털어냈다. 불이 붙은 흑의 조각이 떨어지더니 어둠 속으로 사라졌다. 주위는 삽시간에 암흑으로 변했다. 손바닥을 태운 불길이 잠깐 보여준 것은 맞은편 벽으로 조그맣게 들어간 움푹 파인 곳이었다.

탁!

다행히 양손이 움푹 파인 바위 끝에 걸렸다. 발밑은 깊이를 알 수 없는 허공.

―젠장!

　벽에 발을 디딜 곳이 있나 싶어 발버둥을 쳤지만 미끄럽다. 벽에서 물이 타고 흘러내린다. 탈출을 막기 위해 의도적으로 물을 흘러내리게 만든 것.

　수량이 많으면 떨어지지만 적은 물은 벽을 타고 흘러 유리처럼 미끄럽게 만들어 버린다.

　유일한 방법은 팔 힘으로 몸을 끌어 올리는 것뿐이었다.

　"끄응! 으으으!"

　피를 토하는 절규를 내뱉으며 가까스로 움푹 파인 곳으로 올랐다.

　학학학!

　거친 숨을 내쉬며 마음의 안정을 찾기 시작했다. 그러나 다음이 문제이다. 내려갈 수도 올라갈 수도 없다. 내려가고 싶어도 깊이가 어느 정도인지 알아야 한다.

　귀를 기울였지만 어떤 소리도 들려오지 않았다. 폐쇄된 공간이기 때문에 울림이 좋아 조그만 소리도 크게 들리는데 조용하다는 건 깊이가 예상을 뛰어넘을 수도 있다는 뜻이다.

　"음!"

　이마를 찌푸렸지만 좋은 방법이 떠오르지 않았다.

　잠시 골똘히 생각에 잠긴 추산은 옷을 벗기 시작했다. 속옷까지 완전히 벗은 추산은 옷을 가늘게 두 갈래로 찢어 새끼를 꼬기 시작했다.

촤악!

촤악!

그냥은 끊어질 것도 새끼를 꼬면 질겨지고 강하다.

가급적 길게 만들기 위해 가느다랗게 찢어 꼬았다. 무려 두 시진 동안 꼰 새끼줄을 양팔을 벌려 쟀다.

―열둘!

길이로 따지면 육 장이 조금 넘었다. 평소라면 긴 줄이지만 이곳에서는 짧았다. 난감한 표정을 짓던 추산의 눈이 빛을 뿜었다.

주위를 살피던 추산이 뾰쪽한 말뚝처럼 생긴 종유석을 발견했다. 새끼를 꼰 의복에 매듭을 만들어 종유석에 끼운 후 늘어뜨렸다.

추산은 곧바로 줄을 타고 내려갔다. 마지막 줄이 손끝에 걸릴 때까지 내려가다 주위를 더듬거렸다.

―있다!

운 좋게도 또다시 조그만 구덩이를 찾았다. 필시 뇌옥을 만들 당시 작업하던 인부들이 잠시 쉬기 위해 파놓았던 것이라고 생각하여 체중을 실었다.

이어 팔을 밖으로 뻗어 줄을 밖으로 잡아당기기 시작했다.

투투투!

한 번, 두 번, 세 번······.

십여 번 당기자 툭 소리가 나며 미끄러운 종유석을 빠져나온 새끼줄.

잠시 호흡을 가다듬은 추산은 주위를 두리번거린 후 또다시 뾰쪽하게 나온 작은 종유석에 줄을 끼우고 내려가기 시작했다. 몇 번 아찔한 위기를 겪었지만 별 탈 없이 계속 내려갈 수 있었다.

삼십여 회쯤 내려갔을까. 높이로 따지면 대략 육칠십 장 가까운 거리이다.

―들린다!

귀를 기울이자 사람의 목소리가 들려왔다.

미세했지만 틀림없는 인기척이었다.

―바닥이다!

흔히 말하듯 개미가 기어가는 것 같은 작은 소리.

그건 곧 상당한 높이지만 바닥이 가까이에 있다는 것을 암시하는 희망이었다.

추산은 서두르지 않았다.

기다리고 기다리던 인기척이기 때문에 흥분은 되었지만 옷

으로 만든 새끼줄이 낡고 조금씩 무게를 견디지 못하고 늘어
지고 있었기 때문이다.

예상대로 일곱 번을 더 내려갔을 때 툭 하는 소리와 함께 옷
으로 된 새끼줄이 끊어지며 추산은 추락하고야 말았다.

휘이이!

차가운 바람 소리가 귓가를 가득 채웠고, 알몸을 할퀴듯 후
비는 냉기에 온몸을 떤다. 그러나 더욱 염려스러운 것은 이 상
태로 지면에 떨어지면 죽음을 피할 수 없다는 것이다.

높을수록 떨어지는 속도는 빨라진다.

웅성웅성!

귓가로 들려오는 사람 목소리.

구체적이었다.

욕하는 소리, 왜 자구 시체만 떨어지는 거야 하는 투덜거림,
추산에 이어 몇 명이 줄을 타고 내려오다 떨어진 것이 분명했
다.

"으아아아악!"

돌연 추산은 있는 힘껏 비명을 질렀다.

내공까지 실린 비명은 벽을 때리며 엄청난 메아리를 만들었
다.

"사람 살려!"

엄청난 외침과 더불어 뭔가 푹신한 것이 몸을 덮었다.

푸우우웅!

부웅!

푹 빠져들 듯 내려가더니 다시 떠올랐다가 떨어지기를 서너 차례.

용수철 위로 떨어지는 것 같더니 마침내 멈추었다.

추산은 누운 자세로 주위를 살폈다.

사람은 보이지 않고 파란 불빛만 보인다.

쿵!

바로 그 순간 추산은 지면으로 떨어지고 말았다. 추산은 일어나 안력을 끌어올렸다. 앞이 조금씩 보이기 시작했다. 어둠과 대비되는 희끄무레한 살결이 움직인다.

하나같이 알몸이었다. 사내들은 자신을 받았던 물건을 풀어헤치더니 걸치기 시작했다. 놀랍게도 추산을 받아낸 것은 입고 있던 옷이었다.

팟!

추산의 눈이 빛났다.

작전이 성공한 것이다.

"도대체 이게 몇 년 만이냐. 산 채로 무저옥에 들어온 놈이."

추산 주위로 사람들이 몰려들었다. 모두가 사십이 넘어 보였다. 모두가 녹색의 안광을 발산했는데, 추산은 말은 들었지만 사람의 눈에서도 야수처럼 섬뜩한 빛이 폭사된다는 사실을 오늘 제대로 보았다.

"넌 뭐냐?"

허리까지 머리를 늘어뜨렸고 왼쪽 팔이 없는 사내가 물어왔다. 나이는 추측 불가하다.

"왜 비명을 지르고 지랄을 떨어?"

"너 때문에 우리 모두 깼잖아. 어디 그것뿐인 줄 알아? 무슨 난리라도 난 줄 알고 옷 그물[衣網]까지 만들어 준비했잖아."

비명을 지른 이유를 사실대로 설명하지 않으면 가만두지 않겠다는 눈빛들이었다.

추산은 슬며시 웃음을 지었다.

"웃어?"

"자식, 건방져."

사내들은 눈을 더욱 부라렸다.

비명을 지른 건 한 가지 이유에서였다. 무저옥에 갇힌 사람은 많지만 갇혀 있는 사람은 몇 명 되지 않는다고 했다. 줄을 타고 내려오다 체력이 떨어지면서 손을 놓아 숨을 거둔다.

그런데 자신이 소릴 지르며 발버둥 치면 오랜만에 산 채로 누군가 오고 있다는 것을 알아차린 밑에서 어떤 대책을 세우지 않을까. 그런데 절묘하게 맞아떨어진 것이다.

이들의 말을 종합해 봐도 자신의 계산이 틀리지 않았음을 말해주고 있었다. 자신이 소릴 지르지 않았다면 옷을 벗어 그물을 만들지 않았을 것이라고 했다.

꿈틀!

십여 명밖에 되지 않았다.

"이 인원이 전부입니까?"

살았다는 것 때문인가, 목소리가 가볍다.

"오냐."

추산은 눈살을 찌푸렸다.

전쟁 뒤끝이다. 당연히 뇌옥은 끌려온 흑도 인물들로 넘쳐 나야 정상이다.

후두두둑!

궁금증을 참지 못하고 물으려 할 때 우박처럼 뭔가 떨어지는 소리가 들렸다.

"피해랏!"

죄수들은 일제히 좌우로 몸을 날렸다.

추산도 얼떨결에 피했다.

퍽!

퍼퍼퍼퍼!

뭔가 지축을 울리며 떨어지는 것 같더니 조용했다. 잠시 후 몸을 피한 죄수들과 추산은 가운데로 몰려들었다.

화악!

추산의 눈이 커졌다.

떨어진 것은 놀랍게도 시신이었다.

"이제 알겠느냐? 왜 갇힌 죄수는 많은데 살아 있는 죄수는 몇 명 되지 않는지?"

자신의 느낌이 맞아떨어졌다. 어쩌면 무림맹은 애초부터 흑도 인물들을 죽이기 위해 뇌옥이란 이름을 가장한 무덤을 만

들었는지도 모른다. 길고도 깊은 무저옥을 어느 천하장사가
바닥까지 안전하게 내려가겠는가.
　“아무튼 종전이 되고 살아 들어온 놈은 네가 처음이니라.”
　추산의 표정이 굳었다.

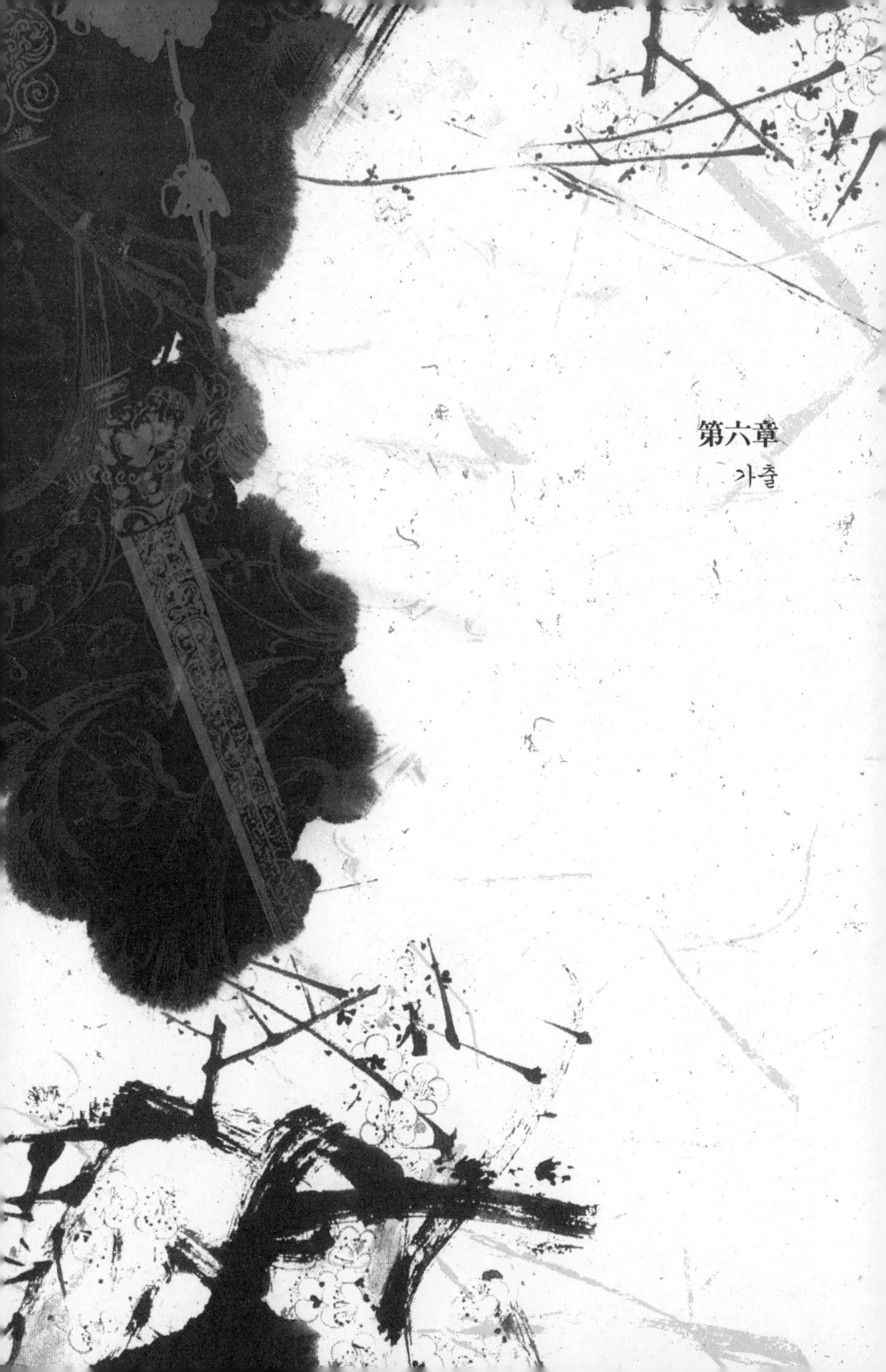

第六章
가출

검명도살

각 문파에 맡겨두면 쓸데없는 도륙이 벌어질 것을 예상한 맹주는 사자를 보내 살생을 막는 정(正)과 협(俠)을 보여주었다. 흑도에 대한 뿌리 깊은 감정을 모르는 바 아니지만 맹주의 행동으로 많은 이가 생명을 건졌다. 그런데 이건 또 뭔가. 설마 맹주가 무저옥의 구조와 무서움을 모르지는 않을 것이다.

설마 입으로는 정과 협을 외치면서 뒤로는 악랄한 살생을.

추산은 고개를 가로저었다.

―설마!

어느 집단에도 강경파는 있었다. 무림맹 또한 맹주의 뜻을

은밀히 거스르며 도륙을 행하는 무리가 있을 것이다. 그 대표
적인 인물이 아망개이다. 그렇다면 지금 눈앞의 참상은 맹주
의 명령이 밑바닥까지 먹히지 않고 머리와 꼬리가 따로 노는
이심이체(二心二體)라는 뜻이다.

아망개가 강경파이고 잔혹한 심성의 소유자이긴 하지만
맹주에게 정면으로 반기를 들 만큼의 그릇이나 크기는 아니
다.

그렇다면 누가 감히 무림맹주의 명령을 이렇게 정면으로 방
해하는 것일까.

인간 사회든 짐승 사회든 경쟁자가 있어야 한다. 경쟁자가
없으면 독선(獨善)과 독단(獨斷)과 독심(毒心)을 낳는다. 자신
을 위협할 만한 상대가 있어야 인심과 인격과 인품을 잃지 않
기 위해 애를 쓰는 것이다.

이따금 맹주의 생신이나 명절이 되면 몇 명 되지는 않지만
사면이라는 이름으로 죄수들을 풀어주는 일이 있다고 했다.
적은 인원이지만 강호의 여론을 정파로 끌어오기에는 충분하
다. 그런데 그러한 얄팍하다 할 수 있는 짧은 장삿속까지도 용
납할 수 없을 만큼 흑도를 미워하는 이는 누군가. 흑도와의 공
존을 거절하는 피의 인식을 지닌 자.

화악!

갑자기 추산의 눈이 커졌다. 좌측 십여 장쯤으로 녹색의 모
닥불이 있었다. 한참 바라보던 추산의 눈썹이 모아졌다. 모닥
불은 전혀 움직이지 않고 있었다.

불이라면 이글거리거나 출렁거려야 한다. 가까이 다가선 추산의 눈이 놀라움에 부릅떠졌다.

'인, 인화'

사람의 뼈가 수북했다.

푸른 불빛은 사람의 뼈가 발산하는 인화였다.

바로 그때였다. 인화에 신경을 집중하고 있을 때 등 뒤로부터 살기 강한 장력이 날아왔다.

전혀 예상하지 못한 공격.

이들 모두 흑도, 즉 같은 편이라고 여기고 있었다. 어디 그뿐인가. 동지애를 느꼈기 때문에 경계는 없었다.

그런데 공격의 강도 또한 당혹스러울 만큼 강맹했다. 동지의 공격이라고 하기에는 믿어지지가 않는 무자비함이 가득 들었다.

돌아서서 반격을 하기엔 늦다.

추산은 걸음을 움직였다.

스윽!

옆으로 한 걸음의 짧은 움직임.

장력은 조금 전 자신이 있던 곳을 스쳐 저 멀리 어두운 동굴 벽을 강하게 후려친다.

꽈강!

비쩍 말랐는데 키가 육 척은 되어 보인다.

"제법이구나."

"왜 그러십니까?"

"웃기는 놈!"

키 큰 사내는 다시 공격을 해왔다.

슉!

추산은 가볍게 자세를 낮추었다. 상대는 가뜩이나 큰 키였기 때문에 추산의 작음을 고려하여 주먹을 밑으로 내려 뻗었지만 어림없었다. 사내의 주먹을 머리 위로 헛치게 만든 후 추산은 몸을 곧게 펴며 주먹을 뻗었다.

콱!

한 자루 도끼다.

"컥!"

숨이 끊어지는 것 같은 비명.

추산의 주먹은 면상에 정확히 틀어박혔고, 사내는 주저앉아 일어나지 못했다.

—힘이 없으면 참고 힘이 있으면 쓰는 것이니라!

아주 간단한 아버지의 인생론이었다.

추산은 이미 뇌옥 안에 있는 인물들 무공이 절대 자신보다 강하지 않다는 것을 파악했다. 비슷한 사람도 일부 있었지만 작정하고 붙으면 누구도 해볼 만하다고 확신했다. 그러니 참을 필요는 절대 없었다.

추산은 정신을 차리지 못하고 허우적거리는 사내의 멱살을 거머쥐고 일으켜 세웠다.

사내의 눈이 흔들거리는 것이 완전히 풀어졌다.

한 방 먹은 후유증이었다.

멱살을 놓자 뼈 없는 연체동물처럼 사내는 그대로 주저앉았
다. 바로 그 주저앉는 짧은 순간 추산의 주먹이 사내의 얼굴을
향해 전광석화와 같이 뿜어졌다.

빡— 빠바바박!

금방 무너지는 짧은 시간인데도 어찌나 빠른지 무려 일곱
대가 얼굴에 틀어박혔다. 사내의 얼굴은 완전히 형체가 분간
안 될 만큼 걸레조각이 되어버렸다.

"사, 사악칠권."

"금마옥에서 왔느냐?"

주위 사내들이 놀란다.

추산은 사내의 멱살을 다시 잡아 일으켜 세운다.

피로 범벅이 된 사내에게서는 어떤 저항의 의지도 찾아볼
수가 없었다.

"왜 그랬습니까?"

왜 죽이려 했느냐는 질문이다.

사내는 말을 할 수가 없었다. 하고 싶어도 혀와 입술, 이빨
이 완전히 부서져 버렸기 때문이다.

"거 주먹 한번 쓸 만하구나. 어린놈이 성질도 있고."

부르르!

추산의 몸이 벼락을 맞은 듯 떨어졌다.

─설마!

그건 아버지의 목소리였다.

꿈에도 잊을 수 없는, 아니, 절대 잊히지 않을 부친의 음성이었다.

다른 부모들은 자식 걱정에 잠 못 이룬다는데 자신은 부친 걱정에 잠 못 이루며 살아왔다. 그런데 이런 곳에서 아버지 목소리가 들려오다니.

─그러고 보니!

한 가지 생각이 머리를 스쳤다.

도대체 무슨 죄를 지었기에 아무나 들어올 수 없는 이런 무저옥에 갇혔을지를 생각하자 버럭 화까지 치솟는다. 참을 수 없는 분노에 추산은 번개처럼 몸을 돌렸다.

'도대체 아버지는 뭐하는 사람입니까. 얼마나 빌빌거리며 살기에 이런 곳을 들어오느냐고' 준비한 말을 터뜨리려던 추산은 반쯤 열린 입을 다물고 말았다.

"뭘 봐, 인마!"

믿을 수 없을 만큼 목소리는 똑같았다.

'후유!'

추산은 안도의 한숨을 내쉬었다.

짧은 순간이지만 별의별 생각을 다 떠올렸다. 아버지와 자신이 무저옥에 갇혔다고 생각하자 앞이 노랬고 살맛이 나지 않았다. 무슨 놈의 인생이 꼬여도 이렇게 꼬일 수가 있단 말인가. 남들은 술술 알아서 풀리기만 하던데 세상에 부자가 한 뇌옥에 갇힌다는 게 말이 되는가. 그것도 한 번 들어가면 나올 수 없다는 무저옥.

다시 한 번 가슴을 쓸어내며 아버지를 떠올렸다. 그동안 자신의 신변으로 거센 위험이 너무 치열하게 돌아가는 바람에 아버지 생각을 잠시 잊고 있었다.

불끈!

추산은 주먹을 쥐었다.

이번에 출전하여 모아놓은 돈도 제법 된다.

이번에야말로 집에 돌아가면 무슨 수를 써서라도 아버지를 붙잡아놓으리라고 마음먹었다.

이제 생활비는 자신이 번다. 자신있었다. 아버지 믿고 살다가는 제 명에 죽지 못할 것이다.

동굴 안쪽으로부터 한 명의 꼽추가 다가온다. 턱이 바닥에 닿을 만큼 등이 휘어진 꼽추.

칠십 정도 되어 보이는데, 가까이 다가와 추산을 대충 훑더니 야릇한 웃음을 지었다.

"멋지다. 마치 천주님을 보는 듯하구나. 아니지, 천주님도 네 나이 때는 그 정도는 아니었지."

꿀꺽!

천주님이라면 모찰을 얘기하는 것이냐고 물으려다 얼른 침을 삼켰다. 정체가 확실하지 않는데 함부로 발설한다는 건 위험하다. 동지라고 여겼는데 암습을 받지 않았는가.

"어떻게 무공을……. 여기 온 자들은 모두 무공이 폐쇄되어 무공을 가질 수 없느니라."

"그럼 저 사람은 뭡니까?"

어느새 사내들은 추산을 공격했다 오히려 두들겨 맞은 사내를 한쪽으로 데려가 치료를 하고 있었다.

꼽추가 히죽 웃는다.

"그럼 너도 우리처럼?"

─우리처럼?

그럼 이들도 추산처럼 폐경이혈로 적을 속였단 말인가. 하나 추산은 고개를 내저었다. 간부들은 철저히 조사하기 때문에 속이지 못한다. 폐경이혈로 속인 인물들은 무명의 소졸들이나 밑바닥 무사들이다. 도저히 폐경이혈을 시전할 경지에 오를 가능성이 없다고 판단되는 인물들.

털썩!

꼽추는 한쪽에 있는 바위에 앉더니 헛기침을 하며 입을 열었다.

"우린 철저한 무명(無名)이니라. 무명이라고 하여 약한 것이 아니고 유명하다고 하여 강한 것은 아닐 것이고."

추산의 생각처럼 이름이 없다 보니 포로로 잡혔는데도 폐경이혈이라는 수법을 시전할 만큼 강한 인물이라고는 정파 누구도 생각하지 못했다.

아니, 인정해 주지 않은 채 가두어 버렸다고 했다.

강호에서 흔히 가진 능력의 삼 할은 숨기라고 말한다. 숨겨진 그 삼 할이 언젠가는 자신의 목숨을 구할 것이라는 것이다. 아버지 또한 틈만 나면 숨길 것을 강조했다. 약자가 세상을 살아가는 데에 있어 많이 숨길수록 좋다고 했다.

그러나 내공이 팔십 년이라고 하면 다르다.

그건 약자가 아니라 본격적인 강자의 길목에 들어선 것이다.

더욱 이들의 교활성은 적만 속이는 것이 아니라 사문까지 속였다는 것이다. 팔십 년의 내공을 지닌 고수라는 것을 알았다면 사문에서 이들을 평범한 말단 무사로 두었겠는가. 직책, 직위 하나씩은 주었을 것이다. 한마디로 사문까지 속이며 살아온 것 아닌가.

사문을 속인 건 왜일까. 강함을 드러내어 고위직을 얻으면 호의호식하며 한세상 큰소리 떵떵 치며 살 수 있거늘.

팟!

—그것이로군!

전쟁 중이었다. 전쟁에서 가장 많이 죽는 인물이 단주와 당주 급들이다.

내공으로 따지면 대개가 육십 년에서 팔십 년 사이.

단주와 당주는 소규모 단위의 수뇌로 가장 앞장서 적을 공격해야 하고 사기를 돋운다. 그러다 보면 적의 표적이 될 수밖에 없고 가장 우선 제거 대상자가 된다. 수뇌가 죽으면 아무리 강한 적일지라도 지리멸렬.

소규모 단위가 무너지면 대규모 단위도 순식간에 구멍이 생긴다.

그건 이쪽이나 저쪽이나 마찬가지다.

살기 위해 무공을 숨기고 말단으로 평범한 임무를 유유자적 수행하며 살아난 것이다.

영리함을 넘어 추잡하고 사문까지도 언제든지 등질 수 있는 인물들이 아닌가.

"흐흐!"

"왜 웃느냐? 우리가 더럽게 보인다는 것이냐?"

꼽추의 눈이 가늘어진다.

추산은 야릇하게 웃었다.

"그걸 어찌 더럽다고 할 수 있겠소. 세상사 살아가는 방식이 모두 다 다르니 어느 것이 옳다 그르다 정의를 내리기는 쉽지 않지요. 다만."

"다만 뭐냐?"

"사문을 속이는 건 어떤 이유로도 벼락을 맞을 짓이오."

"벼, 벼락!"

"아, 아니 이놈이."

사내를 치료하던 사내들까지 분기탱천한 얼굴로 돌아보았다.

꼽추는 웃음을 거두지 않고 말했다.

"그러는 넌 뭐냐?"

추산은 아무 말을 하지 않았다. 예상했던 질문이다. 저들 관점에서 보면 자신 또한 벼락 맞을 짓을 한 교활한 사람임에는 틀림없었다.

바로 그때였다.

투두두두!

머리 위로부터 뭔가 떨어져 내렸다.

"에이, 벼락 맞을 놈들!"

"치사 빵꾸들!"

사내들은 열심히 바닥에서 뭔가를 주워 삼켰다.

추산은 다가갔다. 그것은 밥알이었다. 어찌 된 일이냐고 묻자 자신을 흑도오문 중 귀왕문 출신의 육중위라고 밝힌 사내가 대답했다.

"밥이니라."

추산이 이해를 못하자 설명을 추가했다. 상대는 주먹밥을 던져 준다고 했다. 하지만 워낙 깊고 떨어지면서 공기와 강한 마찰은 피할 수 없어서 산산이 흩어져 버린다.

"매일 이런 식으로 준단 말이오?"

"그러니까 돼지 새끼들이지. 이왕 줄 거면 보자기 같은 곳에 단단히 싸서 주면 인심도 얻고 얼마나 좋겠느냐?"

캄캄한 암흑. 사내들은 한 알이라도 더 찾아내기 위해 지면에 시선을 댄 채 헤매기 시작했다.

입으로는 온갖 욕을 해대면서도 킥킥거리며 주워 먹는다.

"크크크!"

"흐흐흐! 이번에는 묵은 쌀이 아닌가 봐. 입에 착착 달라붙는구먼."

먹는 순간만큼은 뇌옥에 갇혀 있는 죄수들 얼굴이라고는 찾아볼 수가 없었다.

—뭔가 있다!

그러는 가운데 사내들의 행동에서 뭔가 이상한 낌새를 추산은 알아차렸다.

사문까지 속인 자들이다. 그런 저들이 두려워한다거나 자포자기하지 않고 웃고 떠드는 여유를 보인다는 것은 나름대로 어떤 희망을 버리지 않고, 아니, 가능성을 갖고 있기 때문이라고 봐야 했다. 한참을 주워 먹던 사내들 중 일부는 제법 배가 부른 듯 만족스런 트림까지 한다.

추산은 만족스런 트림이 배가 불러서는 절대 아니라고 보았다. 그들의 얼굴에 떠오른 야릇함은 다른 곳에 이유가 있다고 확신했다.

그들 얼굴에 떠오른 만족이 뭔지는 모른다. 서둘러 알려고 할 필요도 없었다. 시간이 흐르면 자동으로 알게 될 것이다. 지금은 이곳 생활에 적응하는 것이 급선무였다.

잠이 오지 않는다. 구석진 곳에 팔베개를 하고 누워 온갖 잡생각에 사로잡혔다. 그중 추산의 머릿속을 가장 오랫동안 지배하고 있는 인물은 개방의 아망개였다.

전쟁터에서도 그랬고 이곳에서도 죽이지 않고 가둬놓은 것은 뻔했다. 두고두고 자신을 괴롭히겠다는 의도다. 필시 맹주의 생일이나 여타 명절을 이용한 사면이 있을 때 자신을 꺼낼 것이다. 어떻게 해서라도 개방 소유로 만들어 곁에 두고 죽음보다 더한 고통을 맛보게 해주려는 속셈으로 이곳에 가둔 것이다.

문득 인간의 감정이라는 것에 대해 생각해 본다.

아무리 미워도 세월이 가면 잊히고 얇아진다고 했다. 아름다움도 세월이 흐르면 보기 흉해지고, 보기에 칼처럼 모나고 날카로운 돌도 비바람에 둥글게 다듬어진단다. 그런데 자신에 대한 아망개의 감정은 그렇지 않았다. 세월이 갈수록 아망개는 더욱 자신을 난도질하려고 했다.

─놈, 한번 해보자는 건데!

상대가 그렇게 나오면 피할 이유가 없었다. 물론 아직은 아니었다. 힘이 부족하니 물풀처럼 아망개라는 파도에 휩쓸릴 수밖에 없었다. 그러나 언젠가 해볼 만하다고 판단되는 때는 휩쓸리지 않을 것이다.

팟!

추산의 눈이 빛을 뿌렸다. 발걸음 소리에 고개를 돌렸는데 저 멀리 희끄무레한 인영이 걸어가고 있었다.

내공에 의존하지 않아도 시력은 이제 어느 정도 어둠에 익숙해지기 시작했다. 박쥐도 살지 않는 지하 깊숙한 곳, 완전한 먹물 속에 조금이라도 이상한 빛이 일렁거리면 그건 무조건 사람이라고 보면 문제없었다.

사내들과 추산은 따로 잠자리를 했다.

열 명끼리 모여 잤고 추산 혼자 입구 쪽 구석에 누워 있었다.

신참이기 때문이라나.

입구는 깊은 구멍으로 인한 바람이 일어 춥다.

움직이는 인물은 육중위였다. 그가 찾아간 곳은 반대편 구석에 있는 움푹 파인 곳이었는데 지독한 구린내가 풍겼다. 배설소. 뒷간이라는 것을 알아보았다. 육중위는 바지를 내리더니 주르륵 소리를 내며 설사를 하기 시작했다.

추산 또한 슬그머니 다가가 옆에 쭈그리고 앉았다.

"끄응!"

추산은 일부러 소릴 냈다.

그러나 옆에서 마구 쏴대는 육중위와 달리 자신의 몸에서 쏟아지는 건 아무것도 없었다.

"이제 보니 자네 변비 중이로군. 그거 골 아픈데."

끙끙거리며 힘을 주지만 한 덩어리도 떨어뜨리지 못하자 육중위가 걱정스런 표정으로 말했다.

더할 나위 없는 접근의 기회를 놓칠 추산이 아니었다.

"어떻게 아셨습니까, 형님?"

"혀, 형님?"

절차 무시하고 곧바로 형님이라고 치고 들어가자 육중위가
놀란다.

"형님, 터놓고 누구에게도 말도 못하겠고 미칠 지경입니다.
보통 닷새에서 열흘에 한 번씩 볼일을 보는데 그때마다 찢어
질 것 같습니다."

"여, 열흘? 뱃속에 너무 오랫동안 변을 방치하면 건강에 치
명적인데?"

"그러다 보니 자꾸 배도 아프고."

뚜우웅!

무슨 소리냐는 듯 돌아보았다.

"이런, 나왔습니다. 지난 열흘 동안 이 아우의 배를 괴롭히
던 녀석이. 지금 들었죠?"

"으… 으웅!"

시원한 표정을 숨기지 않았다.

추산은 원래 과묵했다. 그러나 지금은 말이 필요할 때였다.
접근을 목적으로 할 때 말은 생명이 되고 원하는 결과를 도출
하는 좋은 미끼가 되기 때문이다. 어느새 두 사람은 아랫도리
를 내리고 나란히 앉아 웃고 떠들며 농담까지 주고받는다.

"형님!"

“말하게, 아우.”

추산은 가장 궁금하게 여기고 있던 내용을 꺼내 물었다. 그것은 사내들 얼굴에 핀 여유에 관한 것이었다. 상식적으로 나갈 수 없는 무저옥에 갇힌 죄수들 얼굴치고 너무 훤하고 보기 좋다고 했다.

뚝!

동생, 아우를 번갈아가며 부르던 육중위의 얼굴이 굳어졌다.

그에 따라 추산도 긴장했다.

하나 이미 꺼낸 말이었다.

“비록 형님과 소속이 다르지만 흑도는 하나라는 천주님 말씀을 충실하게 이행하고 살 생각입니다.”

그리고는 입을 닫았다.

말이 길어지면 잡설이 되고 가벼워지고 의심을 받는다.

적당한 선에서 끊고 더 이상 가르쳐 주지 않으면 알려고 하지 않겠다는 단호한 태도를 보여야 한다.

촤악!

볼일을 다 본 듯 육중위가 쭈그린 채 일 장 가까이 걸어 흐르는 물구덩이에 뒤를 씻었다. 구덩이는 얕았지만 볼일을 보고 씻기에는 충분할 만큼 물이 고여 있었다.

추산도 뒤를 따라가 씻었다.

둘은 일어나 마주 보았다.

누구도 입을 열지 않는다.

“그럼 주무십시오.”

이럴 땐 먼저 돌아서는 것이 최고의 수(數)다.

대부분 그렇게 나오면 상대가 달라붙는다. 물론 달라붙지 않으면 할 수 없고.

추산은 깍듯한 예의를 갖추고 돌아섰다.

“아우.”

예상은 적중했다.

대답은 해줄 것이라고 속으로 자신했다.

“사, 사실은…….”

“예.”

욱중위는 망설이는 표정을 지었다. 동료들이 자고 있는 뇌옥 안쪽도 슬쩍 일별했다.

“있네. 방법이. 그런데 아직 멀었어.”

“탈출 방법이 있다는 말씀이군요?”

“물일세.”

“네?”

알아듣지 못해 반문했다.

“물.”

그러면서 자신이 조금 전 뒤를 씻었던 구덩이 물을 가리켰다. 씻느라 퍼낸 물은 어느새 다시 채워져 있었다.

물은 벽을 타고 흐른다. 탈출을 막기 위해 해놓은 조치다. 많은 양이면 떨어지지만 적은 양이기 때문에 벽을 타고 흘러내려 미끄러움을 유도하여 옴짝달싹하지 못하게 해놓았다.

그러나 물은 물이다.

즉, 고여야 정상인 것이다. 그러나 뇌옥으로 흘러내린 물은 절대 고이지를 않았다.

일행은 뇌옥을 철저히 조사하기 시작했으며 마침내 작은 틈을 찾아냈다. 물은 그곳으로 흘러 빠져나가고 있었다. 뇌옥을 빠져나간 물은 황산오곡 중 한곳인 무림맹 북쪽 산애 뒤로 뻗은 자하곡(紫河谷)으로 합류한다는 것이 이들이 내린 결론이었다.

그날부터 일행은 돌아가며 땅을 파기 시작했다.

"몇 년을 팠습니까?"

"오 년을 팠네."

추산의 눈이 커졌다.

추산이 놀란 것은 오 년을 팠다는 것보다 오 년을 팠는데도 아직까지 자하곡으로 나가지 못했다는 것이다. 그건 자칫 이쪽의 계산이 틀렸음을 말하기도 했기 때문이다.

"우리도 처음에는 잘못 계산하지 않았나 불안했는데 얼마 전부터 오히려 이쪽보다는 파고 내려가는 바닥으로부터 물이 더 많이 솟아 나오기 시작했네. 그게 무슨 뜻이겠나, 아우."

그것은 자하곡의 물이 뇌옥으로 스며들기 시작했다는 뜻이다.

통로가 만들어지려면 얼마 남지 않았다는 강력한 희망이기도 했다.

"어엇!"

갑자기 육중위가 기겁했다.

꼽추를 비롯한 열 명의 사내가 언제 다가왔는지 살벌한 기세를 풍기며 서 있었다.

"배신자!"

"그, 그게 아니라……."

"없애 버려."

꼽추가 냉혹한 명령을 내렸다.

"잠깐!"

아홉 사내가 달려들려고 할 때 추산은 소릴 질렀다.

"저 꼬마 놈도 같이 똥통에 묻어라."

꼽추는 인정사정없었다.

히죽!

추산이 열 명을 보며 웃었다.

"우, 웃어?"

꼽추가 더욱 싸늘히 외쳤다.

"찢어 죽여라!"

"잠깐! 멈추라고 하잖소이까."

추산이 다가오는 사내들을 향해 정색했다.

"배신자라는 뜻은 무엇이오? 설마 내가 정파무림에서 어떤 임무를 지니고 흑도인으로 들어오기라도 했단 말이오? 그래서 탈출로를 말한 육 형님께서 배신자라는 것이오?"

"어쨌든."

"좋습니다. 공격할 테면 하십시오. 그러나 이것 한 가지는 분명히 기억하십시오. 나와 육 형님이 한편이 되어 맞선다면 당신들도 온전하지 못한다는 것을. 최소한 전부는 아니어도 다섯 명쯤은 저승길 동무로 끌고 갈 테니까. 그 정도면 억울함은 면하겠지요. 육 형님, 안 그렇소이까?”

육중위는 움찔했다.

갑자기 끌려 들어간 것이다.

이왕지사 이렇게 되었으니 대답을 할 수밖에 없다. 하더라도 자신있고 크게 해야 한다는 것쯤은 안다.

“아우, 고작 다섯이 뭔가? 우리 목숨이 그렇게 하찮던가. 의리라는 게 뭐던가. 같이 가야지.”

“열 모두 데리고 가자는 말씀, 아주 좋군요. 뭐하십니까. 덤비시지요. 이래 죽으나 저래 죽으나 어차피 뒈질 신세라면 원 없이 싸워야지요. 공격을 하지 않으니 먼저 치겠소이다.”

추산이 달려들려고 할 때 꼽추가 손을 들었다.

“자, 잠깐!”

“뭐요? 빨리 말하십시오. 난 비록 어리지만 참을성이 많지 않습니다.”

“닥치고 어른 말 들어라.”

꼽추가 노려보았다.

매서운 눈으로 보더니 말한다.

“네가 파라.”

“예?”

“너 혼자 파란 얘기다. 우리 오 년 동안 파왔다.”

껌뻑!

추산은 눈을 깜빡거렸다.

그러더니 크게 웃었다.

"하하하! 아 무슨 뜻인지 알았습니다. 당신들은 여태껏 죽도록 팠으니 이제 나 혼자 파라는 말씀 아닙니까? 당연하지요. 그래야 공평한 것 아니겠습니까? 세상 밖으로 나가는데 나만 무임승차하면 안 되지요. 염려 마십시오. 내일부터 땅 파는 건 내가 전적으로 책임질 테니 나머지 형님들께서는 푹 쉬십시오."

꼽추의 눈이 좁혀졌다.

―나, 나머지 형님들!

추산이 밉지 않았다.

형님!

자주 들었던 흔한 말인데도 정감이 넘치고 신뢰가 느껴진다. 속고 속이는 세상, 경험에 의하면 신뢰란 없었다. 그런데 추산은 다르다. 그냥 던진 한마디인데도 믿고 싶고 진실로 보인다.

"뭣들 하십니까? 어서 돌아가 주무십시오. 다시 말하지만 내일부터 땅 파는 건 이 동생 몫이니 염려들 마시고."

모두가 쭈뼛거리며 꼽추의 눈치를 본다.

"가자!"

꼽추가 돌아갔다.

이 상황에서 더 다그치면 자신만 초라해지고 옹졸해질 뿐이
다. 자신보다 한참 어리지만 과감히 치고 나온다. 그렇다면 이
쪽도 과감히 수용하는 것 말고는 달리 방법이 없었다.

*   *   *

사람들이 돌아왔다. 남편이 왔고 아들이 나타났다. 서로를
끌어안고 기쁨의 눈물을 흘린다. 그러나 다른 한쪽에서는 통
곡이 듣는 이의 가슴을 후볐다. 돈 벌어 돌아온다던 남편도 죽
었고 오대독자 외아들도 부모보다 앞서 저승길로 떠났다.

통곡과 기쁨이 교차하는 저잣거리는 발 디딜 틈이 없었다.

"과, 광아!"

피광은 어머니의 가슴에 안겼다.

"엄마!"

"아이고, 내 새끼가 왔구나."

두 모자는 서로를 끌어안고 기쁨의 눈물을 흘렸다.

"오빠아!"

여동생 피숙이 더 이상 지켜보고만 있을 수 없다는 듯 달려
든다. 세 식구는 서로를 힘차게 안으며 감격의 상봉을 쉽게 끝
내지 못했다.

"여보, 여기오."

"홍단 아부지."

살아 돌아온 자들의 기쁨은 끝이 없었다.

하지만 기쁨은 슬픔을 압도하지 못한다던가. 기쁨은 어느새 슬픔에 지배되었고, 살아 돌아온 자들은 고개를 떨어뜨리며 죄인 아닌 죄인이 되어야 했다.

―같이 갔으면 같이 돌아와야지 이런 법이 어딨어!

한 여인의 절규가 모든 이의 가슴을 흔들어 버렸다.

하후청.

추산을 찾아 신발이 벗겨진 것도 모르고 찾아 헤매던 그녀의 귓가에 무림맹으로 끌려갔다는 소식은 날벼락이었다.

"흑흑! 당신들, 너무해요. 산이 좋다고 할 때는 언제고 어떻게 내버려 두고 당신들만 살아오느냔 말이에요."

"아가씨!"

함 노인이 말린다.

"이제 그만 진정을 하소서."

"엉엉! 나 어떡해. 산이 없으면 못살아. 할아범, 어떻게 좀 해봐."

하후청은 함 노인의 품에 안겨 흐느꼈다.

"처, 청아, 힘내. 산이는 강해. 그러니까 절대 죽지 않을 거야."

"나쁜 자식!"

쫙!

“아, 아가씨, 이게 무슨 짓입니까?”

누구도 예측하지 못한 돌발 사태였다.

그러나 피광은 전혀 불쾌해하지 않았다.

“더 때려. 때려서라도 분이 풀린다면 더 때려도 괜찮아. 누구보다도 내 책임이 커.”

추산과 자신은 둘도 없는 친구였다.

어디 그뿐인가. 추산의 오른팔이라고 공공연하게 떠들었던 자신이다. 그런 이인자가 추산을 제대로 보필하지 못했으니 뺨을 맞아도 할 말이 없었다.

“엉엉! 뭐라고 말 좀 해봐. 어떻게 끌려갔어. 산이 성격에 고분고분하지는 않았을 것 아냐. 아무런 얘기라도 좋아.”

추산에 대한 뭐든지 듣고 싶었다.

피광이 잠시 하늘을 올려다보았다. 그러더니 고개를 내리고 눈물범벅이 된 하후청을 보며 말했다.

“그냥 갔어.”

“그냥 가다니?”

“개방에서 데리고 갔어. 두말 않고 순순히 끌려갔어. 이미 각오를 하고 있었던 듯.”

“개방이라면 그 개자식 말이야? 누구야? 아… 아…….”

“그래, 아망개가 데리고 갔어. 직접 오지는 않았지만 놈의 지시를 받았다고 했어.”

“아, 아망개, 벼락 맞을 놈. 산이와 무슨 원한이 있다고 그렇게 못살게 하는 거야. 나쁜 놈. 어어엉!”

하후청은 다시 통곡했다.

모든 사람들이 울먹이며 미안하다고 한마디씩 던졌다. 살아 돌아온 이들 중 추산의 도움을 받지 않은 이는 없었다.

"제발 그만."

함 노인이 손을 잡고 끌었다.

하후청은 큰 소리로 울면서 함 노인의 손에 이끌려 갔다. 사라지는 하후청을 바라보며 사람들은 하나같이 말했다.

"미, 미안합니다."

"면목없습니다, 하후 아가씨."

추산에게 입은 도움이 컸기에 더욱 미안했고 자신들 일처럼 서러워졌다.

하후청은 약간 고개를 떨어뜨린 채 느리지도 빠르지도 않는 걸음이다. 두 걸음쯤 떨어져 따르는 함 노인 또한 입을 굳게 다물었다. 슬픔에 잠긴 그녀에게 뭐라고 해줄 말도 없을 뿐 아니라 그냥 내버려 두는 것이야말로 가장 좋다는 오랜 경험을 살린다.

눈물은 흘리지 않았고 통곡은 멈췄지만 간간이 떠는 입술과 눈썹은 여전히 추산의 생각에서 벗어나지 못하고 있음을 말하고 있었다.

하지만 고요는 오래가지 못했다.

다음날 아침, 아침을 차려놓고 하후청의 처소를 찾은 함 노인은 그 자리에서 굳어버렸다.

이부자리는 깨끗하게 개어져 있었다.

깔끔하게 정돈된 침상 한가운데 가지런히 접힌 서찰 한 개.

함 노인은 직감적으로 느껴지는 것이 있어 서찰을 들고 하후천의 거처를 향해 내달렸다.

서찰을 받은 하후천 또한 뭔가 불길함을 감지한 듯 함부로 펼치지 못했다. 그러나 서너 번 호흡을 가다듬고서 접힌 서찰을 느릿하게 펼쳐 읽기 시작했다.

먼저 죄송하다는 말씀부터 드리겠어요. 제가 남긴 글을 읽고 있을 때쯤이면 전 이미 집에서 최소한 백 리 이상은 떨어져 있을 거예요. 나름대로 많은 고민을 했고 도저히 불효를 저지르지 않고서는 해결될 수 없는 일이라고 판단했어요. 소녀를 용서할 수 없다고 분노하시겠지요. 용서하지 마세요. 저 또한 아버지에게 이런 상처와 고통을 안겨놓고 사랑 받기를 원치는 않습니다. 내 손으로 반드시 추산을 구해올 거예요. 추산이 없는 삶은 내게 너무나 삭막하고 슬픈 일입니다. 추산을 사랑하고 그와 행복하게 가정을 꾸리는 것이 소녀의 소원이며 전부입니다. 허락도 받지 않고 내 발로 나갔으니 내 손으로 소식을 전한다는 것은 아주 뻔뻔한 일이지요. 그러나 아버지에 대한 송구스러움을 조금이라도 덜기 위해 가끔씩 잘 있다는 안부 정도는 전할 테니 너무 미워하지는 마세요.

불초녀(不肖女) 하후청 올림.

하후천의 표정은 변화가 없었다.

서찰을 내려놓자 기다렸다는 듯 함 노인은 서찰을 가져다 읽었다.

"마, 맙소사!"

서찰을 읽은 함 노인은 비명에 가까운 외침을 질렀다.

"원주님!"

꿀꺽!

너무 당황하여 마른침을 삼켰다.

하후천은 아무런 말도 하지 않고 다시 보던 책에 시선을 던졌다.

그러나 표정은 여전히 싸늘하다. 또한 시선은 책에 고정되었지만 한 단 개의 글귀도 머릿속에 들어가지 않으리라는 것을 함 노인은 알 수 있었다.

타악!

갑자기 주먹으로 탁자를 친다.

그 바람에 보고 있던 책이 덮어져 버렸다.

"용서할 수 없는 놈."

하후천의 표정이 처절하게 우그러졌다.

"뭐하는가? 채비를 하게."

"어딜?"

"채비를 하라고 하면 할 일이지 무슨 말이 그렇게 많은가?"

버럭 짜증이다.

함 노인은 서둘러 밖으로 나와 마구간으로 달려갔다. 말을

끌고 나와 마차를 채워 끌고 나가자 어느새 하후천은 외출 채
비를 갖추고 나와 있었다.

마차를 세우고 함 노인은 서둘러 문을 열었다. 마차 안으로
들어간 하후천의 입에서 차가운 음성이 들렸다.

"개봉으로 가자."

"개봉은 왜?"

"가자면 갈 일이지 왜 그렇게 말이 많더냐?"

"예, 예!"

함 노인은 마차를 끌었다.

옛날에는 변경(汴京), 대량(大梁), 변량(汴梁)이라고 불렀다.
황하 남쪽에 위치하고 오대의 사왕조와 북송의 수도이기도 했
다. 하남 대평야의 중심지에 위치하며 교통, 상업 중심지이고
저 유명한 용정(龍井)이 난다.

산이라 하기보다는 야트막한 언덕, 개방에서는 태양구라 하
고 낙양 사람들은 태양산이라고 부르는 이곳에 하나의 단체가
있었다.

개방(丐幇).

태양산 곳곳에는 크고 작은 움막이 널려 있었다. 개방의 구
조물들인데 불쑥 찾아든 낯선 인물을 바라보는 개방의 두 위
사의 눈이 가늘어진다.

전형적인 학사 차림새인데 어딘지 모르게 담긴 위엄이 선뜻
하대를 할지 존대를 할지 결정치 못하게 했다.

"어디서 오셨다고?"

그러는 사이 위사장 칠절개가 나타났다. 허리에 묶인 매듭
은 세 개이다.

위사장, 즉 분타주 급인 것이다.

"아망개 장로를 만나고자 하오. 안내해 주시오."

서릿발 같은 음성에 칠절개가 멈칫한다.

"어디서 오셨소이까?"

"백록서원의 원주 하후천이라 하오."

"배, 백록서원?"

혹시 아느냐는 듯 두 위사를 돌아보았다. 고개를 내젓는다.
그사이 한 명의 위사가 안쪽에 있는 초소 안으로 뛰어들어 가
더니 반 각도 안 되어 나타나 칠절개에게 귓속말로 뭐라고 한
다.

순간 칠절개의 약간은 긴장해 있던 표정이 풀어지고 웃음이
터졌다.

"흐흐흐! 난 또. 이런 개자식이."

무척 놀란 모양이다.

"네까짓 놈이 황실 학사를 지냈으면 지냈지 어디서 감히 본
방의 장로님을 오라 가라야. 그냥."

차고 있던 타구봉을 쥔다.

"뭔데? 보나마나 추산이란 자의 일이겠지?"

흠칫!

이번에는 하후천이 놀랐다.

저들은 이미 추산과 자신의 관계를 알고 있었다. 그건 곧 추산에 대한 자세한 정보를 갖고 있다는 뜻이었으며 아망개의 분노를 엿볼 수 있는 대목이었다.

"꺼져, 뒈지기 싫으면!"

타구봉이 반쯤 뽑혔다.

정말로 살기를 뿜어내는 것이 겁을 주려는 단순 행동은 아니었다.

"아망개 장로를……."

거기까지였다.

어느새 타구봉이 뽑혀 하후천의 목젖에 들이대어 있다.

무공을 전혀 모르는 하후천이니 찌르면 죽는다.

"워, 원주님, 돌아갈 테니 그만."

함 노인은 서둘러 하후천의 손을 잡아 마차에 태웠다.

"안녕히 계시구려."

함 노인은 얼른 마차를 돌려 떠났다.

떠나는 마차를 바라보는 칠절개와 위사들이 웃는다.

"황실로 가자."

흠칫!

마차 안에서 흘러나오는 황실이란 말에 함 노인의 눈이 커졌다.

함 노인은 서둘러 말고삐를 당겼다.

황실은 입신양명의 본질이다. 권력의 바탕이며 사람이지만 곧 하늘인 황제가 살고 있는 곳.

두 번 다시 발길을 할 일이 없을 것이라고 떠났는데 제 발로 다시 돌아오다니, 그래서 인간사 새옹지마라고 했던가. 호위무사 한 명 없이 허름한 마차에 시종 함 노인만 달랑 데리고 들어왔을 뿐인데 황실은 부산해졌다.

학사이지만 워낙 황제의 신임이 두텁고 특히 하후천을 존경하고 따르는 무사들이 많았기에 팽팽히 당겨진 시위처럼 황실은 경계와 긴장으로 출렁거렸다.

—스스로 관복을 벗고 떠난 그가 왜 갑자기 돌아왔느냐!

하후천의 행보에 모든 시선이 몰렸다.

황제를 알현하고 밖으로 나온 하후천은 곧바로 영충전으로 발걸음을 돌렸다. 영충전은 외국의 수반들이 묵는 최고의 숙소였다. 하후천은 자신이 황실을 급히 찾아온 이유만 밝히고 곧장 떠나려고 했지만 황제는 그냥 보낼 수 없다면서 명령을 내렸다.

—하룻밤 묵고 가라!

황제의 입에서 한번 명령이 떨어지면 누구도 거역할 수 없다.

영충전으로 사람들이 몰려들기 시작했다. 한때 하후천과 학문을 논하던 학사들을 비롯하여 그와 대립각을 세우며 황실 권력을 흔들던 노회한 정치인들까지 있었다.

'왜 돌아왔느냐?'

반가운 척하며 찾아왔지만 하나같이 하후천의 입을 통해, 아니면 표정에서라도 궁금증을 헤아리기 위한 방문이었다.

—하후천이 혹시 복귀하는 것 아니냐?

하후천은 숨기지 않았다. 하후청의 무단가출로 인해 황실의 도움을 얻고자 찾았다고 말했지만 누구도 믿지 않는다.

그까짓 일로 황실을 찾다니 말도 안 된다. 뭔가 다른 꿍꿍이가 있을 것이라는 게 모든 이의 생각이었다.

아니라고 아무리 하소연하고 정색해도 믿어주지 않는다.

그래서 하후천은 하는 수 없이 하루라도 빨리 떠나는 길 말고는 달리 방법이 없음을 알고 큰 소리로 말했다.

"준비를 해라! 묘시가 되면 곧바로 떠날 것이다!"

"폐하는……."

"뵙지 않을 것이다!"

일반적으로 황제의 하룻밤 묵으라는 명령은 다음날 아침 인시까지를 뜻한다. 그러므로 묘시가 되어 떠나면 전혀 예의에 어긋난 행동은 아니었다. 통첩하듯 큰 소리로 함 노인을 향해 외쳐 말하자 그제야 조용해졌다.

하후천은 술시(戌時)쯤 되어 영충전을 나섰다. 함 노인이 앞장을 섰는데 어둠이 부산하다. 떠난다고 했지만 자신을 감시하는 자들의 움직임이었다.

"아예 노골적이군요?"

"내버려 두어라."

이상한 짓만 하면 곧바로 살수를 쓸 것 같은 험악한 주위 공기.

찍소리 말고 처박혀 있다가 떠나라는 위협이자 압박이 아니고 뭔가.

무공은 모르지만 함 노인은 그래도 만약을 대비해 하후천 곁에 바짝 붙어서 움직였다.

영충전을 벗어난 하후천은 한 인물을 떠올렸다.

―청우(靑雨)!

자신이 떠나올 때 하후청과 동갑내기였으니 지금 열넷일 것이다.

처음 만났을 때 하도 근사한 생김새에 반해 이름이 뭐냐고 물었더니 당당하게 청우라고 했다.

푸른 비.

사람 이름치고는 무척 운치가 있다고 생각했다. 나중에 알고 봤더니 청우는 동창의 주인을 부친으로 두고 있었다. 동창은 금위영반과 더불어 황제를 떠받치는 핵심 집단.

그런데 부친이 반역에 연루되어 참수되었다. 나중에 누명이라는 것이 밝혀지며 명예는 복권이 되었지만 핏덩이 청우를 제외한 가족 모두는 이미 시체가 된 뒤였다.

지금은 고인이 되었지만 죽은 선배 학사 중 귀복이라는 사람이 있었다. 엎드린 거북이라는 아호를 지닐 만큼 함부로 뜻을 밖으로 표현하지 않았다. 그런 관계로 사람들은 그를 대수롭지 않게 여겼는데 바로 그런 인식에 귀복은 소리없이 칼을 휘둘렀다.

조용히 아무도 모르게 황제를 위협하는 세력을 제거하기 시작한 것이다. 누구도 어리벙벙해 보이는 귀복의 솜씨라는 것을 알아차리지 못했다.

오늘날 황권을 단단히 세운, 황제가 권력을 옳게 거머쥐는데 하후천과 더불어 초석을 놓은 귀복.

그러던 어느 날 밤에 귀복이 찾아왔다. 그런데 상당히 흥분해 있었다. 연유를 묻자 놀랍게도 청우와 바둑을 두어 패했다는 것이다. 당시 청우는 동반사의 수뇌였다.

동반사는 동창이 되기 직전의 무사 집단이다. 만 열다섯이되어야 동창이 될 수 있었다.

아무리 동반사의 수뇌에게 졌다고 해도 상대는 이제 열다섯이 안 된 어린 소년.

귀복은 분노했고, 다음날 아침 자리에서 일어나자마자 청우를 찾아가 도전했지만 또다시 지고 말았다.

구십구 전 구십구 패.

이후 아흔아홉 번 싸워 아흔아홉 번 패한 것이다.

천하제일책사 귀복이 넘지 못한 난공불락의 성 청우는 어느 날 하후천의 방문을 받는다. 그리고 둘은 내기 바둑을 두었다. 그런데 놀랍게도 청우는 하후천에게 패하고 말았다. 그 사실은 물론 두 사람만이 알고 있었다.

숙!

한 사내가 칼을 휘두르고 있었다.

춤을 추듯 부드러운 데 반해 칼의 공격권은 의외로 좁다. 병기를 휘두르는 사람들은 병기의 살상력이 최대한 멀리 뻗도록 권역을 넓게 잡으려 한다.

살상이나 공격권이 넓다는 것은 분명한 장점이었다.

그러나 세상 어딘들 섭리라는 것이 작용한다. 음과 양, 남과 여, 물과 불, 장점이 있으면 단점이 있는 것.

공격권이 넓으면 집중력이 떨어진다. 또한 신속성이 상대를 압도하지 못해 이쪽으로 하여금 빠른 체력 소모를 불러온다. 반면 짧게 잡으면 활발해지고 전광석화처럼 상대를 몰아세울 수 있었다. 그러나 장병(長兵)을 가진 자나 원거리 무예를 익힌 자에게는 약점을 노출시킨다.

길다고 좋지도 않고 짧다고 좋지도 않다.

오직 자신의 몸과 배운 무공의 성향을 적절히 맞추어 수련하고 익히는 것이 최고의 방법.

슈슈슉!

소년의 칼은 박투라고 하기에는 조금 거리가 있었지만 일반적인 칼의 권역이라고 하기에는 좁고 짧았다. 문제는 쥐고 있는 칼이 장도라는 것이다.

사용하는 칼이 장도인데도 좁게 가져가는 것은 한 가지를 의미한다.

칼의 능력이 공전절후의 경지에 가깝지 않는 한 불가능하다는 것.

소년은 자신의 키만 한 칼을 연신 휘둘렀는데 자유자재였다.

파파팍!

이 장 이내에 있는 바위와 나무, 풀들이 똑같은 크기로 베어진다. 저렇게 큰 칼로 어떻게 가까운 거리에 있는 목표물을 그토록 균일하게 베고 쪼갤 수 있는지 세삼 신비스러울 뿐이다.

"험험!"

하후천은 헛기침으로 소년의 수련을 제지했다.

발걸음 소리로 이미 자신의 등장을 알았을 것인데도 수련을 멈추지 않는다. 그건 이쪽의 정체를 알고 있었을 뿐 아니라 적의가 없다는 것을 읽었기에 수련을 멈추지 않는 것이다.

"어엇!"

소년은 칼을 거두고 고개를 돌렸다.

청우의 눈이 커졌다.

"하후 학사님!"

적은 아니지만 설마 하후천인 줄은 모른 듯했다

청우는 대뜸 무릎을 꿇으려 했다.

"아니다, 아니다."

하후천은 얼른 청우의 손을 잡아 일으켜 세웠다.

청우는 절을 올리겠다고 버텼지만 완강하게 하후천이 말리
는 바람에 일어섰다. 마음만 먹는다면 자신의 능력으로 충분
히 절을 할 수 있지만 하후천의 팔 힘에서 진정으로 절 따위를
받고 싶지 않음을 읽은 것이다.

"헛헛! 어디 얼굴 좀 보자!"

땀으로 흠뻑 젖은 청우의 얼굴.

이제 막 청년으로 피어나기 시작함을 반증하듯 수염이 새싹
처럼 턱밑을 덮고 있고 뽀얀 살빛 대신 검게 탄 피부가 외형을
덮었다. 약관을 지나게 되면 피부와 골격 모두가 변하는데 지
금 청우가 그 시기였다.

"어떻게 오셨사옵니까?"

두 번 다시 황궁에 발길을 하지 않겠다고 했던 하후천의 답
답한 목소리를 아직도 기억하고 있다.

"그렇게 됐구나. 그래, 바둑은 많이 늘었느냐?"

바둑이라는 말에 청우의 눈이 번득였다.

바둑 하나만큼은 황실제일이라 자부했다.

그런데 하후천에게 패하고 말았다. 자부심이 컸기에 그건

쉽게 추슬러지지 않은 충격이고 아픔이었다.

태어나 처음으로 사흘을 불면으로 지새웠다.

사실 무공도 그렇지만 아무리 소문난 고수일지라도 처음 만나면 의외로 당하기 일쑤인 것이 바둑이다. 그건 서로의 기풍에 대해 모를 뿐 아니라 상극이 존재하기 때문이다.

공자는 바둑 두는 일이 아무것도 하지 않는 것보다는 어진 일이라고 말하였으며, 죽은 부친은 핏덩이인 자신에게 유일한 유언을 남겼다. 물론 서찰로 전해진 것이었다.

─바둑을 가까이하라!

바둑은 단순한 놀이기도 하지만 때로는 세상을 꿰뚫고 정치를 읽으며 삶을 관조하고 놀라운 지식을 품고 있다는 것이 바둑을 가까이하라는 부친의 뜻이었다.

나중 하후천의 치밀한 준비에 속았다는 것을 깨닫고 도전을 청했지만 하후천은 황실을 떠나 버렸다. 하후천은 자신을 이기기 위해 귀복을 통해 아흔아홉 번이라는 바둑을 줄줄이 외우고 있었다.

문제는 하후천은 바둑을 두기 전 한 가지 조건을 걸었다는 것이다.

─패하면 내 청을 하나 들어다오!

워낙 자신이 있었기에 앞뒤 계산도 하지 않고 그렇게 하겠다고 대답했는데 패한 것이다.

어쨌든 오늘 이렇게 돌아왔으므로 청우는 무슨 수를 써서라도 복수를 하고 말리라 다짐하며 정성을 다해 저녁을 준비하고 대접했다.

저녁을 먹자마자 예상대로 청우는 바둑판을 가져와 놓았다.

"하수인 제가 먼저."

이쪽 사정은 묻지도 않고 검은 돌을 쥐더니 먼저 착점(錯點)했다.

한데 청우의 조급함과 달리 하후천은 느긋했다.

"차 없느냐?"

"아차, 잠시만 기다리시소서."

청우가 신속히 찻물을 올리기 위해 밖으로 나간다.

그 모습을 본 하후천의 입가에 야릇한 웃음이 번졌다.

일찍이 바둑은 순(舜)나라 때 임금이 왕자 상균(商均)의 어리석음을 깨우치기 위해 가르쳤는데 이후 누구든 왕이 되려면, 아니, 최소한 왕족이라면 바둑은 기본으로 두어야 하는 제왕술의 하나가 되어버렸다.

"여기 있습니다."

얼마나 급했는지 청우는 채 우러나오지도 않는 찻물을 가져왔다.

청우는 다시 바둑알을 쥐고 바둑판 앞에 앉았다. 어서 두라는 재촉이다.

차를 마시면서도 얼마든지 둘 수 있지 않느냐는 눈빛.

조급한 청우와 달리 하후천은 서둘지 않았다. 연거푸 두 잔을 더 시켜 마신 하후천이 입을 열었다.

"그것, 기억하고 있느냐?"

"그, 그것요?"

하후천의 눈이 커졌다.

"설마 장부가 약속을 잊었단 말이냐? 내게 패하면 내가 청하는 부탁 한 가지를 무조건 들어주기로 하지 않았느냐?"

"아, 그것요. 물론이지요. 들어드려야지요. 설마 부탁을 말씀하기 위해 왔단 말입니까?"

하후천은 망설이지 않았다.

"그렇다."

청우의 안색이 굳어졌다.

두 번 다시 황실에 발길을 하지 않겠다는 하후천이 돌아왔다면 부탁 또한 범상치 않을 것이다.

바둑으로 복수하리라는 꿈은 이미 날아갔고, 과연 무슨 부탁이기에 지겹다는 황실로 다시 돌아온 것인지에 이제 청우의 모든 관심은 집중되었다.

좌락!

한 주먹 쥔 바둑알을 슬며시 통에 다시 놓았다.

하후천은 차를 꿀꺽 소리 내며 마신다.

"청우야!"

"예, 학사님."

"나 좀 도와다오."

"뭔데 그러십니까? 말씀해 보십시오."

"녀석이 사라졌다."

"……."

"청아 말이다."

"처, 청아라면… 그 자식 말입니까?"

둘은 친했다.

청우는 고아였다. 그래서 더욱 하후천은 잔손을 많이 뻗어주었고, 하후청 또한 그런 청우를 불쌍하다면서 가까이하여 둘은 친 남매지간처럼 살았다. 하후청이 황실을 떠나면서 둘은 헤어졌지만 청우의 가슴속에 남아 있는 하후청은 작은 그림자가 결코 아니었다.

"어딜 가다뇨? 집을 나갔단 말입니까?"

하후천은 그간 사정을 말해주었다.

얘기를 듣고 있던 청우의 표정이 점차 굳어지더니 급기야 거칠게 말했다.

"추… 산!"

두 눈에서 분노가 타올랐다.

하후천은 서둘러 말렸다.

"그게 아니라……."

"뭐가 그게 아닙니까? 놈이 순진한 청아를 유혹한 것 아닙니까?"

“그게 아니란 말이다. 좋아한 건 청아이니라. 오히려 청아
가 녀석에게 매달렸느니라. 추산 없으면 하루도 살 수 없다면
서. 그러니까 집을 나간 게지.”
“어쨌든요.”
청우의 입술이 물리며 눈에 언뜻 살기까지 피어났다.

第七章
왕의 귀환

검명도살

　수많은 사람들이 연도에까지 나와 손을 흔들고 칼을 휘두르며 황보세가 만세를 외쳤다. 한혈마에 올라앉아 환영하는 황보세가의 무사들을 향해 황보곤은 연신 손을 흔들었다.

　입가에는 승자의 당당한 미소가 함박처럼 피어난다.

　"황보세가 만세!"

　"황보곤 만세!"

　전쟁은 정파의 승리로 끝났다.

　그중 가장 크게 적을 물리친 집단을 꼽으라면 누구도 황보세가를 서슴지 않았다.

　압승(壓勝)이었다.

　많은 문파에서 커다란 출혈이 있었고, 일부는 사문의 큰어

른이 비명횡사하기도 했지만 황보세가에서만큼은 호법 급 이상은 단 한 사람도 죽지 않았다.

기적이며 쾌거라고도 말했다.

이윽고 말이 멈추고 황보곤은 말에서 내렸다.

정문 앞에 서 있는 백의중년인.

도제 황보황이었다. 황보곤의 친 형님이자 당금 황보세가의 지존인 칼의 절대자.

와락!

둘은 서로를 힘껏 끌어안았다.

둘은 끌어안고서 한동안 말이 없었다.

바라보는 사람들이 흐느꼈다. 백 마디 말보다 서로를 끌어안고 침묵하는 두 사람의 가슴속에 무엇이 교차하고 있는지 아는 사람은 알고 있었다.

황보황이 조용히 밀어냈다.

"이 사람 이거, 전쟁하고 돌아온 사람 맞아?"

황보곤의 눈이 커졌다.

황보황이 웃으며 말한다.

"어떻게 이렇게 강건할 수가 있나. 갈 때보다 더욱 몸이 좋지 않는가."

그제야 황보황의 말뜻을 알아차린 듯 황보곤이 웃는다.

"형님도 참."

"돌아와 반갑네, 아우."

콰악!

둘은 다시 힘차게 서로를 끌어안았다.

어깨를 한 번씩 토닥이며 떨어진 황보곤의 시선이 황보황의 좌측으로 서 있는 홍의미부인에게 돌아갔다.

익은 과일인가, 아니면 만개한 모란인가. 아름답다는 말로는 너무나 부족한 중년 여인의 오묘하고도 신비스러움에 황보곤은 잠시 경탄을 터뜨렸다.

"형수님은 여전하시군요. 더욱 아름다워지셨습니다."

"서방님도 참, 이제 다 늙어 주름뿐인 걸요."

빨개지는 홍의여인 주약단을 향해 황보곤이 큰 소리로 말했다.

"투명한 백옥이라 할 수 있는 피부를 늙었다 하시면 저기 서 있는 저의 내자는 화강암이로군요."

모든 시선이 한곳으로 돌아갔다.

주약단 뒤로 조금 떨어진 곳에 시비 한 명을 대동하고 서 있는 백의미부.

주약단이 아름다우면서도 조금은 요사하다면 백의여인은 단출하나 초라하지 않고 소소하나 우아함이 온몸을 감싼, 마치 연꽃과 같았다.

만약 청소혜가 황보세가의 안주인이 되었다면 세상이 달라졌을 것이라는 소문이 나돌 만큼 여인이지만 속이 깊고 통찰력이 뛰어나며 함부로 앞에 나서지 않는 꽃이었다.

"뭐하는가, 동서. 그토록 보고 싶어하던 서방님이 돌아오셨는데 언제까지 그렇게 숨어 보듯 할 것인가."

주약단이 눈을 뒤로 흘기며 말한다.

청소혜가 천천히 치맛자락을 끌며 다가왔다.

그녀의 눈에는 어느덧 눈물이 글썽거리고 있었다. 이십오 년, 실로 장구한 세월이라 아니할 수 없었다.

단 한 통의 서찰도 보내지 않았고 단 한 통의 기별도 하지 않았다. 무소식이 희소식이라면서 침묵은 살아 있는 자의 전유물이라는 선언으로만 존재를 과시했던 황보곤.

"여보!"

와락!

쓰러지듯 안긴다.

그리고 소리없이 눈물을 흘리는 청소혜.

와아아!

"대호법님 만세!"

"도백(刀白)님 만세!"

지켜보던 무사들이 함성을 질렀다.

청소혜는 가슴을 적시도록 눈물을 흘렸다.

살아 돌아오길 눈물로 빌었고 단 하루도 가사(家寺)인 만양사에 발길을 끊지 않았다. 만양사의 주지 혜천은 청소혜의 그런 열성에 부처께서 절대 외면하지 않을 것이라면서 위로했지만 여인의 마음은 나약하다.

항상 몸과 마음을 정결히 하며 남편의 무사 귀가를 빌고 또 빌었는데 끝내 소원이 이뤄진 것이다.

"어, 어어엉!"

끝내 소리 죽여 울기에는 그동안 참아왔던 세월이 너무 아팠던가. 청소혜는 봇물처럼 통곡을 터뜨리고 말았다.

"헛헛헛! 우시오, 제수씨. 난 그 마음 안다오."

"그래, 동서. 실컷 울어. 마음껏 울면 좋아질 거야."

주약단이 다가와 어깨를 토닥인다.

"형님!"

이번에는 주약단에게 돌아서 안긴다.

두 여인의 흐느낌과 다독임을 바라보던 황보세가의 무사들이 함성을 질렀다.

"대모님 만세!"

"삼모님 만세!"

박수와 환호가 끊이지 않는다.

"숙부님!"

묵직한 음성이 좌중을 눌렀다.

황보곤의 고개가 돌아가더니 두 눈이 커졌다.

건장한 체구의 흑의청년이 다가온다. 왼쪽 옆구리에 찬 칼이 일반 칼보다 도신이 훨씬 넓다.

단섬도를 찼다.

단섬도는 특이한 칼이다. 일반 도보다 두 치 정도 길고 도신은 두 배는 넓다. 일단 도신이 넓으면 상처가 크기 때문에 상대에게는 위협적이 된다. 하나 단섬도가 지닌 최대 강점은 도기가 부채처럼 퍼지며 빠르게 휘젓는다는 것이다.

도신이 넓으면 느리다. 공기의 저항이 크기 때문이다. 그런데 빠르다는 것은 이미 병기의 형태에 따라 도법이 달라지는 경지를 초월했다는 반증.

“설마 네가 악이란 말이더냐?”

“그러하옵니다. 조카 황보악이 숙부님께 인사 올립니다.”

전장으로 떠날 때 코흘리개였던 황보악이 이제 서른에 이른 어엿한 청년이 되었다.

“이노옴!”

“숙부님!”

두 사람은 힘차게 끌어안았다.

움찔!

황보악을 끌어안은 황보곤의 등이 작은 경련을 일으켰다. 사람이 아니라 커다란 바위를 끌어안은 듯 숨이 막히고 가슴이 눌린다.

—이, 이건!

거목이 되어 있었다.

자신의 서른 살 때와 비교하면 하늘과 땅 차이다.

청출어람이라고 했지만 이건 숫제 비교가 되지 않는다. 타오르는 눈빛과 굳게 물린 입술, 입가에 물린 작은 여유.

황보곤의 시선이 부인 청초혜에게 향해졌다.

청초혜는 어느새 눈물을 닦고 단아한 얼굴로 돌아가 있었다.

자신에게도 아들이 하나 있다. 출전할 때 두 살이었으니 지금은 스물여덟이다.

"들어가세. 모두 본좌를 따르라."

황보황의 목소리가 허공을 울렸고, 정문 망루에 도열한 서른세 명의 황보세가 취악대가 가곡(家樂)을 힘차게 연주했다.

"핫핫핫!"

"호호호!"

황보세가는 기쁨의 잔치에 순식간에 빠져들었다.

한편 추작도는 제사당으로 들어섰다. 다른 사람들은 소속 부서로 돌아갔지만 추작도는 아니었다. 그는 발령을 받을 새도 없이 곧바로 전쟁터로 끌려 나갔기 때문이다. 전쟁터 소속은 있지만 황보세가 안에서의 소속은 없었다.

일 년 전 제사당과 일 년이 지난 지금의 제사당은 그대로이다. 하나 느낌이 다르고 감정이 다르고 모두가 달라 보이는 건 왜인가.

피식!

추작도는 웃었다.

이유를 알기 때문이었다. 그때는 만지기만 해도 부스러질 것처럼 허약했고 극도의 긴장으로 모든 것이 낯설었다. 숨도 제대로 쉬지 못했지만 이젠 생사의 지옥을 수차례 넘나든 경험 때문인지 자제를 해도 어쩔 수가 없는 여유가 나온다.

"응, 오래 기다렸지."

문이 열리며 한 사내가 들어섰다.

일 년 전 보았던 제사당주 운낭이었다. 그때는 빳빳한 석상이었는데, 추작도는 느긋하게 일어나 가볍게 포권했다.

"무슨 예의야. 앉아. 피곤할 텐데."

운낭이 어깨를 툭 치며 지나가 자신의 탁자에 앉는다.

"식사는 했나?"

"예."

"많이 먹지그래. 오늘 점심 좋던데."

"많이 먹었습니다."

"그래, 다 먹고 살자는 일인데 잘 먹어야 해."

운낭의 입에서 거리낌없이 흘러나오는 친근감 가득한 대화에 격세지감을 느낀다.

아마 전쟁터에서 자신이 어떤 신화를 쌓았는지를 이미 연락받았기 때문일 것이다.

팔랑!

한참 서책을 넘기더니 탁 덮는다.

"이리 좀 앉지."

한쪽 탁자로 권했다.

둘은 자리를 옮겨 원탁을 놓고 마주 앉았다.

"달라, 확실히 달라. 일 년 전만 해도 솜털이 보송보송했는데 완전히 살기로 똘똘 뭉쳤구먼. 하긴 무사라면 전쟁터에서 한바탕 굴러봐야 해."

추작도는 가볍게 목례로 대신했다.

그러나 속으로는 호통을 쳤다.

─버르장머리없는 놈!

한참을 칭찬을 늘어놓더니 정색했다.
칭찬에는 극철을 죽였다는 대목이 가장 많이 포함되어 있었
다.
"어떤가? 어디 부서에 근무하고 싶나? 상부로부터 자네가
원하고 싶은 곳으로 발령을 내주라는 명령이야."
화악!
추작도의 눈이 커졌다.
발령은 위에서부터 아래로 내려온다.
그런데 자신에게만큼은 아래에서 위로 올라가고 있었다. 자
신이 근무하고 싶다는 곳이면 무조건 허가하겠단다.
"어려워 말고 말해보게. 아 참, 그리고 한 가지 빠뜨렸군. 자
네, 급주였지?"
극철을 제거함으로써 급주로 한 단계 진급했다.
"조금 전 단주로 올랐네. 축하하네."
추작도의 눈이 커졌다.
급주는 일반 무사를 막 벗어난 가장 낮은 직위이다. 그러나
단주는 다르다. 단주에게는 두 명의 수하가 붙는다. 또한 녹봉
에서도 급주와는 큰 차이가 있었다. 급주의 녹봉이 한 달에 은
자 두 냥인데 단주는 다섯 냥이다. 그것 말고도 여러 가지에서

많은 대우가 따른다.

"말해봐. 자네의 뜻은 무조건 들어주라는 상부의 지시야. 자넨 이미 출세의 길로 접어들었어. 알아?"

타탁!

추작도의 어깨를 친다.

추작도는 그다지 실감이 나지 않는다는 표정이었다. 그러나 속으로는 무척 흥분하고 있었다. 아니, 아무도 없었다면 춤이라도 추었을 것이다.

단주!

그것은 높은 자리이자 꿈을 이루는 두 번째 단초였다.

첫 단초가 노독수를 만나 황보세가에 들어온 것이라면 두 번째 단초는 극철을 죽여 이렇게 단주로 승진한 것이다. 꿈이 더 한 발 코앞으로 다가온 것이다.

"가고 싶은 곳이 있긴 합니다만."

"말만 하라니까. 어디야?"

추작도는 잠시 숨을 가다듬었다.

이윽고 입술을 가볍게 깨물듯 하며 말했다.

"홍운(紅雲)입니다!"

"호, 홍운을?"

운낭이 소스라칠 듯 놀랐다.

믿어지지 않는다는 듯 한참 바라보더니 입을 열었다.

"자네 제정신인가. 편히 놀며 지낼 수 있는 곳 다 놔두고 하필 그 험한 홍운을 들어가겠다니, 뭔가 자네가 지금 착각을 하고 있는 게로군.”

“아닙니다. 전부터 홍운의 무사가 되고 싶었습니다.”

“이보게.”

“저의 뜻은 변치 않습니다.”

운낭의 눈이 가늘어졌다.

추작도의 얼굴에서 조금의 가식이나 억지를 찾아볼 수 없었다.

“진심인가? 정말로 홍운의 무사가 되고 싶은가?”

“예.”

추작도는 망설이지 않고 쐐기를 박듯 대답했다.

마지막으로 확인하듯 추작도를 바라보던 운낭이 고개를 끄덕였다.

“자네 뜻이 정히 그러하다면 하는 수 없지. 그러나 한 가지 사실은 알고 가게. 한번 들어가면 절대 마음대로 나올 수 없다는 것을 말일세.”

“압니다.”

자리에서 일어난 운낭이 밖으로 나갔다.

홀로 남은 추작도는 주먹을 쥐었다.

홍운(紅雲), 직해하면 붉은 구름이다.

황보세가의 최고들로 구성된 집단이다. 몇 명인지, 수뇌가 누군지 소속 무사들 말고는 아무도 모른다. 단지 한 명 한 명 모두가 단주 급들로 칼의 귀재들이었다.

그들의 임무는 잘 알려져 있지 않지만 한 가지는 모두가 인정한다. 황보황의 권위를 세우는 데 최고의 무사들이라는 것.

자신은 편해질 수 없었다.

아니, 편해져서는 안 된다. 남들보다 한발 더 뛰어도 쉰하나라는 나이는 엄청난 장애이다. 평범하고 편한 곳을 원했다면 애초부터 황보세가에는 들어오지도 않았다.

전쟁터에서도 편한 곳, 안전한 것만 골라 움직였을 것이다. 목숨을 학대한다고 할 만큼 부리지 않으면 능력은 쌓이지 않는다. 그러기 위해서는 홍운이야말로 자신의 목표를 얻는 데 아주 좋은 디딤돌이자 안성맞춤이었다.

잠입, 암살, 파괴, 납치만을 전문적으로 하는 홍운.

벌컹!

잠시 후 나갔던 운낭이 들어왔다.

그의 손에는 작은 봉서 하나가 쥐어져 있다.

툭!

탁자 위로 던지듯 놓았다.

맞은편에 앉더니 정색하여 묻는다.

"진짜 마지막으로 묻겠네. 아직도 홍운으로 가겠다는 마음에는 변함이 없나?"

추작도는 곧바로 고개를 끄덕였다.

"예."

"좋네. 그걸 가지고 가게. 거기에 자네에 대한 정보, 그중 이번 전쟁에서 활약한 내용이 들어 있으니 가져다주면 될 걸세."

"감사합니다."

봉서를 받아 품에 갈무리한 추작도는 깊숙한 포권으로 고마움을 표했다.

탁!

웬일로 운낭은 악수까지 청했다.

척!

악수를 한 추작도는 실내를 빠져나갔다.

"노 단주."

운낭이 부른다.

추작도는 돌아섰다.

운낭이 자신을 빤히 바라보며 말했다.

"행운을 비네. 어쩌면 홍운은 전쟁터보다 더 위험한 곳일지도 모르네."

"감사합니다."

추작도는 다시 포권을 취하고 문을 나섰다.

'고맙다고.'

진심으로 우러나와 한 말이다. 그만큼 위험하니 지금이라도 포기하라는 의미였다. 그런데 고맙다니.

제사당 밖으로 나온 추작도는 잠시 걸음을 멈추었다. 자신이 조금 전 걸어나왔던 굳게 닫힌 제사당의 문을 바라보았다. 운낭의 말이 귀에 살아 꿈틀거렸다.

“어쩌면 홍운은 전쟁터보다 더 위험한 곳일지도 모르네.”

자신도 이미 홍운에 대해서는 철저한 조사를 이루었다. 홍운의 규모는 대략 일백 인이었다. 그들은 항시 일곱을 기본으로 움직이며 수뇌를 조장이라 부른다.

그들은 황보세가인만큼 도법에만 뛰어난 것이 아니었다. 한마디로 만능이었다. 독술, 의술, 색술, 미혼술을 비롯한 좌도방문의 기예에도 능숙했다. 그들이 좌도방문의 다양한 기예까지 두루 섭렵했다는 것은 부여되는 임무가 정해져 있지 않다는 의미이기도 했다. 즉, 사악한 임무도 때로는 부여된다는 것.

흔히 정과 협은 하나로 해석한다.

드러난 밝고 곧은 길.

하지만 황보세가의 정예 홍운은 밝고 곧은 길 정(正)과 협(俠)과는 거리가 있었다. 그렇지 않다면 그런 임무까지 익히도록 할 이유가 없었다.

추작도는 천천히 몸을 돌렸다.

황보세가는 워낙 넓고 복잡하다. 그래서 가내에서만 운행되는 마차가 있었다.

때마침 빈 마차 한 대가 다가왔으므로 손을 들어 세웠다.

“홍운까지 갑시다!”

흘긋!

홍운이라는 말에 늙은 마부가 한 번 더 본다.

마차는 장거리를 달리는 여객 마차와 달리 작고 단출했다.

마부가 채찍을 휘두르기 시작했다.

쫙!

살점이 떨어져 나가는 듯한 채찍에 말이 땅을 박찼다.

두두두!

마차는 좁은 도로인데도 무척 빨리 달렸다.

앞이 툭 트였기 때문에 추작도는 말했다.

"너무 빠르지 않소. 그러다 사람이라도 치면 어쩌시려고."

포도라고는 하지만 좁다.

맞은편에서 누구라도 나타나면 꼼짝없이 치고 말 것이다.

"마차에 치고 뒈질 인간이면 황보세가의 무사가 아니지요."

눈을 크게 떴다.

그러다 이내 추작도는 웃음을 짓고 말았다.

틀린 말은 아니었다. 달리는 마차 하나 피하지 못하여 어찌 황보세가의 무사라고 할 수 있겠는가.

쉭, 쉭!

그런데 바로 그때였다. 갑자기 옷자락 펄럭이는 소리가 들리더니 두 명이 앞을 가로막았다.

느닷없는 사람 출현에 말이 기겁하며 앞발을 쳐들고 비명에 가까운 울음을 터뜨렸다.

히히힝!

말은 거의 수직이 되다시피 한 상태로 섰고, 그러다 보니 마차 또한 수직이 되었다. 그러나 마차 안의 추작도는 마차에 붙은 듯 그대로 앉아 있었고, 덜컹 하는 소리와 함께 마차는 다시 평행을 유지했다.

"왜 마차를 막는 게요?"

노인이 버럭 소릴 질렀다. 사실 노인이 아니었다면 마차는 뒤집혔다. 추작도는 아주 짧은 순간이었지만 능숙하게 고삐를 당겨 일어서는 말을 진정시키고 자신의 몸을 오른쪽 끝으로 이동시켜 기울어지려는 마차를 짓누르는 마부의 행동을 보았다.

말은 너무 놀라면 앞다리를 들어 올리거나 아니면 뒤로 벌렁 나자빠지는 수가 있는데 지금이 그러했다. 노인이 고삐를 밑으로 채며 당겨서 일어서려는 말을 제지했고, 자리를 이동하여 말로 인해 오른쪽이 들린 마차가 내려앉았다.

"놀라게 해서 미안하외다. 우린 마차에 탄 인물에게 용건이 있소이다."

스물 중반 가까이 되어 보이는 두 명의 흑의청년.

한 명은 마른 편이고 다른 한쪽은 목살이 돼지처럼 붙었다.

'엇!'

마차의 열린 문틈으로 두 사내를 발견한 추작도의 눈이 기광을 발했다.

두 사내는 낯이 익었다. 일 년 전 황보세가에 들어왔다가 무공 한 수 배워보지도 못한 채 전쟁터로 떠났던 날 삼등으로 수료를 한 양귀웅이었다.

또 한 명의 사내는, 그러니까 돼지처럼 목살이 많이 붙은 인물은 당시 동료들 사이에 뺀질이로 소문난 표사충.

동료들 말에 의하면 두 사람의 본가는 내로라할 만하다고 했다. 양귀웅의 본가는 지금은 쇠락했으나 한때 조씨창문(趙氏槍門)과 더불어 쌍벽을 이뤘던 양씨창문(槍家梁氏)의 후예이다.

표사충은 대대로 황실에 들어가는 황소만을 잡아 바쳤던 황도문중(皇屠門中) 표씨가(表氏家).

모든 짐승이 그러하지만 황소의 맛은 잡는 도부의 도끼질이 절반을 좌우한다는 게 정설.

단 한 방에, 그리고 소가 숨을 들이쉬었을 때 목숨을 끊느냐, 내쉬었을 때 끊느냐, 그것도 아니면 숨을 어느 정도 내뱉었을 때 죽이느냐, 마셨을 때이냐에 따라 맛은 백팔십도 달라진다.

오죽 뛰어났으면 천한 도부인데도 종구품이라는 벼슬까지 하사받았겠는가. 가문 대대로 도끼를 휘두른 탓에 표사충의 칼은 찍어 누르듯 힘이 있었다.

마부가 고개를 돌려 열린 문을 통해 바라보았다.

어떻게 할까를 묻는 것이다.

추작도는 마부에게 홍운까지 가서 지불해야 할 은자 세 닢을 건네주고 내렸다.

돌아가라는 뜻.

마부는 다소 미안하고도 염려스러운 표정을 지으며 말을 되돌려 갔다.

추작도는 두 사람을 보았다. 안면도 없는 이들이 왜 자신을 가로막고 나섰는가.

"소생에게 볼일이 있다고 했소이까?"

추작도는 점잖게 물었다.

양귀웅이 곧바로 말했다.

"훗훗! 그렇소이다, 노독수 단주."

추작도는 눈살을 찌푸렸다.

그러더니 잠시 후 가벼운 미소를 지었다. 두 사람의 방문 목적을 대략 짐작한 것이다. 겉으로는 깍듯한 존대이지만 지독한 비아냥거림이 들어 있었다.

"흐흐흐! 과연 추운도수 대선배의 제자답소이다. 전쟁터에서 큰 공을 세우셨다고 들었소이다."

추작도는 거듭 웃었다.

조금 전의 웃음과 차이라면 좀 더 짙어졌다는 것이다.

"극철까지 죽였다고 들었소이다."

여전히 웃기만 했다.

"한 가치 청이 있소."

본론을 꺼낸다.

짐작은 하고 있었지만 직접 듣고 싶어 추작도는 망설이지 않고 물었다.

"말하시오."

"도전을 청해도 되겠소이까?"

명성을 얻는 방법은 아주 간단하다. 자신보다 강자를 이기면 된다. 물론 방법의 정당성도 중요하지만 어쨌든 이긴 자에게 우호적인 것이 강호의 인심.

이들은 가문의 비호 아래 전쟁에 출전하지 않았다.

전쟁에 출전하지 않은 관계로 목숨은 안전해졌지만 다른 동기들에 비해 명성을 얻지 못하고 있었다. 한마디로 황보세가에서 지명도가 현저히 떨어지고 있었다.

일거에 지명도를 끌어올리는 방법은 강자, 그중 전쟁에서 가장 큰 공을 세워 일약 단주로 뛰어오른 추작도를 꺾는 일이다. 추작도를 꺾기만 하면 동기 중 단연 제일이었다.

전쟁터는 가문의 후광으로 빠지고 악착같이 살아 돌아온 자에게 영광까지 빼앗아보겠다는 생각.

날로 안전하게 명예를 먹어보겠다는 구질구질한 심보.

더구나 동기이지만 추작도는 단주이므로 패해도 손해 볼 것은 없었다.

이기면 예술인 거고.

―어린놈들이!

확실히 요즘은 자기 때와는 다르다.

요즘 아이들은 영악하다. 아니, 교활하다.

"흐흐흐! 자, 그럼 순서를 정하자고. 한 사람을 상대로 둘이 공격할 수는 없지 않는가?"

그러면서 추작도를 흘긋 바라본다. 표정에는 전혀 순서를 정할 마음이 없어 보인다. 단주쯤 되면 자신들 같은 말단 정도면 합격을 해도 문제없지 않느냐는 뻔뻔함.

즉, 단주라면 합격 정도는 받아주어도 되지 않느냐는 얘기다.

추작도는 가볍게 고개를 끄덕였다.

"좋소, 그렇게 하시오."

"고맙소."

"역시!"

둘은 포권의 예를 취했다.

추작도는 길게 숨을 들이쉬었다. 이제는 알려져야 할 때이다. 극철을 죽여 알려졌지만 운이 크게 좌우했다는 것이 대다수 사람들의 시선.

더구나 앞으로 활동하게 될 홍운에서의 위치와 존재감을 과시하기 위해서는 은인자중은 결코 좋은 방법이 아니었다. 강할 때는 강하게, 죽일 때는 인정사정없이, 승패에서는 과감함이 필요할 때이다.

더구나 황보세가는 문(門)이 아니다.

문(門)과 방(幫)은 다르다.

문은 학문과 예법을 중시하며, 특히 철저한 상명하복의 관계로 핏줄과 같은 질기고도 깊으며 뜨거운 체계를 지닌다. 대표적인 곳이 소림을 비롯한 구파일방이다.

그러나 방은 문과 조금의 차이가 있었다.

방은 같은 목적을 지녔거나 동지적 집단의 성향이 크다. 서로의 이익을 위해 뭉친 집단이기도 하기 때문에 본인의 의사에 따라 언제든지 깨지고 파열될 수도 있었다. 하나 문과의 더욱 큰 차이는 살인도 가능하다는 것이었다.

문에서는 사형제(師兄弟)를 죽이는 것은 어떤 이유로도 용서되지 않는 것이 특징 중 하나이다.

그렇다고 방이라고 하여 살인이 무조건 용인되는 건 아니다. 어느 한쪽의 실수가 드러나도 일방적인 잘못은 존재하지 않는다는 식으로 결론을 내려 가해자에게도 처벌을 내린다. 더구나 두 사람의 본가는 출전에서 빠질 만큼 힘을 갖고 있다.

추작도의 눈빛은 가라앉아 있었다. 언뜻 물먹은 솜처럼 무겁기도 하고 빛깔이 없기도 했다.

눅눅한 눈빛.

죽은 자의 눈이라고 하여 하나같이 재수없다고 외면하는 눈.

두 사람의 안색이 가볍게 변한다.

무정(無情).

세상에서 가장 잔인한 눈.

아무런 감정, 희노애락(喜怒哀樂)이라고는 눈을 씻고 찾아봐도 없는 동공.

흔히 암살자의 눈이라고도 한다.

움찔!

부르르!

순간적으로 도전을 포기하고 돌아설까 했지만 이미 밥상은 차려져 있었다. 먹기만 하면 되는, 승부가 뻔한 도전이었다.

더구나 아무리 배후에 추운도수가 있다고 해도 자신들 가문을 생각하면 절대 해치지 못할 것이다.

쏵!

촤앙!

둘의 칼이 달려왔다. 가문의 특징을 잘 보여주기라도 하듯 양귀웅은 창처럼 찔러 들어왔고 표사충은 도끼 휘두르듯 내려 쳤다. 황보세가의 칼을 배우기 위해 들어왔다고 해도 어려서 부터 기본적인 훈련은 피할 수 없었다.

양귀웅의 칼은 하체를 찔러왔으며 표사충은 머리를 찍는다.

채챙!

추작도의 칼이 위아래로 빠르게 움직였다.

카캉!

불꽃이 생기며 추작도는 입 밖으로 튀어나오려는 신음을 가 까스로 참았다.

강력한 힘이 도신을 통해 들어왔다.

—둘 모두 내 아래가 아니다!

자신의 내공은 칠십 년.

일 년 동안 쉬지 않는 훈련과 심법 운용으로 십 년 가까이 늘어났다고 볼 때 둘 또한 칠십 년이면 합이 백사십 년.

하지만 그것은 단순 수치일 뿐이다.

합격(合擊)에서의 힘은 단순 더하기에 한 단계 더 높아진다 고 봐야 한다. 어디 그뿐인가. 합격은 힘뿐만 아니라 외형적인 싸움에서도 월등한 유리함을 안겨준다.

그래서 정당하지 못한 합격을 사마외도의 치졸한 수법으로 격하시키는 것이 정파의 시선이었다.

둘 또한 도신을 통해 전달되어 온 추작도의 힘이 자신들 아래가 아니라는 것에 처음에는 놀랐지만 이내 수적 우세라는 자신감에 고무되어 본격적인 공격을 퍼붓기 시작했다.

꽝!

퍼퍼퍽!

예상대로 시간이 흐를수록 추작도의 이마에 땀이 맺히고 점점 뒤로 밀렸다.

ㅡ젠장!

싸움이 위기로 빠져들면 흔히 분노가 일어난다.

그런데 느닷없이 가슴이 아파온 것은 무슨 괴변인가. 아랫배가 아파오더니 가슴을 점령하고 목까지 뻑뻑해졌다.

곰곰이 생각해 보니 질투였다.

좋은 환경에서 태어나 잘 먹고 잘살았으니 힘이 좋을 수밖에 없을 것이라는 시샘이 가슴을 아프게 만들었다.

이들과 아들 추산을 비교하자 심사가 뒤틀린 것이다.

추산은 뛰어난 아이다. 강호에는 상대의 뛰어남을 인증하는 많은 신체들이 존재한다.

태양지체(太陽之體)와 옥령지체(玉靈之體)로 대변되는 양의

지체가 있는 반면, 현음지맥과 오음절맥 등으로 불리는 음의 신체가 있었다. 이런 체질들은 선천적이기 때문에 무예에 뛰어난 발전과 능력을 보인다.

그렇다고 추산이 이런 체질이냐 하면 절대 아니었다. 그러나 추산의 능력은 자식이지만 어디에 내놓아도 부족하지 않을 만큼 뛰어났다. 부모를 잘 만났다면, 흔히들 말하는 명문에서 태어났다면 지금쯤 천하를 휘젓고 있을 그릇이었다.

추산보다 훨씬 못난 양귀웅과 표사충이 자신을 압박하고 어린 나이에 강한 내공으로 몰아치자 밀리는 것에 대한 위기의식보다는 추산에 대한 미안함이 화로 일어난 것이었다.

어쨌든 상대가 밀리면 이쪽은 더욱 힘이 나는 법.

"흐흐흐!"

씨익!

확실한 여유이다.

쾅!

뻐억!

더욱 힘찬 두 사람의 공세에 추작도의 얼굴이 서서히 우그러졌다.

스륵!

좀체 만회하기 어렵다.

빙글!

손잡이까지 움직인다.

칼의 손잡이가 움직인다는 것은 상대의 힘에 추작도의 칼이

제대로 버티지 못하고 있음을 뜻한다.

"극철을 죽였다던데?"

"설마 우릴 봐주시는 겁니까? 그러지 말고 한 수 지도 바라옵니다, 단주님!"

입으로는 조롱이 나오고 칼은 자유자재다.

어느덧 싸움은 사십여 초를 넘어서고 있었다.

각 문파마다 승패를 결정짓는 시간은 다르다. 구파일방을 비롯한 정파는 대개가 백 초를 전후로 승패를 결정짓고, 흑도는 이백 초를 기준으로 승자와 패자를 나눈다. 그때까지 누군가 죽거나 크게 다치지 않아도 싸움의 양상에 따라 판정을 하는 것이다. 판정관이 없다면 본인들 스스로 그런 규정에 승과 패를 짐작하고 맞춘다.

찌익!

싹!

오십 초가 지나자 마침내 옷자락이 찢어졌고, 추작도의 왼쪽 어깨에 피가 흘렀다.

몸에 상처가 나기 시작했다.

파앗!

오십칠 초가 지났을 때 물먹은 솜처럼 푹 잠겨 있던 추작도의 눈에서 광망이 폭사되었다.

그것은 잠을 자고 있던 사람이 눈을 뜬 것과 비슷했고, 쓰러진 사람이 벌떡 일어나는 것과 같았다. 하지만 두 사람은 승리는 따놓은 당상이라는 자만에 빠져 전혀 발견하지 못했다.

휘유우!

바람이 잘리는 소리가 들렸다.

두 사람은 한 번도 들어보지 못했지만 아마 이것이 바람 잘리는 소리가 아닐까 생각했다. 칼이 바람을 자른다는 건 이미 얘길 통해 자세히 들었다.

보통 빨라서는 바람을 자르지 못할 뿐 아니라 소리는 더욱 나지 않는다. 바람을 벤다고 해서 빠른 것이 아니라 소리가 나야 빠르며 더 빠르면 소리도 나지 않는다고 했다.

칼!

추작도의 의지가 잔뜩 묻어 있고, 그의 마음이 실린 칼 일선류가 피의 빛을 가득 머금고 공간과 공간을 순식간에 뚫어버리며 파고들었다.

—빌어먹을 몸!

왜, 어떻게 된 몸이 피를 보고 상처를 입고 고통을 느껴야 흥분하는가.

"흐헙!"

양귀웅은 헛바람을 삼키며 물러나려 했지만 마음뿐이었다.

푸욱!

하복부가 못 같은 것에 뚫린 듯 따끔했다.

양귀웅은 고개를 숙였다.

콸콸콸!

하복부에서 가느다란 핏물이 흘러내리고 있었다. 하복부는 하체와 상체를 잇는 신체의 연결 부위.

타타탁!

잽싸게 주위 혈도를 눌러 지혈을 했지만 더 이상 싸우기는 틀렸다. 함부로 움직였다가는 지혈된 혈도가 터지고, 그렇게 되면 피가 멈추지 않는다.

피가 멈추지 않으면 한 길뿐이다.

죽음.

부르르!

추작도 칼끝에 묻은 자신의 피.

처음 보는 것도 아닌데 왜 갑자기 온몸이 떨릴까. 상당히 두렵고 떨린다.

"졌소!"

혹시라도 어떤 응징을 가할까 봐 큰 소리로 말했다.

이쪽에서 패배를 시인하면 절대 공격을 해서는 안 된다는 강호의 법을 최대한 이용한 것이었다.

쉭!

예상대로 추작도의 칼은 양귀웅을 용납하지 않을 기세였다. 하나 졌다는 말이 들려왔으므로 방향을 급선회했다.

핏!

—우아아!

표사충은 신음을 터뜨렸다.

단언컨대 이렇게 빠른 칼, 이런 자도는 처음이다.

번쩍하는가 싶었는데 어느새 면전이다. 그것도 최초의 자신의 방향이 아니었다. 양귀웅을 향했다가 온 것이기 때문에 먼 거리를 돌아왔는데 너무 빠르다.

카캉!

본능적으로 쳐냈다.

이젠 혼자였다. 조금 전만 같았어도 자신이 쳐내어 추작도가 흔들리면 그 순간을 놓치지 않고 양귀웅이 공격을 하여 흔들리게 만들어놓는다. 이후 다시 자신이 공격을 하는, 주거니 받거니 하는 아주 쉽고 즐거운 공격을 했지만 이젠 일대일.

슈슈슉!

추작도의 칼은 연달아 찔러 들어왔다.

다행이라면 찌르기 하나뿐이어서 대처하기가 조금 수월하다는 것이었는데 웬걸.

第八章
끝없는 인생(人生)

검명도살

칼은 갈수록 빨라졌다. 막는 것도 한계가 있었다. 단순한 찌르기라는 것을 알고 있었는데 그게 아니었다. 점차 빨라짐에 따라 자신의 방어 동작도 빨라졌다. 그러나 어느 순간에 이르자 찌르는 것을 따라갈 수 없을 만큼 추작도의 일류선은 쾌도(快刀)로 돌변했다.

"컥!"

급기야 표사충의 입에서 비명이 터져 나왔다.

어깨가 벌레에 물린 것 같았다.

"위력이 강한 도끼일수록 황소는 고통을 모른다. 짧고 빠르게 박아 넣기 때문이니라. 그러나 도끼질이 서투른 도부는 각이 크고 거칠어 황소를 고통에 빠뜨리느니라."

　도부 사상 최초로 종구품에 오른 부친의 말이었다.
　'서, 설마……!'
　어깨에 맞았는데 그다지 아프거나 피가 많이 흘러나오지는 않았다.
　푸푹!
　그사이 두 군데를 더 찔렸다.
　여전히 벌레에 물린 듯했다.
　'지, 진짜로!'
　표사충은 눈을 크게 떴다.
　추작도의 칼이 예상보다 아주 먼 곳에 있다는 순간적인 공포가 밀려왔다.
　한편 추작도의 칼은 우세에도 불구하고 난잡하거나 흩어지지 않았다. 대부분 우세를 점하면 여유를 부린다거나 조금은 기세를 의도적으로 풍기거나 한다.
　한데 오히려 더욱 단정하고 깔끔하며 절제되어 있었다.

　"진정한 도객(刀客)은 적이 저항을 상실해도 자신의 기세를 버리거나 부풀리지 않는다."

　전쟁터에서 경험 많은 황보세가의 고수들이 귀가 아프도록 들려줬던 말들이다.

온몸은 어느새 벌집이 되었다.

수많은 실낱같은 가느다란 피가 흘러내렸다.

그런데 묘한 것은 몸이 무거워지면서 굳어진다는 것이었다.

푸우욱!

정확히 열일곱 번째 칼이 왼손 팔꿈치를 뚫어버렸다.

왼손.

표사충은 자타가 공인하는 오른손잡이였다. 언뜻 생각하기에 대단한 상처나 피해는 아니라고 여길 법도 했다. 하나 표사충의 얼굴은 다른 어느 부위의 부상을 입을 때보다 표정이 우그러졌다.

칼은 오른손으로 휘두른다. 그러나 왼손은 칼에 힘을 실어주기도 하고 몸의 중심을 잡아주기도 하며 상대의 허점을 유도하기도 하는 온갖 역할을 한다.

고수일수록 병기를 쥐지 않은 손의 움직임이 좋다.

"져, 졌소이다. 단주님 상대가 아니오!"

표사충이 악을 쓰며 말했다.

더 버텼다가 무슨 일을 당할지 알 수 없었다. 혹시나 하고 버텼지만 기적은 일어나지 않았다.

뚝뚝!

추작도의 칼끝을 타고 떨어지는 핏방울.

무거운 침묵이 잠시 흘렀다.

꿀꺽!

표사충은 침을 삼켰다.

"후, 훌륭한 지도에 감사드립니다."

혹시라도 홧김에 다시 칼을 휘둘러 버릴지도 몰라 마음에도 없는 말을 뱉었다.

둘의 표정은 납덩이고 눈빛은 이글거린다. 그것은 진정성이 결여된 패배 선언, 즉 가슴속으로는 두고 보자라는 원한이 차 있다는 뜻이다.

콰악!

그걸 모를 리 없는 추작도의 손에 조금씩 힘이 들어간다.

늘어뜨려진 칼끝이 뱀 대가리처럼 꿈틀거린다. 금방이라도 허공을 관통할 것 같은 도기.

살려두면 크게 해가 될 아이들이다. 죽이지는 않아도 두 번 다시 칼을 잡지 못하도록 만들어 버릴 수도 있었다. 그러나 이내 추작도는 손에 들어간 힘을 풀었다.

찰칵!

추작도의 칼이 어느새 집에 틀어박혔다.

그제야 두 사람은 안심했다. 더 이상 자신들을 공격하지 않는다는 의지였기 때문이다.

두 사람을 다시 한 번 바라보던 추작도가 천천히 걸어간다.

두 사람은 한동안 꼼짝도 하지 못했다.

추작도는 떠나갔지만 조금 전 상황이 눈앞에 생생하게 어른거렸다.

부들부들!

떠올리기만 했는데 또다시 떨려오는 온몸이었다.

"봤어?"

고작 할 말이라고는 그것뿐이었다. 너무 상상을 초월한 솜씨였기 때문에 그냥 그런 말이 나왔다.

"일류선이었어!"

자신들도 알고 있는 칼이었다. 그러나 배우지 않았다. 물론 너무 하찮고 그까짓 찌르기가 뭘 얼마나 강호를 행도하는 데 도움이 될까 하는 이유 때문이었다. 강호에서 찌르기로 소문 난 고수는 없었다. 물론 역사 속에는 존재하지만 실존 도객 중 대부분은 삼종지도의 하나일 뿐 찌르기 하나만을 뚝 떼어 추작도처럼 펼친 이는 없었다.

"아으악!"

양귀웅은 분에 못 이겨 버럭 소릴 질렀다.

자신보다 높은 상관에게 패했다는 생각보다는 동기, 그것도 제대로 도법 일 초도 배우지 못하고 전쟁터로 끌려 나갔다 돌아온 이에게 졌다는 것이 미치도록 화난다.

두 사람은 오늘 패배를 기어이 앙갚음하겠다고 몇 번을 맹세하며 돌아섰다.

한편 추작도는 터져 나오는 신음을 지그시 눌렀다.

외상은 견딜 수 있는데 내상이 예상보다 깊었다. 강한 힘과 번갈아가며 수십 차례 부딪치다 보니 손해를 입은 것이었다. 비슷한 내공, 둘은 번갈아가며 쳤고 자신은 쉴 사이 없이 치다 보니 생기는 어쩔 수 없는 부상이었다.

그래도 이겼으니 천만다행이다.

싸움에는 크게 두 가지 방법이 있다.

속전속결(速戰速決)과 완전완결(緩戰完決).

속전속결은 주로 약한 쪽에서 시도한다. 시간이 갈수록 손해이기 때문에 무리수를 두어서라도 승부를 결하려고 하는 것이다. 반면 완전완결은 조금은 복잡한 전술이었다. 시간을 끌어 상대로 하여금 방심을 유도하려는 목적과 싸움을 질질 끌면서 아군이 도착하거나 또는 도움의 손길을 기대한다.

조금 전 추작도가 시도한 것은 완전완결이었다.

시간을 끌고 힘에 부친 듯 밀리자 양귀웅과 표사충은 거의 마음을 놓았다. 바로 그런 허점을 이용하여 단판에 승부를 자기 쪽으로 끌어온 것이다. 둘 중 하나, 물론 양귀웅을 선택했지만 어느 한곳만 무너뜨리면 나머지는 충분히 요리할 자신이 있었다.

강하다는 건 일단 이기는 것이어야 한다. 물론 파천의 인물들에게는 실력 이외에는 어떤 작전도 먹히지 않지만 자신과 비슷한, 최소한 한 단계 위의 고수를 만나서도 살아남았고, 이렇게 두 다리로 걸어다닐 수 있었던 것은 그러한 경험과 노력 덕분이었다. 앞으로도 끝없는 자기 전술을 개발하여 부족한 무공을 채울 것이다.

여섯 명의 사내가 짐을 싸고 있었다. 그들이 싸고 있는 짐은 일 척 반이 조금 되지 않는 중도(中刀)에서부터 손가락 굵기의 길이의 비도, 붉은 가루가 든 약병, 늙은 노인, 젊은 여자, 그리고 십대 소년의 얼굴을 한 인피면구 말고도 십여 가지의 물건이 더 있었다.

절간을 떠나 수행에 나서는 승려처럼 앞에 놓인 짐을 정성스럽게 보자기에 넣고 챙긴다.

크기도 적당하여 완전한 승려의 바랑이다.

딸칵!

한참 짐을 싸고 있을 때 문이 열린다.

모두가 고개를 돌렸다.

일제히 허리를 세운다. 아무나 들어오는 곳이 아니었기에 일거에 낯선 이의 출현에 기세를 뿜었다.

"넌 뭐냐?"

우두머리로 보이는 검은 피부의 사내가 날카롭게 물었다.

삼십 중반쯤 되어 보인다. 작달막한 체격에 어깨가 떡 벌어졌는데 두 눈이 번들거린다.

살인에 익숙한 자의 눈이었다.

생명의 숭고함이란 일체 인정하지 않고 받아들이지 않는 자들의 눈빛.

추작도는 말없이 품에서 봉서를 꺼내 사내에게 내밀었다.

사내는 대뜸 서찰을 받지 않고 추작도의 얼굴만 뚫어져라 쳐다본다. 사내가 받지 않으므로 추작도는 서찰을 내밀고 서 있어야 했다. 문득 사내의 눈이 침상을 향했다. 자신의 보따리에 쌌던 짐에서 검은색 장갑(掌匣)을 꺼내 들었다.

스윽!

장갑을 꺼낸 사내가 서찰을 받았다.

한데 바로 그 순간이었다.

치치칙!

갑자기 장갑에서 연기가 피어나며 불꽃이 일어났다.

"이런 개자식!"

슈악!

사내는 장갑 낀 손을 그대로 뻗어 가슴을 쳤다.

펑!

그러나 어느새 추작도는 옆으로 피했고, 장력은 추작도가 들어섰던 문을 박살 내고 말았다.

사내의 눈이 커졌다. 불과 일 장도 안 되는 거리에서 날린 장력을 피해 버린 것이다.

생사보(生死步)였다.

추작도에게는 한 가지 도법이 있었다.

생사결.

누가 들으면 기겁할 만큼 가공한 이름을 지닌 도법이라고 생각하기에 부족하지 않는 이름.

하나 생사결이란 이름에는 위력 대신 한 가지 의미가 들어 있었다. 죽기 아니면 살기로 칼을 휘두르며 살아온 자신의 인생이 농축되어 있는 의미로 지었을 뿐이다.

위력과는 아무런 연관이 없었다.

굳이 위력을 뽑는다면 보법이었다.

정확히 칠 년 전 천지망투(天地望偸)라는 노인을 만났다. 하늘과 땅 모든 것을 훔치고 싶어 스스로 그렇게 별호를 지어 붙였다는 노인.

천지망투는 이름이 없었다. 태어나 버려졌고 이름 모를 승려에게 거두어졌는데 문제는 자신을 데려다 키운 승려가 도둑놈이라는 것이다. 아무튼 부모에 대한 한과 분노를 달래기 위해 남의 주머니를 제 것인 양 뒤지며 천하를 질타했다.

하지만 혈소림이라는 무시무시한 비밀 조직에 쫓겨 생을 마감하면서 추작도를 만났다.

죽음 직전 천지망투는 자기 사부로부터 배웠다는 한 가지 걸음을 추작도에게 가르쳐 주었다. 죽음 직전에 배웠기 때문에 확실하게 얻지는 못했지만 필요할 때 요긴하게 쓰였으며, 지금 또 생사보가 살린 것이다.

"감히 추화산으로 날 노리다니."

사내는 분노한 듯 침상 끝에 세워둔 칼을 거머쥐었다.

"단주님, 잠깐!"

한 사내가 빠르게 나타나 둘 사이를 가로막았다.

사십 초반으로 보이는 호리호리한 사내.

비쩍 말라 바람이 불면 흔들릴 것 같았다. 하지만 키 작은 사내보다는 계급이 낮은 듯 존대를 썼다.

"비켜?"

"진정하시고, 잠시만!"

호리호리한 사내가 돌아섰다.

추작도를 향해 묻는다.

"어디서 왔소이까?"

추작도는 자초지종을 말했다.

순간 듣고 있던 사내들 얼굴이 일제히 풀렸다. 칼을 쥔 우두머리 또한 뭔가 짐작된다는 듯 손에 힘을 풀었다.

"틀림없습니다. 운 당주가 또 장난을 친 것입니다."

"이런 쳐 죽일 인간을."

푹!

칼을 침상에 박았다.

손잡이까지 박히는 칼에 추작도의 눈이 커졌다.

침상은 나무다. 그러나 그 아래는 화강암의 바위다. 그런데 두 자 가까운 깊이로 박아버린다는 것은 엄청난 신위였다.

제사당주 운낭.

황보세가의 모든 무사들을 각 조직으로 보내고 이동시키는 전출(轉出) 담당자.

그에게는 한 가지 습관이 있었다. 아니, 엄밀히 말하면 특정 기관으로 신입을 보낼 때 암습을 가한다. 물론 그 기관의 수장이 제대로 능력을 갖춘 채 임무 수행에 큰 문제는 없을지 측정하는 것이었다. 본인 입으로는 심심풀이, 또는 정신 바짝 차리라는, 경각심을 키우기 위해 취하는 장난이라고 하지만 적지 않은 숫자가 그가 안배한 암습에 목숨을 잃었다. 이쯤 되면 그가 장난으로 하는 것이 아니었다. 긴장을 풀면 누구든 죽을 수 있다는, 즉 긴장을 풀지 말라는 경고인 셈이자 자기 수련을 게

을리해서는 안 된다는 황보세가의 가주 황보황의 명령을 대신
전달하는 것이었다.

"그 개자식을."

털썩 주저앉으며 수뇌가 이를 갈았다.

만약 장갑을 끼지 않고 봉서를 받았다면 자신의 오른손은
불에 타버렸다. 우수(右手) 도객에게 오른손 부상이라는 것은
무공 폐지나 다름없었다.

그렇다면 왜 추작도는 아무렇지도 않았을까. 그건 간단했
다. 이미 추작도 자신도 모르게 운낭은 봉서를 주기 전 악수를
하면서 해약을 손에 발라준 것이다.

전도(電刀) 단우태(段宇太).

홍운의 무사들은 여러 짐승을 문장으로 사용한다. 그중 전도
단우태가 맡고 있는 조직은 싸움닭 중 가장 강하다는 광약(狂
鶴)을 문장으로 사용한다. 홍분하면 주인에게까지도 달려든다
는 미치광이 닭 광약이 사내들 소맷자락 끝에 감추듯 새겨져
있었다.

슬금슬금 사내들이 서찰을 읽고 있는 단우태 옆으로 몰려든
다. 서찰에는 추작도의 신상이 기록되어 있는데 궁금한 모양
이었다.

흠칫!

획!

어느 한순간 사내들이 일제히 놀라며 돌아보았다.

"그, 극철을 죽였어?"

“너야?”

사내들은 얼굴에 믿어지지 않는다는 표정을 지었다.

이미 극철은 황보세가에서 최정예인 홍운무사들에게도 막강한 적이다. 전쟁 중 극철을 사로잡기 위해 두 개 조가 투입되었지만 잡는 데 실패했을 뿐 아니라 세 명이 목숨까지 잃었다.

와지직!

문을 밟는 소리가 들리더니 놀라는 소리가 들려왔다.

“허어!”

“일동 차렷! 추웅!”

단우태가 큰 소리로 외침을 터뜨리며 포권을 취하자 나머지가 일제히 따른다.

입구에 서 있는 중년인.

낡은 흑의를 걸쳤고 왜소한 체구, 오십쯤으로 보이는데 오른쪽 눈이 없었다.

비록 눈은 하나뿐이지만 무척 포근해 보이는 인상.

“아직도 출발하지 않았나? 이 문 왜 이래, 또? 누가 저번처럼 술 마시고 지랄한 거야?”

중년인은 박살 난 문을 보며 이마를 찡그렸다.

염면신도(焰緬神刀) 전호(全虎).

단우태가 쓴웃음을 짓더니 자초지종을 설명했다.

빙긋!

전호 또한 고개를 끄덕이며 웃는다.

“암튼 그 친구.”

운낭을 떠올리는 듯했다.

“주군께는 출발했다고 보고했어. 뭣들 해?”

어서 떠나라는 재촉이었다.

“그리고 말일세, 인원 보충을 건의했는데 다른 곳도 여유가 없다면서 모두가 거절하는데 어떡하지?”

그러다 뭔가 생각난 듯 우뚝 서 있는 추작도를 바라보았다.

위아래를 훑더니 말했다.

“잘됐군. 어차피 맞을 매라면 일찍 맞는 게 낫지. 어떤가. 자네 한번 따라가 볼 생각 없나?”

추작도는 가볍게 눈살을 찌푸렸다.

“어딜 가는데 말이오?”

추작도는 본능적으로 느낌이 좋지 않아 통명스럽게 물었다. 또한 썩 좋지 않았던 과거 경험도 있었고.

“따라가 보면 알아. 어서 준비해.”

이쪽 말은 듣지도 않는다.

—우라질!

자신도 모르게 욕을 중얼거렸다.

무슨 놈의 운명이 어느 부서든 가기만 하면 곧장 끌려간단 말인가. 임무의 성격은 알 수 없지만 자질구레한 것, 잡객 시절에 많이 썼던 물건들을 보아 좋은 임무 같아 보이지는 않는다.

명문에서 좋은 임무가 아니라면 경험에 비춰 한 가지뿐이었다.

암살, 아니면 납치.

"가족 있나?"

전호가 물어왔다.

가족이라는 말에 추작도의 눈이 커졌다.

어디 있다 뿐이겠는가. 자신의 뼈와 살을 먹여도 아깝지 않는 자식 한 명이 있었다. 한 번도 풍요롭게 키우지 못했지만 단 한 번도 아버지의 무능을 탓하지 않고 오히려 자신을 더욱 염려하는 효자.

"왜 그러십니까?"

"있으면 말해봐."

그리고 종이와 붓을 꺼내 민다.

연락처를 쓰라는 뜻이다. 추작도는 망설였다. 왜 연락처를 남기라고 하는지 대충 감이 잡혔다. 죽었을 때 보상금과 유품을 전달하려는 목적일 것이다. 그러나 자신은 함부로 쓸 처지가 되지 못했다.

"없습니다."

없다는 말에 모두의 표정이 굳어진다.

가족이 없다는 것은 분명 이상한 일이다. 즉, 슬프고 함부로 위로되지 않을 굴곡진 삶을 살고 있다는 의미 아닌가.

전호의 표정이 다소 숙연해졌다.

"가까운 친척도 없나?"

"혹시 보상금 때문에 그런다면 염려 마십시오. 전 죽지 않고
돌아올 것입니다."
"당연히 돌아와야지. 하지만……."
쉽게 물러서지 않을 기세이다.
팟!
그때 한 얼굴이 떠올랐다.

—그놈이면 되겠군!

가장 믿을 만했다.
붓을 들고 글을 쓰기 시작했다. 그리고 마지막에 두 글자로
힘차게 마무리했다.

—피광!

전호가 먹이 채 마르지 않는 종이를 바라본다.
"어떤 관계인가?"
"먼 친척이오."
"알았네. 무슨 일 생기면 이곳으로 전하지."
전호가 종이를 들고 사라졌다.
단우태가 말했다.
"동양삼 이 친구 짐 챙기는데 좀 도와주지."
"이미 다 챙겨놨습니다. 그냥 그대로 메고 가면 돼."

한 개의 바랑을 집어 던졌다.

또르르르!

붉은 가루가 가득 들어 있는 옥병 한 개가 굴러 나온다.

팟!

바닥에 떨어지려는 약병을 낚아 쥔 추작도의 눈이 이채를 띠었다.

—홍변분(紅變粉)!

한마디로 변성 약이다. 바랑 안에는 여러 가지 물건이 가득 들어 있었다. 전 주인이 쓰다 죽고 남겨진 것이 자신에게 넘겨 졌다. 전쟁터에서는 가장 재수없다는 죽은 자의 침상 사침을 넘겨받더니 이번에는 죽고 없는 자의 물건을 인계받는다.

생각할수록 기찰 노릇이었다.

"안 짊어져?"

모두가 바랑을 짊어지고 돌아본다.

추작도는 불쾌한 표정으로 바랑을 짊어졌다.

탁!

동양삼이 다가와 어깨동무를 한다.

"기분 나쁠 거야. 그렇지만 어쩌겠느냐? 인생이라는 게 다 그런 거야. 오죽했으면 인생을 제비뽑기라고 하겠느냐?"

히죽!

동양삼은 돌아보며 웃는다.

일곱의 사내가 전도 단우태의 뒤를 따라 거처 밖으로 나갔
다. 뒤를 따라온 염면신도가 일일이 무사들과 악수를 했다.
척척척!
눈으로 주고받는 인사.
반드시 돌아오라는 격려이다.
"다녀오겠습니다."
단우태가 악수를 하고 일행은 움직였다. 맨 뒤에 걸어가는
추작도를 바라보며 전호가 중얼거렸다.
'추작도라고. 너무 서운해 마라. 잘하면 너에게 오늘 길이
축복이 될 터이니.'
일행이 사라지고 나서야 전호는 모습을 감추었다.

황보세가의 후문을 벗어났다. 간단한 검문을 받았는데 추작
도의 눈이 커졌다. 자신들은 분명히 홍운의 광약조였다. 그런
데 단우태는 수위장에게 제사당 소속의 수련무사들로 야외 훈
련을 나간다고 말했다.
황보세가의 제사당은 신입 무사들만을 가르치는 기관이었
다. 전쟁이 끝난 후 인원을 보충하기 위해 제사당은 무차별적
으로 신입 무사들을 받아들이고 있었다.
황보세가뿐만이 아니라 많은 문파들이 부족한 제자들을 채
우기 위해 앞다투고 있었다.
"통과시켜!"
수위장이 단우태에게 패를 건네며 말했다.

“수고하시오.”

“무사 귀가를 바라오.”

수련을 나가면 꼭 서너 명은 죽는다.

수위장의 환송을 받으며 단우태 일행은 무림맹을 완전히 벗어났다.

얼마쯤 지났을까. 단우태가 걸음을 세우더니 품에서 양피지로 된 낡은 지도를 꺼내 바위 위에 펼쳐 들었다. 여섯 명 모두가 몰려들어 지도를 본다. 그러나 추작도는 다른 한곳에 서서 바지춤을 내리고 볼일을 보았다.

“넌 안 봐? 볼일을 다 봤으면 봐야 할 것 아냐?”

볼일을 보고서도 근처 바위에 걸터앉아 있는 추작도를 보며 동양삼이 인상을 썼다.

추작도는 대꾸하지 않았다.

동양삼이 다가왔다.

“너, 고참 말이 개소리로 들리냐?”

툭!

풀잎 가지 한 개를 꺾고 또 꺾을 뿐 추작도는 일체 대꾸가 없었다.

“아니, 이자가 정말?”

동양삼의 오른손이 들려졌다.

“관둬!”

단우태가 외쳐 말했다.

동양삼은 화난 얼굴로 말했다.

"버르장머리가 없습니다. 고참이 말을 하는데 한마디 대꾸
는 해야지요."
"놔둬. 너 같으면 뒈질지도 모르는데 대꾸할 마음이 생기겠
느냐?"
카악!
가래침을 뱉은 동양삼은 분노의 눈빛을 거두지 않은 채 돌
아섰다.
"내일 저녁까지 도착해야 한다."
"무슨 수로 오백 리 길을 하루 반나절 만에……."
"너 언제부터 그렇게 말이 많아졌어?"
동양삼을 쏘아보는 단우태다.
단우태가 다가왔다.
털썩!
단우태는 추작도 곁에 앉았다.
"알고 있었느냐?"
맹수일수록 자신에게 찾아오는 위험을 본능적으로 알아차
린다. 단우태의 질문은 추작도를 맹수로 취급했다는 의미다.
일면 기분 좋은 칭찬일 수도 있었다.
툭!
추작도가 이번엔 작은 나뭇가지 하나를 꺾는다.
"예."
단우태의 눈이 꺼진다.
어떻게 알았느냐는 눈빛이다.

"준비물들을 보니 아주 골치 아픈 놈 죽이나 보죠?"

흠칫!

홱!

단우태는 물론 근처에 몰려 있던 동료들 모두가 소스라친
다.

척 보면 안다. 장비 하나하나가 좌도방문 쪽 물건이라는 것
은 상대가 정통의 방식으로는 좀체 먹히지 않는다는 뜻이다.
정통의 방식으로 먹히지 않는다면 한 가지 분명한 사실이 유
추 가능하다.

—잔머리.

상대가 무공보다는 머리로 먹고사는 자라는 것이다.

무공이 강한 자는 의외로 죽이기가 쉽다. 상대는 오직 자신
의 실력만을 믿고 있기 때문에 기교나 어설픈 경계 따위는 하
지 않는다. 그런 자만이 자신을 죽음으로 몰아넣는 것이다. 그
러나 머리가 뛰어난 이들은 의심이 의심을 낳는, 사물을 끝없
이 불쾌하고 정직하지 못한 이중성으로 본다.

촤악!

그렇잖아도 일행이 되었으므로 설명할 시간이 있어야 했다.
그런데 일이 이렇게 된 이상 지금 가르쳐 줘도 되겠다고 판단
한 듯 단우태가 품에서 초상화 한 장을 꺼내 내밀었다.

슥!

추작도는 초상화를 받아 보았다.

아주 준수한 용모를 지닌 중년인이었다. 많아야 자기 또래 정도로 되어 보이는데 눈빛이 아주 맑고 부드러운 미소가 입가에 걸려 있는 매우 친화적인 인상.

누구든 보면 금방 그의 화술에 빨려들고 말 것 같은 느낌이다. 전형적으로 경계해야 할 인상.

오관이 너무 뚜렷하고 조화를 이루면 세상을 뒤엎는다고 했는데 지금 초상화 속의 중년인이 그러했다. 한마디로 나무랄 곳이 없을 만큼 완벽한 용모를 지니고 있었다.

"이풍경이란 사람이니라."

번쩍!

추작도가 고개를 들었다.

이풍경에 대해서 안다는 반응.

"어찌 아느냐?"

추작도는 가벼운 미소를 지었다.

강호 밥 먹는 사람치고 이풍경을 모르는 사람이 어디 있냐는 뜻이었다.

소림의 속가제자.

절강제일문이라고 하는 풍경이씨(風磬李氏) 가문의 주인이다. 어려서부터 워낙 똑똑했고 태양이 모친 뱃속으로 들어온 태몽에 범상치 않는 인물이 될 것을 직감한 부친이 본관인 풍경을 이름으로 지었다고 한다. 세상을 뒤흔들 자질이 엿보이는 후손에게는 본관을 이름으로 짓는 풍습이 있었다.

그에게는 한 가지 명예가 따르고 있었다. 흑도와 벌인 삼십 년 전쟁을 승리로 이끈 제일의 공로자.

무예도 뛰어나지만 그의 두뇌는 무예를 앞선다.

이풍경을 죽이기 위해 무려 삼십 년 동안 흑도에서 오만 명이 동원되었다고 한다. 정도 또한 이풍경을 지키기 위해 가짜를 내세우기도 했을 만큼 안간힘을 다했고, 끝내 그가 지휘하는 정도는 흑도를 제압하고 말았다.

"오백 리 길 운운하던데, 어서 갑시다."

정도의 영웅을 죽인다는 말에 다른 사람 같았으면 소스라쳐 놀랐을 것이다.

아니, 어쩌면 그대로 얼어붙어야 정상이다. 그런데 추작도는 태연히 자리에서 일어나 발길을 서두르자고 재촉한다.

단우태는 더듬거리며 고개를 끄덕였다.

'거참!'

그러면서 연신 고개를 갸웃거렸다.

"신법!"

좌아아!

말이 떨어지자마자 단우태와 사내들이 날아올랐다.

추작도 또한 몸을 날렸다.

초상비였다.

"오성!"

속도가 빨라졌다.

파아아!

풀잎을 스치듯 날아가는 신법들이 가히 환상이라 하기에 부족하지 않았다.
선두의 단우태는 갈수록 신법의 속도를 높였다.
초상비는 따로 어떤 수법이 있지 않았다. 신법을 펼칠 줄 안다면 누구든 가능하다. 문제는 얼마만큼 지면의 굴곡에 자신의 몸을 맞춰 최대한 체력을 줄이며 날아가느냐이다.
"칠성!"
지면의 굴곡과 너무 맞추지 못해도 체력 소모가 크고 줄여도 자칫 다치거나 부상당할 위험이 큰 것이 초상비다.
혹자는 초상비를 펼쳐 지면의 굴곡이란 위험성을 안고 날아가느니 조금 높이 떠서 편히 날아가면 안전하지 않느냐는 의문을 갖기도 한다. 하지만 이건 뭘 몰라서 하는 말이다.
사람의 몸이 높이 뜨면 그만큼 외부의 시선에 드러나기 쉽다. 초상비를 펼치는 건 지면의 숲과 나무에 몸을 은신하려는 목적이 크기 때문에 펼친다.
흘긋!
맨 뒤에 추작도를 책임지고 있는 동양삼이 고개를 돌리다 적이 놀란 표정을 지었다.
추작도가 처음 삼 장의 거리를 유지하고 있었고, 호흡 또한 전혀 거칠지 않았기 때문이다. 극철을 죽였다는 소문은 들었지만 실력에 대해서는 그다지 신뢰하지 않았다. 강호는 강하다고 하여 살인을 할 수 있는 곳만은 아니기 때문이다.
그날 밤 일행은 항주가 있는 절강성으로 들어서고 있었다.

산 아래서부터 와아! 하는 고함 소리가 들려왔다. 한눈에 몰이꾼들이 지르는 고함이라는 것을 알 수 있었다.

푸드득!

꿩꿩!

몰이꾼들이 작대기와 돌멩이를 던지며 시끄럽게 소릴 지르자 제풀에 놀란 산꿩과 새들이 하늘 높이 솟구쳐 올랐다. 산 위에는 세 사람이 말을 타고 앉아 있었다.

셋 중 가운데 백마 위에 앉아 있는 중년인의 손에는 활체가 심하게 굽어 있는 강궁 하나가 들려 있었고, 화살 한 개가 언제든지 시위를 당길 수 있도록 걸려 있었다.

여기는 사명산(四明山).

사명산은 천태산에서 기맥하여 북동으로 달려 만봉을 이룬다. 도교에서는 이 산을 존경하여 제구동천이라고 부르며, 송나라 진종 때 천태종의 지례(知禮)는 명주(明州)의 연경사에서 살며 천하 석학들과 논난항쟁 연파하여 사명존자라 칭하여졌고, 그렇게 사명산이라 기원되었다.

"와아!"

"와아아아!"

엄청난 함성이 산을 뒤흔들었다.

우쿠쿵!

갑자기 지축을 울리는 소리가 들리며 마상의 세 인물이 빛을 뿜는다.

아름드리나무가 휘청거리며 뭔가 올라오고 있었다. 기세가 대단하여 한눈에 커다란 동물이라는 것을 알아볼 수 있었다.

스윽!

기다렸다는 듯 백의중년인이 느슨하게 메고 있던 화살을 힘차게 당겼다.

양쪽의 두 사내, 이풍경의 호위무사인 절풍과 절광 또한 메고 있던 화살을 풀어 내린다. 이풍경이 실패하면 자신들이 잡겠다는 태도이다.

척!

이풍경이 한 손으로 제지했다. 놓쳐도 내가 놓치고 잡아도 내가 잡을 테니 일체 관여하지 말라는 뜻.

절풍과 절광은 슬며시 풀었던 활을 다시 어깨에 메었다.

"헉헉!"

얼마나 다급했으며 거친 숨소리가 들려온다.

"지금입니다!"

하나 이풍경은 여유를 부렸다.

염려 말라는 듯 활을 갈라지는 나무들 사이로 겨눈 채 당긴 시위를 놓지 않았다.

"으헉헉!"

뭔가 재색의 물체가 눈에 들어왔고, 피융! 하는 소리가 들렸다.

잔뜩 독을 품은 살무사처럼 당겨져 있던 시위를 놓았고, 화살 한 개가 인정사정없이 내리꽂혔다.

"아아악!"

잠시 후 숲 속에서 처절한 비명이 들려왔다.

"엇!"

절풍이 놀랐고 절광 또한 눈을 부릅떴다.

"이게 무슨 소리더냐?"

절풍과 절광이 양발로 타고 있던 말의 아랫배를 걷어찼다.

두두두!

양발에 차인 두 마리의 한혈마는 바람처럼 조금 전 이풍경의 화살이 사라졌던 숲을 향해 득달같이 달려갔다. 구십 도에 가까운 급경사인데도 두 말은 머뭇거린다거나 속도를 늦추지 않았다.

와그르르!

쿠쿠쿠!

말이 달리며 발길에 차인 돌들이 굴러 내려갔다.

득달같이 현장에 도착한 두 사람은 기겁했다. 멧돼지라고 여긴 동물은 놀랍게도 사람이었다.

횤!

횤!

말에서 뛰어내린 두 사람은 웅크리고 있는 사람을 바로 눕혔다.

"맙소사!"

허름한 차림의 이십대 초반의 여인.

왼쪽 옆구리에 약초가 담긴 망태기가 매달렸고, 오른손에는 약초를 캘 때 사용하는 호미가 들려 있었다.

　누가 봐도 전형적인 약초꾼이었다.

　조금 전 주인 이풍경이 날린 화살이 여인의 왼쪽 팔 어깨 바로 밑에 깊숙이 박혀 있었다.

　"어서!"

　둘은 어찌할 바를 몰랐다.

　전쟁터에서 사람을 상대로 하는 살상용 화살과 사냥용 화살은 다르다. 그중 멧돼지 화살은 더욱 다르다. 멧돼지는 다른 동물과 달리 표피가 두껍다. 어지간한 화살로는 치명상을 입힐 수가 없었다. 그래서 쇠(鐵) 중 가장 예리하다는 수피아(秀亞)를 쓴다. 수피아로 화살촉을 만들면 어지간한 바위도 손쉽게 관통한다.

　멈칫!

　두 사람의 표정이 굳어졌다.

　화살은 겨드랑이까지 파고들어 옆구리 부분의 앞가슴을 슬쩍 건드리고 있었다.

　"아니!"

　놀라는 소리에 고개를 돌렸다.

　이풍경이 다가와 상황을 알고 놀란 눈이다.

　"와아아! 잡았다!"

　"가주님께서 멧돼지를 잡으셨다."

　십여 장 아래쪽에서 몰이꾼들이 나타나 소릴 지르자 이풍경이 서둘러 입을 열었다.

“뭣들 하느냐? 모두 산 아래로 내려가도록 하라! 명령을 내
려라! 어서!”
아무리 입단속을 해도 사람 입처럼 잘 열릴까.
절광이 아래를 향해 소리쳤다.
“됐느니라! 모두 집결지에 모이도록 하라! 지금 당장 집결지
로 하산하라!”
“옛!”
“내려가자. 우리 임무는 끝났다.”
몰이꾼들이 내려가자 절광이 검을 뽑아 들었다.
째앵!
이풍경이 바라본다.
무슨 짓이냐는 시선이다.
“우리밖에 모릅니다.”
“안 된다!”
이풍경은 내려치려는 절광을 가로막았다.
뚝!
절광의 검이 중간에서 섰다.
절광은 무심한 얼굴로 말했다.
“어르신!”
소문이 나면 해롭다. 더구나 정도문파의 태산북두인 소림의
속가제자이자 정파의 군사라고 천하가 인정하고 존경하는 이
풍경이 사람을 화살로 쏘았다는 소문이 퍼지면 건잡을 수가
없다. 거기다 죽이기까지 했다고 하면.

한번 추락하는 명예는 두 번 다시 끌어올려지지 않는다.

멧돼지를 잡은 줄로 몰이꾼들은 알 것이다.

아니다.

갈등이 이풍경을 사로잡았다.

바로 그때였다. 한줄기 바람이 불어왔고, 여인의 낡은 치마가 말려 올라가며 드러나는 허연 허벅지와 분홍빛 삼각형의 천 조각.

절광과 절풍은 얼른 고개를 돌려 버렸다.

그러나 이풍경은 고개를 돌리지 않았다. 그러고 보니 허벅지에서 무릎과 장딴지에 이어 발목까지 내려오는 다리의 선이 물줄기라 할 만했다.

휘잉!

그런데 그때 또다시 바람이 불어와 얼굴을 반쯤 가리고 있던 머리카락이 씻기듯 올라갔다.

흠칫!

이풍경은 또다시 놀란다.

땀에 젖고 햇빛에 그을렸지만 이목구비가 반듯하고 특히 붉은 입술은 막 피어나는 해당화를 보는 듯 요염하기까지 했다.

"아아!"

여인은 고통스러운 듯 몸을 들썩거린다.

이풍경은 여인을 한참을 내려다보았다. 팔뚝에서 흘러내린 피가 주위를 벌겋게 적시고 있었다.

사실 화살 끝에는 오독연이 묻어 있었다. 오독연의 특성은 다른 독과 달리 중독된 멧돼지 고기나 피를 사람이 마셔도 아무런 해가 없다는 것이다. 그러나 직접 맞으면 사흘을 넘기지 못한다. 아무리 표피가 두꺼운 멧돼지라고 해도 말이다. 그런데 사람이라면 사흘보다 훨씬 앞당겨질 것이다.

“말에 실어라.”

“어르신!”

“시간없느니라.”

누군가는 봤을 것이다. 같이 나물을 캔 동료들도 있을지 모르고.

놀이꾼도 위험했다. 이씨 가문의 인물들이지만 한 가지 사실을 알아야 한다. 가문의 식솔이라고 하여 자신에게 우호적이라는 건 절대 아니다. 자신을 미워한다거나 아니면 적이 심어놓은 첩자가 있지 말란 법도 없다.

그러나 그 모든 건 핑계인지 몰랐다.

여인이 볼품없이 초라했다면 당장 목을 베어 흔적도 없이 묻어버렸을지도.

털썩!

말에 실었다.

떨어지지 않도록 가로로 길게 눕힌 후 끈으로 묶어 덮은 산 아래로 달려 내려가기 시작했다.

‘우라질!’

절광의 말에 실린 여인을 보며 이풍경의 손이 부르르 떤다. 당장에라도 칼로 목을 쳐버리고 싶었다.

몰이꾼과 이풍경이 사라지고 숲 속은 다시 고요함을 되찾았다.

슥!

스슥!

네 명의 인물이 갑자기 땅속에서 솟구쳐 올라왔다.

머리 위에 풀이 자라고 있는 흙을 뒤집어쓰고 있었기 때문에 움직이기 전에는 절대 알 수 없었다.

위장에는 수많은 방법이 있으나 가장 완전한 것은 자연으로 스며드는 것이다. 잠영술이라고 하여 숲과 나무와 바위로 위장을 하는 무공이 있었다. 하지만 이 또한 내공이 심후한 인물에게는 통하지 않는다. 그러나 자연 친화적인 위장은 통한다.

—아무리 뛰어난 공(功)도 자연(自然)은 이기지를 못한다.

전진밀교의 말이다.

내공이 높아도 높은 인물에게는 통하지 않지만 자연을 이용하는 일반적인 방법이 우수하면 절대 알아차리지 못한다. 물론 그 준비성과 철저함은 무공 수련보다 더 험난하고 많은 시간과 수고를 아끼지 않아야 한다.

홍운의 무사들은 이미 그런 경지에 있었다.

타타탁!

몸에 묻은 흙과 머리에 이고 있던 풀을 털어낸다. 그제야 완전한 사람으로 모습을 드러냈다.

“으음!”

조장 단우태의 입술을 비집고 신음이 나온다.

오늘처럼 위험한 시도는 없었다. 목표물에게 다가가는 방법
은 여러 가지가 있었다.

가장 흔한 것이 침투다. 밤이나 악천후를 통해 경계를 뚫고
들어가 죽이는, 이름하여 침살(侵殺).

두 번째로 많이 사용되는 것이 목표물이 자주 다니는 길목
에 화탄을 설치했다가 터뜨리는 것이다.

폭살(爆殺).

이 수법은 시간과 화탄이 터지는 시간이 오차없이 일치하지
않으면 실패로 돌아가는 약점을 안고 있었다. 더구나 자주 다
니는 길목 같은 경우 수하들이 목표물이 지나가기 전 미리 순
찰이나 사냥견을 이용한 탐지를 하기 때문에 성공 확률이 떨
어진다.

세 번째는 접근인데 접살(接殺)이라 한다.

이거야말로 가장 위험하다. 그러나 접근할 수만 있다면 아
주 확실하다.

네 번째의 방법이 여살(女殺)이다.

말 그대로 여인을 이용하는 방법인데 색살(色殺)이라고도
부른다.

네 개의 방법 중 어느 것을 이용할 것인지 난상토론이 있었
다. 지금까지 이십 여 회가 넘는 거물들을 제거했지만 여살로
제거한 것은 삼 년 전 딱 한 번뿐이었다. 이용 횟수가 적다는

것은 서툴고 위험하다는 얘기도 된다. 그런데 놀랍게도 추작도가 여살의 방법을 들고 나온 것이다. 더욱 다른 사람이 반대할 수 없었던 것은 자신이 사냥감이 되겠다고 자처한 탓이다.

이풍경은 사냥을, 그중에서도 멧돼지 사냥을 즐겨 하는데 자칫하면 화살에 맞아 절명할 수도 있었다. 멧돼지 사냥을 하는 활과 화살은 강력하기 때문에 어지간한 호신강기도 뚫어버린다.

홍운 소속의 무사 한 명을 키워내는 데 들어가는 경비는 일반 무사 다섯 배이다.

황보세가에서조차도 자질이 뛰어난 무사들만을 골라 따로 엄격하게 수련을 시키고 관리한다. 그렇게 키운 만큼 홍운 소속의 무사들은 그 가치와 위력을 유감없이 발휘했다.

그런 만큼 작전을 나갔다가 수하들을 많이 잃거나 부상을 입게 했을 경우 우두머리에게는 가혹한 책임 추궁이 따른다. 이 년 전 전쟁터에서 적장 중 한 명을 베기 위해 이 개 조(일 조에 일곱 명)가 밀파되었다가 열 명이 죽고 여덟이 살아왔는데 두 개 조 조장 모두 참수를 당했다.

어쨌든 이번 작전은 추작도가 의견을 개진했고, 자신이 사냥감으로 나섰기 때문에 다른 사람들은 그다지 강력하게 거부한다거나 가로막을 처지는 못 되었다.

다만 몰이꾼을 죽이고 따라 들어간 두 사람만이 조금 불만 섞인 표정을 지었을 뿐이다.

"서둘러라!"

이제 밖에 있는 네 사람은 따로 할 일이 있었다.

퇴로를 만드는 것이다. 또한 안에서 어떤 지원을 요구하면 그때그때 신속히 해줘야 한다. 네 사람은 사냥터에서 조용히 모습을 감췄다.

*　　　*　　　*

내공의 힘을 빌리긴 했지만 화강암 바위이기 때문에 쉽게 뚫리지는 않았다. 더구나 자신의 입으로 혼자 파겠다고 약속하였기 때문에 누구도 도와주지 않았다.

그렇다고 해서 추산의 얼굴에 불만 따위는 없었다.

어떤 기구도 없고 유일한 방법은 주먹이었다. 사악칠권과 북두칠권을 이용해 바위를 깼다.

퍽퍽!

처음에는 내력이 실린 주먹이지만 아프고 금세 지쳤다. 그런데 시간이 흐를수록 놀라운 현상이 일어났다. 지칠 때마다 운기를 한 탓인지 주먹이 강해졌고 내공을 이용하지 않아도 끝없이 돌을 두들기자 위력은 갈수록 강맹해졌다.

추아아!

물은 많이 흘러들어 왔다. 그건 곧 바깥과 안쪽에 상당한 틈이 생겼다는 의미였다. 그러나 안쪽으로 스며든 물이 더 이상 넘치지 않는다는 것은 바깥보다 무저옥이 높다는 뜻도 된다.

쿵쿵!

처음에는 단순한 주먹질이었는데 시간이 흐르면서 무저옥 전체가 울리기 시작했다. 추산이 한 번씩 주먹을 뻗을 때마다 뇌옥은 지진을 만난 것 같았다.

쿠웅!

와르르!

강한 울림에 주위 벽이 무너지기까지 했다.

"꿀걱!"

여기저기서 침을 삼켰다.

'도, 도끼질이다!'

'저 주먹으로 사람을 팬다면?'

추산의 주먹질을 보며 모두가 고개를 저었고 일부의 표정은 굳어졌다.

주먹을 비롯해 모든 무공에는 단계가 있다.

가장 기본적인 것이 힘이다.

권법이라면 주먹으로 직접 상대를 타격하는 것이다.

두 번째는 기(氣)이다. 주먹 형태의 기가 뻗어나가는데 주먹과 같은 위력을 보인다. 세 번째는 경(勁)이다. 경은 흔히 격공장(隔功掌)을 말한다.

격공장은 벽을 부수지 않고 건너편에 있는 적을 상해하는 절정의 내가중수법이다.

네 번째는 강(罡)이다.

기가 무형이라면 강은 유형화된 기를 말한다. 강은 보이지 않는 기가 응집하여 형태와 색깔을 갖춘 것으로 육안 식별이

가능하고 엄청난 파괴력을 지닌다.

처음에는 단순한 주먹질이었다. 그러나 어느 한순간부터 추산은 중요한 사실 한 가지를 깨달았다. 같은 내공일지라도 초식 운용에 따라 강도와 파괴력이 달라진다는 것을.

─이왕이면 내공을 집어넣어 뚫느니 초식을 연마하면서 부수자.

무저옥은 화강함으로 되어 있었다.
쇠붙이로 부순다고 해도 오래 버티지 못할 곳을 주먹으로 깬다는 것은 불가능할 수도 있었다.
오 년 동안 열 사람이 깬 길이란 고작 이 장이었다.
어쨌든 다섯 번 이상 주먹질을 할 수가 없었다. 비록 운기를 했지만 강한 반탄력에 내상까지 입기도 했다.
그러나 초식을 넣어 휘두르자 달라졌다. 사악칠권과 북두칠권의 초식을 제대로 넣자 무공에 대한 깨우침이 일어났고 초식이 들어가면서 주먹에 가해져 오는 아픔과 간간이 입게 되는 상처까지 작아졌다.
초식에 담긴 수많은 변화가 충격을 완화시켜 버린 것이다. 하긴 초식에 그런 신묘한 효능이 담겨 있지 않다면 상대와도 오래 싸우지는 못할 것이다, 자꾸 때리거나 충돌하다 보면 주먹이 아파서.

초식을 넣어도 시간이 흐르자 아프긴 했지만 변형시켜서는
안 된다.
　고통이 밀려오면 피하기 위해 뒤틀거나 자기도 모르게 변형
을 추구하게 되는데 그때부터 엉뚱하게 변한다.
　쾅쾅!
　남들이 보기에는 그냥 깨고 부수는 것으로 보이지만 일권
일권에는 사악칠권과 북두칠권이 한 치의 흔들림 없이 담겨져
있었다.
　파파팍!
　바위가 산산이 부서지기 시작했다.
　점점 깨져 가는 속도가 빨라진 것이다.
　하나 더욱 놀라운 것은 연식이었다. 한번 뻗어내는 주먹 같
았지만 일곱 번이 움직였다.

　―타, 분, 작, 규, 패, 월, 류.

　사악칠권의 칠 식이 한주먹에 완벽하게 담아진 것이었다.
　파아아!
　틀림없는 한 방이었다.
　그런데 깨져 나오는 바위 조각의 모양이 다르다. 정확히 일
곱 개가 쪼개져 나왔으며 놀라운 건 다 다르다는 것이다.
　한 방이라도 파편은 여러 형태이다. 하나 일곱 개는 그 안에
칠식이 정확히 들어 있음을 말해주듯 칠식의 완전히 초식이

담겨 돌이 깨졌다.

때려서 깨진 것[打], 뭉개서 조각이 난 것[粉], 칼로 두부를 자르듯 매끄럽게 잘려 나간 것[斫], 송곳으로 쑤신 듯 깔끔하게 찍혀 나온 것[刲], 반들반들 조약돌처럼 깨진 것[孛], 무자비하게 박살이 난 것[鉞], 그리고 흘러가는 물줄기처럼 길쭉하면서도 매끄러운 돌[流].

하나 더욱 놀라운 것이 있었다.

사악칠권이 완성되면서 북두칠권이 더욱 빠르게 능숙해지기 시작하고 있었다. 물론 지켜보던 동료들은 사악칠권까지는 알아보았다. 그러나 북두칠권은 전혀 모르고 있었다.

콰가가강!

저항할 힘을 잃은 상대를 세워놓고 두들기듯 양 주먹이 미친 듯 바위를 쳤다.

와그르르!

바위가 무너진다.

그것도 집채만 한 크기로 무너지고 있었다. 조각나는 바위가 크다는 것은 그만큼 주먹의 위력이 놀랍다는 반증.

꼽추 공야색의 눈이 가늘어졌다.

그는 흑도오문 중 한곳인 미원(霉院)의 인물이다.

미원은 검(劍)의 집단이었다. 그들은 쾌검(快劍)을 쓰는데 검신이 검지 정도의 넓이밖에 되지 않는, 강호에서 가장 폭이 좁았다. 그래서 더욱 빠른 검의 소유자들이었다.

"선배님, 조금 이상하지 않습니까?"

육중위가 슬며시 다가와 묻는다.

"아무리 봐도 아우의 주먹질 말입니다. 사악칠권은 알겠는데 지금 쓰고 있는 건 뭐죠? 도무지 본 적도 없고."

"나도 이상하다고 생각하고 있어."

아수라루 출신의 문인통이 눈을 빛냈다.

열 명 중 키가 가장 작다.

아수라루는 유일하게 어떤 특정 기예를 지니고 있지 않았다. 오로지 싸워 이기면 된다는 것이 문훈(門訓)이었다.

―때리든 찌르든 물어뜯어 버리든 이기기만 하면 그거야말로 최강의 무공이니라.

그러다 보니 이곳 사람들 모두 아직 그가 어떤 특기를 지니고 있는지 알지 못한다. 다른 사람들은 문파의 특성에 맞는 절기를 지녔지만 아수라루 출신의 문인통은 오리무중이었다.

벌떡!

공야색이 자리에서 일어났다.

첨벙첨벙!

물은 발목까지 차고 있었다.

처음에는 밑으로 파고들었지만 이쪽이 높다는 결론을 얻어낸 이후 위쪽으로 파기 시작했다. 그 방법이 훨씬 더 빠르고 효과적이라는 것이 추산의 설명이었다.

"좀 쉬지 그러느냐?"

흘긋!

추산은 땀을 이마 가득 흘리며 돌아보았다.

씨익 웃는다.

"재밌나?"

그제야 허리를 펴는 추산이었다.

"왜 묻습니까? 옥황님 보기에는 재미있어 보입니까?"

모두가 공야색을 옥황이라고 부른다. 이곳 무저옥에서만큼
은 황제라는 뜻.

"내가 좀 오래 살아봐서 아는데, 다른 사람들은 놀고 있고
혼자서 일을 하면 화가 난다. 네가 아무리 자청해서 한 일이라
고는 해도 지난 반년 동안 넌 단 한 번도 불평불만을 늘어놓지
않았다. 아니, 얼굴에는 오히려 웃음이 진득하게 피어났지."

"거참!"

"내 말이 틀렸느냐?"

"아니 그럼 이왕지사 수고할 것 화끈하게 웃으면서 하지 인
상 팍팍 쓰면서 하면 보는 형님들 기분이 어떻겠습니까? 역지
사지라고 했습니다."

흠칫!

공야색이 놀란 표정을 지었다.

처음 듣는 기괴한 말이었다. 얼른 자청 제갈공명이라고 말
하는 문인통을 보았다. 문인통은 모르는 게 없었다. 물론 그가
모르는 게 없다는 건 무저옥 안에서의 말이다.

그런데 문인통이 고개를 돌려 버린다. 그건 그 또한 잘 알지

못한다는 뜻이기도 했다.

추산의 말은 계속되었다.

"입장 바꿔 생각해 보십시오. 기분 나쁘겠습니까, 안 나쁘겠습니까?"

"나, 나쁘지. 어쨌든 넌 지금 기분의 차원을 넘어 재밌지? 재밌다고 여기고 있지?"

추산은 고개를 끄덕였다.

"솔직히 재밌습니다."

"왜 재밌느냐?"

그때 육중위가 다가와 눈을 빛냈다.

"우리가 궁금해하는 것이 바로 그걸세. 왜 힘들게 일을 하는데 재미있느냐는 거지."

"그걸 말이라고 하십니까? 난 지금 알다시피 무공 수련을 하면서 일을 하고 있습니다. 그런데 점차 깨닫고 있거든요. 여러 형님 같으면 기분이 안 좋겠습니까?"

"질문은 내가 한다. 무슨 무공을 깨우치는데 기분이 좋으냐?"

공야색이 물었다.

사실 시간이 흐를수록 추산이 버거운 존재로 여겨졌다. 어떤 나쁘거나 음험한 의도를 갖고 있지는 않지만 사악칠권의 수위가 하루가 다르다. 이미 금마옥의 무사들은 물론 자신들이 하늘처럼 여기는 흑천의 천주 모찰의 절기를 펼치는 것에서부터 조금 꺼림칙했는데 이젠 완숙해졌다. 들어오는 순간부

터 기가 죽지 않았던 추산이 이제 사악칠권까지 능숙해졌고,
또다시 알 수 없는 무공을 수련하므로 그 내용을 알고 싶었다.
만에 하나 적이 될 것이라면 알아둬야 하지 않겠는가. 지피지
기이면 백전백승이라는 말을 들먹이지 않더라도 추산은 자신
들에 대해 잘 알고 있는데 자신들은 추산의 무공에 대해 전혀
모른다는 건 위험했다.

털썩!

추산이 바위에 걸터앉았다.

이마로 땀을 닦더니 말했다.

"북두칠권이라고 아십니까?"

낯선 이름에 모두가 놀란 표정을 짓는다.

추산은 자신이 북두칠권을 얻은 사실만 말해주었다. 단지
모찰과의 관계는 절대 말하지 않았다. 또한 사악칠권이 북두
칠권의 전식이라는 얘기도 해주지 않았다. 그래서 사내들은
서로 다른 권법이라고 알기 시작했다. 단지 그들이 보기에 사
악칠권보다 훨씬 강하다는 것 정도였다.

"오오! 들어본 것 같아. 북두왕."

문인퉁의 눈이 커졌다.

모든 시선이 문인퉁에게 모아졌다.

그가 말했는데 추산이 말한 그 이상의 내용은 없었다. 그러
자 사내들 표정이 시큰둥해졌다.

"알겠네. 그래서 자네가 이곳으로 끌려왔구먼. 어떡하든 자
넨 여기 있는 게 행복이로군. 끌려 나가는 순간 아망개 수중으

로 떨어질 테니까?"

추산은 고개를 끄덕였다.

"맞습니다."

전쟁터에서 일 년, 이곳에서 반년 동안 자신의 무공은 상상을 초월하게 상승했다. 하지만 아망개와 정면 승부를 논하기에는 아직 자신이 없었다.

일어난 추산은 다시 주먹을 휘두르기 시작했다.

철권, 호권, 혈권, 인권, 지권, 천권, 무권.

북두칠권이 처음으로 연식으로 펼쳐졌다.

사실 북두칠권을 연식으로 펼치기에는 쉽지 않다. 주먹의 생명은 힘이 관건이다.

무릇 모든 초식에는 그 초식이 필요로 하는 힘이 있다. 강한 초식은 강한 대로, 약한 초식은 약한 대로. 약한 초식에 강한 힘이 들어가면 그다지 큰 일이 없지만 강한 초식에 약한 힘이 들어가면 상황에 따라 위험해질 수도 있었다.

힘이 초식의 위력을 뒷받침해 주지 못하면 내기의 흐름이 도중에 끊겨 버리고 그건 자칫 주화입마라는 무서운 사태를 불러오기 때문이다.

추산은 현재 자신의 내공을 구십 년에 가깝다고 규정하고 있었다.

다른 무공이라면 위력적인 내공임에는 틀림없지만 철저히 힘으로 펼쳐지는 북두칠권에는 모자란다.

그러나 불안해하며 마음만 졸일 수는 없었다. 추산은 과감하게 펼쳐 보기로 했다.

두근두근!

가슴이 두근거린다.

최악의 경우 주화입마에 빠질 수도 있지만 만약 더 이상 내공이 증진하지 않는다면 평생 펼쳐 보지 못하고 인생을 끝낼 수도 있다는 생각에 욱하는 오기가 생긴 것이다.

슈욱!

쾅!

주먹에서 강한 경기가 뻗어나갔다.

권기이다.

커다란 돌덩이가 깨지고 그 순간 주먹이 각도를 변화시켰다.

콰가강!

호랑이 앞발이 먹이를 치듯 두 주먹이 벼락처럼 돌벽을 친다.

쩌어억!

우르르!

금이 거미줄마냥 가더니 무너져 내리는 바위.

한번 뻗으면 반드시 피를 본다는 혈권이 펼쳐졌다.

다른 주먹과 달리 단방에 효과가 있는 혈권.

빠― 빠악!

쩌러러러!

검은 하늘을 가로지르는 뇌전처럼 팔뚝만 한 굵기의 선이 나타나고, 공야색이 외친다.

"피햇!"

자신들 쪽을 향해 천장으로 뻗어오는 거대한 틈.

사내들은 일제히 안쪽을 향해 몸을 날렸다.

쩌저저!

큰 틈에서 사방으로 잔 틈이 새끼를 치듯 뻗어나가더니 급기야 무너졌다.

쿠쿵!

쿵쿵쿵쿵!

추산의 주먹은 멈추지 않았다.

연권이기 때문에 쉬지 않아야 한다.

쾅!

퍼어억!

인권, 지권이 연달아 폭발하고 지난 반년 동안 깨낸 것보다 수배는 더 긴 동굴이 만들어진다.

부르르!

오식을 펼쳤는데 온몸을 떨었다.

내공이 부족하다는 뜻이다.

─뻗어야 한다!

제대로 뻗지 못하면 빼도 박도 못한다.

아니, 주화입마를 피할 수 없다. 그토록 당당하고 여유있고 아망개 앞에서도 기죽지 않던 추산의 얼굴이 납덩이가 되었다.

　—머, 멈추면 끝장이다!

인상을 쓰며 온 힘을 주먹에 넣었다.
부들부들!
주먹이 나가고 있었다. 그러나 뻗어 나오는 권기가 미약한 듯 어떤 변화도 일어나지 않았다.
지금 주먹을 향해 몰려들어야 할 내공이 어깨 근처에서 소멸되거나 멈추고 있었다. 뒤에 있는 내공이 앞서간 내공을 밀어 주먹으로 몰아줘야 하는데 그 역할을 못하는 것이다.

　—나, 난 추산이다. 난 한다!

금방이라도 피가 터져 나올 듯 얼굴이 빨개졌다.
그러나 주먹은 여전히 떨고 있다.
탁!
바로 그때였다. 등 뒤로 손바닥 하나가 닿더니 들려오는 목소리.
"쳐. 날 믿고 부숴."
추산의 눈이 떨렸다.
목소리 임자는 공야색이었다.

뜨거운 내공이 밀려들어 왔고, 부들부들 떨던 주먹이 벼락처럼 뻗어나갔다.

꽈아앙!

그건 폭발이었다.

삼 장 가까운 동굴이 단 한 방에 뻥 뚫려 버렸다.

"계속 뻗어. 뒷일은 내가 책임진다. 염려 말고 부숴 버려."

여기서 뒷일이란 부족한 내공을 말한다.

내공 부족한 것은 자신이 채워줄 테니 걱정 말고 마지막 초식까지 펼쳐 보라는 격려였다.

무공을 흡수하거나 전달받는 것에는 여러 방법이 있는데, 그중 사람들이 가장 기피하는 것이 전이대법이다. 공격해 오는 상대의 기운을 받아들여 자신의 내공으로 만들어 버리는 상승 비법을 차기미기라고 한다. 이는 득도나 선도에 이르러야 가능하고, 남의 공력을 강제로 빼앗는 것을 흡성대법이라 한다. 반대로 자신의 공력을 남에게 전해주는 것을 전이대법이라고 부른다.

문제는 전이대법인데, 흡성대법은 강제로 빼앗기기에 그렇다 치지만 전이대법은 시술자가 원해서 이뤄진다는 것이다. 또한 한번 시전되면 중간에 절대 거둬들일 수가 없다. 특히 전이대법을 함부로 펼치지 않는 것은 수혜자는 내공이 증가되거나 내상이 치료되지만 시술자의 내공은 소모하고 낮아진다. 한마디로 잃게 되는 것이다.

지금 공야색이 펼치고 있는 것은 전이대법이었고, 거절할 수가 없었다.

　강제로 거절하면 양쪽 모두 다친다.

　"아버지, 누가 말이에요. 모르는 사람이 돈을 주면 받아요, 받지 말아요?"

　"모르는 사람이 왜 돈을 준단 말이냐. 모르는 사람은 절대 돈을 안 준다."

　"그래도 준다면요?"

　"누가 주든?"

　"사실은 제가 어리잖아요. 그리고 아버지를 기다리느라 자꾸 차부나 태봉령에 있다 보니 사람들이 불쌍하다고 돈을 한 푼씩 쥐어주거든요."

　"그래서 받았느냐?"

　"예."

　"사심없이 준다면 받아야지. 그런데 말이다. 세상에 절대 사심없는 선의는 없느니라. 조심해라."

　딱 보면 안다. 상대가 어쩔 수 없이 주는지 아니면 진정으로 주고 싶어하는지.

　지금 명문혈을 통해 들어오는 진기는 봇물이었다. 막힘이 없고 망설임이 없으며 약하지 않고 도도하다. 그건 공야색이 진정으로 추산을 돕고 싶어함을 알 수 있었다.

—제, 젠장!

공야색은 목소리만 아버지를 닮은 것이 아니었다.

추산은 받아들였다.

거절하지 않고 온 힘을 다해 공야색의 장심에서 흘러들어
오는 뜨거운 양강의 장력을 자신의 것으로 소화했다.

쾅!

꽈가가강!

주먹을 통해 뻗어나가는 가공할 권기는 조금 전 부들부들
온몸을 떨 때와는 천양지차였다.

뒤이어 마지막으로 뻗어가는 한 방의 주먹.

슈우욱!

놀라운 일이 벌어졌다.

지금까지 여섯 번, 북두 육초의 주먹은 위력을 육안으로 확
인할 수 있었다. 주먹을 뻗으면 권기가 뻗어 나와 강하게 바위
를 때렸다. 그런데 지금 칠초는 아무런 느낌도, 바위를 때리는
어떤 흔적도 드러나지 않았다.

무권(無拳).

초식의 성격과 위력에 따라 주먹은 변한다. 초식이 일(一)이
라면 운용되는 진기는 주먹이 최강의 일(一)로 뻗어낼 수 있도
록 힘을 모아준다.

그런데 무권은 말 그대로 뻗어 나오는 권기가 눈에는 보이
지 않는다. 또한 어떤 형태도 없었다. 시전자가 상황에 따라

그때그때 형태를 바꾸고 만들 뿐이다. 더욱 중요한 것은 주먹이 바위에 격중이 되어도 소리가 없고 흔적도 남지 않는다는 것이다.

쩌— 어어억!

얼마나 지났을까, 숨 막히는 고요를 깨뜨리는 소리 하나가 있었다.

『검명도살』 4권에 계속…

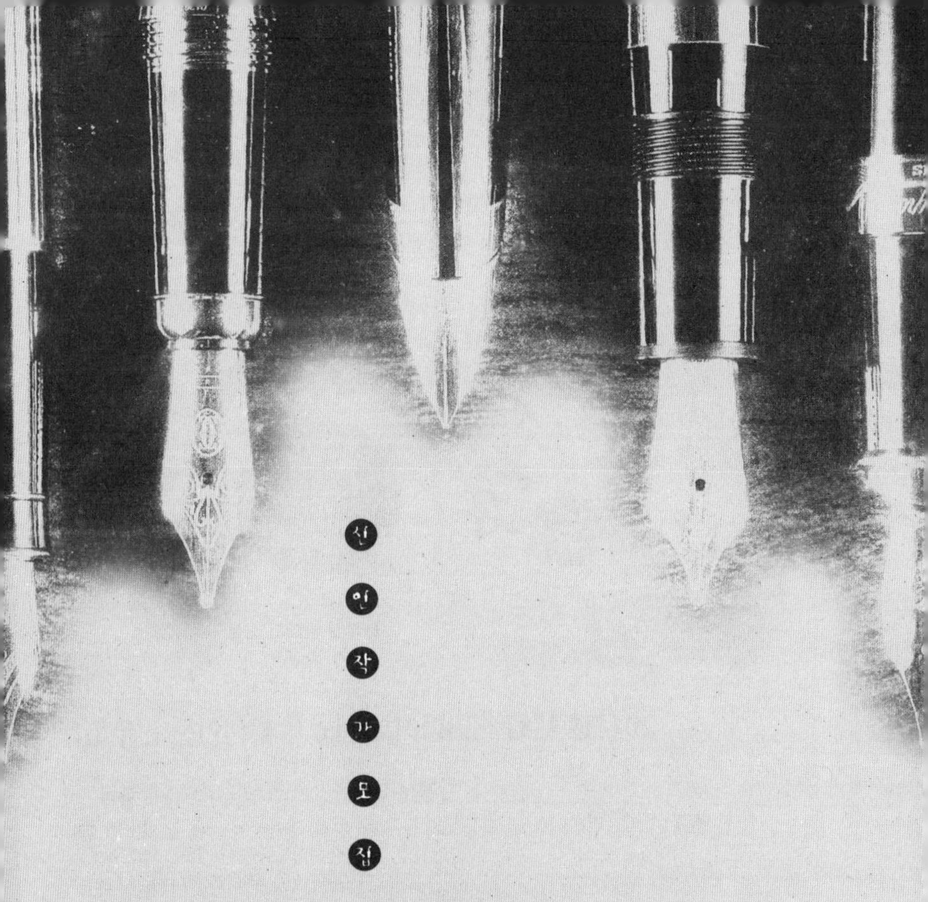

신
인
작
가
모
집

鐵山大公
철산대공
임준후 新무협 판타지 소설
鐵山大公
철산대공
①
②

용호객잔

龍虎客棧

설경구 新무협 판타지 소설

낙양 변두리에 위치한 허름한 용호객잔.
폐업 직전까지 몰렸던 용호객잔에 복덩이,
천유강이 저절로 굴러 들어왔다.
그런데… 이 객잔 좀 수상하다?

독문병기는 낡은 주판, 중원상왕을 꿈꾸는 객잔주인, 용사등.
독문병기는 마른 걸레, 끔찍이 못생긴 점소이, 용팔.
독문병기는 식칼, 긴 독수공방 끝에 요리와 혼인한 숙수, 장유걸.
독문병기는 이 빠진 도끼, 사연 많은 남장여인, 문우령.
독문병기는 얼굴, 기억을 잃어버린 절세미남 신입 점소이, 천유강.

"중원의 상왕이 되리라!"

현실감각이리고는 찾아보기 힘든
용사등의 허황된 선언이 천하를 혼란에 빠뜨린다.
바람 잘 날 없는 용호객잔의 평범한(?) 일상에
중원의 이목이 집중된다.

Book Publishing CHUNGEORAM